Bonne nuit chérie

Rédaction:

La première fois que Liang Ying a rencontré He Xu, c'était à la crèche de Qingshan.Il a conduit un véhicule tout-terrain noir et a dévalé la route de montagne à toute vitesse.La portière de la voiture s'ouvrit et un homme musclé en sortit.Portant un T-shirt noir à manches courtes et une salopette camouflage.Ses traits du visage sont profonds et anguleux et les muscles de ses bras sont très forts.A cette époque, Liang Ying était obsédée par sa carrière et n'avait jamais pensé à avoir quoi que ce soit à voir avec lui.Jusqu'à ce qu'elle rencontre son professeur d'université qui lui enseignait au coin des rencontres dans le parc.C'était juste un bonjour, et le professeur lui prit chaleureusement la main.Mon fils ne fume pas, ne boit pas d'alcool, n'a pas de mauvaises habitudes et sait très bien laver, cuisiner et réparer les appareils électroménagers. Il est émotionnellement stable et raffole de sa femme. Si vous lui demandez d'aller vers l'est mais pas vers l'ouest, êtes-vous intéressé ? Laissez-moi vous le présenter.Avant que Liang Ying ne puisse refuser, le professeur a rapidement passé un appel vidéo.Une voix basse et impuissante est venue à l'autre bout du fil : Abandonnez, ne faites pas de mal aux autres filles, il vous est impossible de me présenter qui que ce soit.Le professeur l'a ignoré et a déplacé le téléphone devant Liang Ying.He Xu était au gymnase, plein d'hormones.La respiration de Liang Ying était légèrement étouffée et alors qu'ils se regardaient, la vidéo s'est soudainement terminée.La seconde suivante, Liang Ying a reçu un message de He Xu : Je retire ce que je viens de dire.Liang Ying a été choqué de réaliser qu'il voulait me faire du mal :

He Xu est célibataire depuis trente ans et a un cœur pur et peu de désirs.Jusqu'à ce que la femme livresque se retrouve face à face.Elle sourit légèrement, son cœur battait à tout rompre et l'arbre de fer millénaire s'épanouissait.Je ne croyais pas au coup de foudre jusqu'à ce que ta silhouette vienne à mes yeux.La fille que j'aime mérite qu'on prenne soin d'elle et possède toutes les bonnes choses du monde.Bonne nuit chérie.

Chapitre 1Dans la salle de conférence du bâtiment gouvernemental, Liang Ying se tenait devant l'écran de projection.Le projet de rénovation du parc Nanhu auquel elle a participé est en cours de troisième série de rapports de plan.Liang Ying porte une chemise en mousseline marron clair avec une jupe blanche et ses longs cheveux noirs pendent naturellement.La collègue Lin Yue était assise dans le public avec tous les dirigeants, se tenant le ventre, avec de fines gouttes de sueur sur son front.Elle s'est assise droite, admirant la belle et à la peau claire, et a déploré que Liang Gong soit si agréable à regarder et que ses douleurs menstruelles aient été réduites de moitié en un instant.Liang Ying tenait le stylo qui tournait les pages calmement et calmement, et sa voix douce n'était pas pressée.Après avoir travaillé ensemble pendant trois ans, Lin Yue savait que son nom avait toujours été associé à la fiabilité.Il ne fait aucun doute que le rapport a été bien accueilli par les dirigeants et que le plan a été adopté avec succès.Le chef part le premier.Le visage de Lin Yue est devenu pâle et elle s'est allongée sur la table avec soulagement.Mais il n'a pas oublié de décrocher son téléphone et de partager la bonne nouvelle dans le groupe WeChat de l'entreprise.Liang Ying versa une tasse d'eau chaude et la lui tendit avec des yeux inquiets.Tu te reposes ici un moment, il y a une pharmacie à proximité, je vais t'acheter une boîte d'analgésiques.L'entreprise l'a, je vais y retourner et le manger.Lin Yue a posé son téléphone et a bu deux gorgées d'eau chaude. Chaque période menstruelle était si soudaine. Le week-end dernier, alors qu'elle faisait le ménage à la maison, elle a trouvé trois boîtes d'analgésiques périmés. C'était un tel gaspillage d'argent.Liang Ying a commencé à emballer les choses et lui a dit : Coupez deux morceaux et mettez-les dans le sac la prochaine fois pour être préparés.Lin Yue a répondu : « Chaque mois, c'est comme traverser une tribulation, consommant la moitié de ma vie.Liang Ying a mis le sac sur son épaule : j'ai acheté quelques sacs de sacs de bain de pieds. Je les partagerai avec vous plus tard. Il est temps de prendre soin de vous.Non, je n'ai pas la persévérance qu'il faut pour persévérer.Lin Yue s'est levé, a pris le bras de Liang Ying et est sorti. La meilleure façon de rester en bonne santé est de dormir suffisamment, et lorsque vous ouvrez votre carte bancaire, vous pouvez voir votre salaire monter en flèche.A quoi penses-tu?Liang Ying l'a corrigé sérieusement : "Nous qui travaillons dans le design, c'est notre destin de faire des heures supplémentaires et de veiller tard pour être chauve."Lin Yue poussa un cri déprimé et la regarda de côté.Comment quelqu'un comme vous peut-il tenir des propos aussi cruels et inhumains avec l'intention de nuire au pays et à la population ?Pour vivre dans ce monde, il faut avoir le courage d'affronter la réalité.Liang Ying a souri sans rien dire et a sorti son téléphone portable de son sac.Après avoir allumé le téléphone et entré l'écran de verrouillage, elle a entendu Lin Yue s'exclamer.Frère Nan a-t-il une quelconque humanité ? Dès que Nanhu est terminé, il se retourne et vous remet le monde Yuecheng.Yuecheng Tiandi est un grand complexe commercial.La conception architecturale est achevée et l'aménagement paysager est confié à Lambert.Frère Nan est le fondateur de Langbai et le patron direct de Liang Ying et Lin Yue.En marchant vers l'ascenseur, Liang Ying a ouvert WeChat.Effectivement, frère Nan a annoncé la nouvelle au groupe.Lambert est une jeune équipe de plus de dix personnes, répartie en une équipe de planification et une équipe d'expansion.En tant que membre de l'équipe de planification, Liang Ying a fait approuver la conception de Nanhu, puis elle a approfondi le modèle de nœud et l'a remis à l'équipe d'agrandissement pour qu'elle dessine les dessins de construction, ce qui lui a permis d'avoir les mains libres.Liang Ying a facilement accepté l'arrangement de frère Nan.Après avoir répondu au message et être entré dans l'ascenseur, Lin Yue l'a regardée avec sympathie : vous devriez au moins refuser, sinon frère Nan vous confiera tout le travail à l'avenir.Appuyez sur un étage et la porte de l'ascenseur se ferme. Juste eux deux.Liang Ying a déclaré : " L'environnement général est morose, donc ce serait bien d'avoir des projets sur lesquels travailler. Je peux m'attendre à passer une bonne année avec le salaire qui monte en flèche sur ma carte bancaire. "Vous êtes occupé chaque jour à travailler sur des projets et cela fait longtemps que vous n'êtes pas allé faire du shopping.Lin Yue a regardé Liang Ying. Je t'ai vu porter cette tenue lors de notre première rencontre.Liang Ying y a réfléchi sérieusement, cela fait plus de six mois.La dernière fois que je suis allé faire du shopping, c'était l'anniversaire de ma colocataire à l'université et je suis allé lui choisir un cadeau.Lin Yue invitait des amis à dîner, chanter, regarder des films et passer souvent un bon moment.Comparée à elle, Liang Ying était extrêmement ennuyeuse. Elle achetait tout ce qu'elle voulait en ligne et passait sa vie quotidienne entre la maison et le travail. De temps en temps, quand l'envie la prenait, elle allait se promener dans le parc près de chez elle.Quant aux vêtements, Liang Ying adhère au principe du moins mais du mieux.Elle est douée pour le stockage et la conservation, elle l'a acheté il y a trois ans et il a toujours l'air neuf lorsqu'elle le sort.Après avoir quitté le bâtiment gouvernemental, Liang Ying a appelé une voiture spéciale et est retournée à l'entreprise avec Lin Yue.Après s'être levée tôt, Liang Ying s'est sentie un peu somnolente. Elle a appuyé sa tête contre la portière de la voiture. La vibration de son sac l'a réveillée instantanément.Il a sorti son téléphone portable et a vu un message du directeur de Wanheng Real Estate.M. Wan Hengfang : Xiaoliang, avez-vous du temps dans l'après-midi ?Liang Ying a collaboré avec Wan Heng sur son dernier projet, en réalisant l'aménagement paysager pour le bureau des ventes, et Fang était toujours en contact avec la personne.Le projet est entré dans la phase de construction et Liang Ying a accompagné M. Fang sur le site la semaine dernière.Fang est toujours quelqu'un qui a des exigences extrêmement élevées en matière de détails de conception. S'il n'est pas satisfait, il demandera à l'entreprise de construction d'apporter des modifications sur place.Elle est douce mais aura. Toutes les idées de conception de Liang Ying ont été mises en pratique et M. Fang était indispensable.Elle a demandé, et Liang Ying a deviné qu'elle allait à nouveau sur les lieux.Répondant par l'affirmative, M. Fang a envoyé de nouvelles nouvelles.M. Wan Hengfang : Les plants choisis par Lao Zhang et les autres n'avaient pas une hauteur de couronne élevée et les branches n'étaient pas assez pleines.M. Wan Hengfang : Si vous regardez la photo, l'effet après la plantation est trop mauvais.Liang Ying ouvrit la photo et fronça légèrement les sourcils.L'apparence des arbres utilisés pour la construction paysagère indépendante ne peut être négligée.Lao Zhang est le responsable de l'entreprise de construction. Les plants qu'il a sélectionnés sont fins et petits, et l'effet visuel est considérablement réduit.M. Wan Hengfang : Lao Zhang est toujours en train de discuter avec moi, disant que ce sera trop gros s'il s'allonge.Liang Ying :Cela ne peut pas attendre trois à cinq ans.Si elle se souvient bien, le centre de vente sera ouvert au public le mois prochain, donc il n'y a pas de temps.M. Wan Hengfang : Lorsque je rencontre un entrepreneur en construction peu fiable, je suis tellement en colère que j'en ai mal à la tête.M. Wan Hengfang : S'il vous plaît, accompagnez-moi à la pépinière de Xiashu, et nous choisirons de beaux arbres.Le choix des matériaux est généralement décidé directement par la partie A.Cependant, lorsque M. Fang l'a mentionné, Liang Ying n'a pas pu s'y soustraire et a immédiatement accepté.Elle avait initialement organisé un barbecue avec Lin Yue, prévoyant de célébrer l'adoption du plan.Dans ce cas, je dois d'abord me changer en rentrant chez moi, et je n'aurai certainement pas le temps de manger le barbecue.À la mi-avril, la température dans la ville de Qingzhou a continué d'augmenter.Le soleil brillait fort, Liang Ying a regardé le logiciel météo, il faisait trente et un degrés.La température va baisser dans deux jours, il faut donc choisir aujourd'hui.De retour à l'entreprise, Lin Yue s'est assise à son bureau et a pris des analgésiques, exprimant son extrême sympathie. Elle a enfilé des manches longues et des pantalons longs, a mis de la crème solaire et a apporté un anti-moustique avec elle.Liang Ying a peur du soleil et des insectes. La crèche a les deux.En entendant ce que Lin Yue a dit, elle a soudainement ressenti une douleur soudaine dans ses tempes.Xiashu est un village et une ville entourant la ville de Qingzhou.Ces dernières années, l'industrie de la plantation s'est vigoureusement développée et de nombreuses pépinières ont été construites ici.A deux heures de l'après-midi, Liang Ying était assis dans le Cayenne blanc au-dessus.Elle a effectué une recherche sur le système de navigation et le trajet a duré environ une heure.Il y avait un conducteur sur le siège avant et Liang Ying et Fang Zhizhi étaient assis sur le siège arrière.M. Fang a regardé son téléphone portable, il doit avoir du travail à faire.Elle n'a pas parlé et Liang Ying n'a pas osé dire quoi que ce soit.Tenant mon sac à dos et regardant par la fenêtre par ennui, une question m'est soudain venue à l'oreille.Xiaoliang, vivez-vous seul ou partagez-vous une maison avec d'autres ?M. Fang a renvoyé Liang Ying jouer à la maison la dernière fois, et aujourd'hui, il est de nouveau venu la chercher à la porte de la communauté.Lorsqu'on lui a posé cette question, Liang Ying n'a pas été surpris du tout et a répondu à la première.Fang Zhizhi : Petit-ami, ne t'inquiète pasLiang Ying était un peu confus et s'est rapidement défendu : M. Fang, je n'ai pas de petit-ami.N'est-ce pas celui qui vous a offert des fleurs ce jour-là ?Liang Ying a regardé Fang Zhizhi et s'est soudainement rappelé.Lors de l'inspection du projet la semaine dernière, quelqu'un lui a envoyé des fleurs.Lorsque les fleurs lui ont été remises, elle ne se souvenait même pas de qui il s'agissait. L'autre personne s'est présentée et elle a réalisé qu'ils faisaient partie de l'équipe de Party A dans un projet avec lequel ils avaient déjà collaboré.Liang Ying secoua la tête et réalisa qu'elle n'était qu'une poursuivante qui ne pouvait pas l'aimer.La fille en face de moi a un beau visage, un tempérament doux et calme, et est une excellente étudiante dans une université prestigieuse. Elle est si exceptionnelle que les prétendants ne manqueront pas.Fang Zhizhi s'est excusé et a poussé Liang Ying à continuer de discuter.Depuis combien de temps êtes-vous vacant ?Du petit au grand.Je n'ai jamais été amoureuxNon.Fang Zhizhi était stupéfait.Liang Ying ressentit sa surprise.Je vous entends souvent, les jeunes, dire que l'amour et le mariage ne peuvent être compromis.Fang Zhizhi a retrouvé son apparence normale. C'est une bonne chose d'avoir une vision élevée. Il n'y a pas lieu de s'inquiéter.Chaque fois que quelqu'un lui pose des questions sur l'état de sa relation et que Liang Ying répond honnêtement, l'autre personne pensera qu'elle a des normes élevées.J'y suis tellement habitué que je ne prends pas la peine de me défendre.Fang Zhizhi a plus de cinquante ans, est bien entretenu et a l'air très jeune.Face à l'inquiétude de ses aînés, Liang Ying hocha la tête : Pour l'instant, le travail est la priorité.Ne vous limitez pas trop, si vous trouvez quelque chose qui vous convient, vous pouvez tout essayer.Fang Zhizhi a déclaré qu'il continuerait à travailler pendant des décennies et qu'il serait vraiment dommage de rater le destin.Célibataire depuis trop longtemps, Liang Ying ne croyait plus que le sort lui tomberait dessus.Je voulais répondre à quelque chose que je ne pouvais pas toucher, mais quand les mots sont venus à mes lèvres, j'avais peur que Fang sache qu'il me prêcherait, alors j'ai dû sourire et accepter : laisser la nature suivre son cours. Après cela, ils ont parlé d'autres sujets.Pendant la conversation, le temps passait vite.En arrivant dans la ville de Xia Shu, des hectares d'arbres ont défilé devant les yeux de Liang Yingying.La crèche où ils sont allés était la plus grande de la ville, appelée Qingshan.La voiture a franchi le portail et s'est arrêtée à l'entrée. Le terrain était inégal et les bords étaient invisibles.Il y avait un panneau d'introduction à la crèche sur le côté droit et Liang Ying regardait par la vitre de la voiture.Couvrant une superficie de 8 000 acres et comptant des centaines de variétés, c'est une base moderne intégrant la recherche et le développement en matière de plantation, la culture et la vente.Fang Zhizhi a passé un appel téléphonique puis a dit à Liang Ying : Attendez un moment dans la voiture, le patron sera bientôt là.Le patron nous a personnellement accompagné Liang Ying pour poser des questions.Fang Zhizhi haussa les sourcils et dit avec un sourire : J'ai plus de visage.C'est vrai.Liang Ying jeta un regard élogieux.Un instant plus tard, un véhicule tout-terrain noir dévalait la route de montagne.La voiture se rapprochait de plus en plus, et ce n'est qu'à ce moment-là que Liang Ying a vu clairement qu'il s'agissait d'une Mercedes-Benz G.Ce doit être la voiture du patron, ce qui correspond très bien à son statut.Le SUV s'est arrêté à côté du Cayenne.Fang Zhizhi a ouvert la porte et est descendu. Liang Ying a mis son chapeau de soleil et l'a suivi de près.Elle a enfilé son sac à dos et s'est tenue à côté de Fang Zhizhi, regardant la portière du véhicule tout-terrain s'ouvrir et l'homme musclé sortir.L'homme portait un T-shirt noir à manches courtes et une combinaison camouflage.Ses traits du visage sont profonds et anguleux et les muscles de ses bras sont très forts.Liang Ying est venue à la crèche pour la première fois.Elle a toujours pensé que le patron était un vieil homme d'une quarantaine ou d'une cinquantaine d'années.L'homme en face de lui avait tout au plus une trentaine d'années, on ne pouvait pas vraiment le qualifier de jeune, il était plutôt mature.L'homme a regardé Fang Zhizhi et a dit à voix basse : M. Fang, s'il vous plaît, attendez.Xiao He, je vais encore te déranger.Fang Zhizhi discutait avec lui, mais je n'ai pas fait attention lorsque l'équipe de construction cueillait des plants. Ceux qu'ils ont cueillis étaient tous des melons tordus et des jujubes fêlés, alors autant venir tôt et faire un voyage.Ce n'est pas grave, je vous accompagnerai pour choisir lentement jusqu'à ce que vous soyez satisfait.Avec vos mots, je me sens soulagé.L'homme s'est tourné vers Liang Ying et a regardé le visage inconnu.Qui est-ceLa question a été posée à M. Fang.Liang Ying a souri, a pris l'initiative de se présenter et s'est montré généreux.Liang Ying, le paysagiste, a accompagné M. Fang pour sélectionner les plants.Bonjour, He Xu.L'homme a dit qu'il était le directeur de la pépinière Qingshan.Soyez un patron poli.Liang Ying a souri en réponse.Les yeux de He Xu s'arrêtèrent soudainement.A trois heures de l'après-midi, le soleil était haut dans le ciel et il n'y avait pas de brise.Fang Zhizhi a brandi un parasol et a agité sa main pour attiser le vent : Xiao He, s'il te plaît, ouvre la voie, combattons vite.He Xu reprit ses esprits et ouvrit la porte arrière du véhicule tout-terrain.Fang Zhi ferma son parapluie et entra le premier. Liang Ying regarda He Xu : Merci, désolé pour le problème.

Poursuivant le nouvel article "You Are the Sweet

Candy Flavor", veuillez le récupérer ~Sélectionneur de plantes innocentAfin de trouver des arômes spéciaux qui pourraient être extraits des plantes et utilisés comme matières premières pour la fabrication de parfums, Shen Siyue s'est rendu dans diverses bases de sélection de fleurs mais n'a rien trouvé en deux ans.Alors qu'il était sur le point d'abandonner, il apprit qu'il y avait un éleveur particulièrement puissant dans un endroit appelé Qingxi.Partant avec le dernier espoir, Shen Siyue a rencontré une jeune fille, portant un chapeau de paille et des manches glacées, poussant une petite voiture avec de la sueur sur la tête.Il y avait toutes sortes de plantes à fleurs entassées dans la voiture, qui était aussi haute qu'une colline. La jeune fille a couru aussi fort qu'elle a pu et l'a heurté sans regarder la route, s'excusant à plusieurs reprises.L'odorat du parfumeur est plus sensible que celui des gens ordinaires. Shen Siyue a sorti un pot de fleurs du chariot.Les fleurs étaient apathiques, mais leur parfum pénétrait son cœur, correspondant parfaitement à ce qu'il recherchait.Shen Siyue était rempli de joie et a proposé de l'acheter à un prix élevé.Xuanning cligna de ses grands yeux larmoyants, pleins de doutes : Ce sont les variétés que j'ai éliminées, les voulez-vous vraiment ?Réalisant que la personne devant lui était l'éleveur, Shen Siyue sourit : Pour vous, c'est un travail raté, mais pour moi, c'est un trésor rare.Plus tard, ils s'entendirent jour et nuit et leur amour grandit progressivement.Le parfum préparé par Shen Siyue a remporté la médaille d'or au Concours International de Parfum. Ce flacon de parfum s'appelait Xuanning.Après le match, l'animateur de l'interview lui a demandé ce que voulait dire Xuan Ning. Il a souri avec douceur dans les yeux.C'est le nom de la personne que j'aime.*Biscuits quotidiens chauds, sans abus ni cruauté

Chapitre 2 2Je t'offrirai un dîner un autre jourLorsqu'elle est arrivée à la crèche, Liang Ying a enfilé des vêtements de protection solaire blancs et un pantalon en soie glacée rose.La peau était étroitement enveloppée et c'était un peu insupportable de se tenir en plein air sous le soleil brûlant.La climatisation était allumée dans le véhicule tout-terrain et après que Liang Ying se soit assise, elle s'est visiblement sentie beaucoup plus à l'aise.Elle ouvrit son sac à dos, sortit la fiche technique des semis et informa He Shou de ses exigences.He Xu connaissait la route et les emmena jusqu'au premier terrain.Il n'y avait aucun moyen de conduire dans la forêt, alors He Xu a coupé le moteur sur la route en ciment et est entré avec Liang Ying et Fang Zhizhi.Les grands arbres sont luxuriants et bien disposés, bloquant le soleil brûlant.En entrant dans la forêt, Liang Ying ressentit un sentiment de réconfort alors que le vent frais soufflait.Il y a des fossés de drainage entre les arbres.He Xu marchait à côté de Liang Ying et les regardait pour leur rappeler : Surveillez vos pas.Liang Ying a traversé le fossé à grands pas, s'est retourné et a donné un coup de main à Fang Zhizhi.À une distance d'un mètre, He Xu la regarda sortir un ruban à mesurer et un appareil photo de son sac à dos.Il ne suffit pas de se fier uniquement à vos yeux pour sélectionner les plants.Des mesures et des photos sont nécessaires pour déterminer l'apparence du cahier des charges.Fang Zhizhi a pris le mètre ruban de la main de Liang Ying : Tu vas prendre des photos, et je mesurerai le diamètre à hauteur de poitrine et la largeur de la couronne.Elle se tourna vers He Xu : Xiao He, aide-moi.He Xu : Pas de problème.M. Fang a l'habitude de tout faire lui-même.Liang Ying lui a remis la fiche technique et le stylo signature. Dès qu'elle a fait un pas en avant, elle a entendu He Xu lui dire : Il peut y avoir du gravier dans le sol, alors soyez prudent lorsque vous marchez.Liang Ying s'est retourné et a dit bonjour. Il a trotté non loin et a allumé la caméra.Elle a fait le tour de l'arbre pour filmer une vidéo panoramique de toute la couronne. Dans la caméra, Fang Zhizhi et He Xu ont sorti un ruban à mesurer et ont commencé à mesurer.L'arbre qui les intéressait avait une forme droite et n'avait pas de couronne partielle.Liang Ying était très satisfaite.Fang Zhizhi a reçu l'appel et a marché de l'autre côté du fossé, laissant He Xu seul sous l'arbre.Il ne s'ennuyait pas du tout, il vit Liang Ying marcher à pas légers et vint rapidement vers lui.M. He.Liang Ying a crié, pourriez-vous s'il vous plaît vous tenir au milieu de l'arbre et me laisser prendre quelques photos.Lorsqu'on lui a demandé dans quel ordre se trouve la référence.La hauteur de l'arbre varie de deux à trois mètres à plus de dix mètres.Il est impossible de mesurer directement avec une règle, donc sur les photos, vous devez utiliser des objets de référence humains et utiliser des proportions pour estimer.Quiconque travaille dans une crèche doit comprendre. Liang Ying n'a pas eu besoin d'expliquer et a hoché la tête facilement.He Xu se tenait devant l'arbre, redressant le dos.Cet endroit est-il correct ?, a-t-il demandé.Peut.Liang Ying a de nouveau couru non loin et a emmené He Xu et Shu ensemble sur la photo.Elle répéta la même opération pour les arbres suivants.He Xu a été forcé de rester immobile, mais il ne s'en lasse pas. Il est sorti de la forêt et a dit à Liang Ying : J'ai 188 ans.Liang Ying a ouvert le mémo sur son téléphone et a noté la taille de He Xu.Une fois la sélection des plants terminée, les trois sont retournés au véhicule tout-terrain et se sont assis ensemble.Il y avait de l'eau minérale sur le siège passager et He Xu a pris deux bouteilles et les a tendues sur la banquette arrière.Liang Ying était sur le point de la récupérer quand He Xu a soudainement repris sa main.Liang Ying inspira et le vit dévisser l'eau minérale et la lui rendre.Elle poussa un soupir de soulagement, le remercia, le prit, le donna à Fang Zhizhi et montra la bouteille restante : je le ferai moi-même.He Xu lui a donné l'eau minérale non ouverte, a démarré la voiture et s'est dirigé vers le portail.Fang Zhizhi a reçu un autre appel et Liang Ying a écouté. La situation semblait très difficile et il y avait un défaut majeur sur le site du projet.Après avoir raccroché, Fang Zhizhi a pincé ses sourcils et a poussé un long soupir.Liang Ying voulait à l'origine dire quelques mots de réconfort, mais ensuite elle y a réfléchi, il n'était pas approprié que des étrangers posent des questions sur le projet.Ses pieds étaient un peu douloureux à cause de trop marcher. Liang Ying a regardé par la fenêtre de la voiture et a été abasourdie.Fang Zhizhi a tourné la tête et lui a soudainement tenu la main, et Liang Ying a croisé son regard.Il y a un problème avec la succursale, je dois aller à Jingchuan et prendre l'autoroute directement à partir d'ici.Pouvez-vous prendre un taxi pour rentrer en ville et je paierai le trajet ?L'enquête de M. Fang était sans aucun doute respectueuse à son égard.C'est juste que Liang Ying n'a pas l'habitude de prendre un taxi lorsqu'elle est seule.En chemin, elle a vu des bus urbains et ruraux.En regardant He Xu sur le siège du conducteur, il a demandé : M. He, l'arrêt de bus est-il loin d'ici ?Pas loin.He Xu a jeté un coup d'œil à Liang Ying à travers le rétroviseur et a tourné à droite après avoir parcouru 500 mètres.Ce n'est pas mal.Quand Liang Ying est revenue, elle savait : je prendrai le bus pour rentrer.Dès qu'elle a fini de parler, He Xu a ajouté : Le dernier bus part à quatre heures et s'arrête ici pour deux arrêts, vers quatre heures dix.Liang Ying a jeté un coup d'œil à l'heure sur son téléphone.Il est quatre heures et demie maintenant, donc je ne peux évidemment pas rattraper mon retard.Liang Ying a de nouveau cherché des billets de bus, le dernier bus était également à quatre heures et la gare routière était encore loin d'ici.Elle s'est convaincue d'accepter le fait de prendre un taxi pour rentrer. He Xu a conduit la voiture sur la route principale et a dit : « Je veux juste rentrer. M. Liang peut prendre ma voiture.Avant que Liang Ying ait pu dire quoi que ce soit, il a su qu'il était intéressé : vous ne vivez pas dans une crèche.He Xu fredonnait. Il venait ici le matin et revenait l'après-midi. Il se reposait le week-end, ce qui équivalait presque à travailler normalement.Fang Zhizhi sourit faiblement : Complètement différent de votre grand-père et de votre père.Le patron est un Miao de troisième générationIl est normal qu'une si grande pépinière soit construite du jour au lendemain.Liang Ying y réfléchit, puis elle lui tapota la main : Suivez simplement Xiao He, comme ça je me sentirai plus à l'aise.Liang Ying a demandé inconsciemment : serait-ce gênant ?He Xu a répondu : C'est facile et sans inconvénient.Le SUV noir s'est arrêté à l'entrée de la crèche, à côté du Cayenne blanc.Lorsque Fang a su qu'il pouvait monter dans le Cayenne et partir en premier, He Xu a conduit la voiture hors de la porte de la crèche.Liang Ying a répondu à deux messages professionnels WeChat, et He Xu lui a demandé : retournez-vous dans l'entreprise ou rentrez-vous directement chez vous.Vous devez faire des heures supplémentaires la nuit, a répondu Liang Ying au premier.He Xu lui a de nouveau demandé l'emplacement précis.Liang Ying a rencontré ce propriétaire de pépinière le premier jour.Elle a un bon caractère et s'entend facilement. Elle et M. Fang sont presque toujours attentifs à leurs demandes.Ramener sa voiture en ville lui causait déjà des ennuis.Liang Ying réfléchit un instant et dit : Quand vous arriverez en ville, déposez-moi simplement à la station de métro la plus proche.Tenant le volant et réfléchissant un instant, He Xu dit faiblement deux mots : Ce n'est pas grave.Liang Ying n'est pas douée pour rechercher activement des sujets lorsqu'elle reste avec des personnes inconnues .Aucun d'eux n'a parlé, ce qui était en fait un peu gênant. Liang Ying n'a eu d'autre choix que de reprendre son téléphone et d'utiliser un logiciel social.Le feu de circulation est devenu rouge, He Su a appuyé sur les freins et s'est arrêté lentement.Dans le rétroviseur, Liang Ying était blottie dans le coin entre le siège droit et la portière de la voiture, parcourant sans expression l'écran du téléphone.Peut-être qu'elle était fatiguée d'avoir trop marché, ou peut-être que l'environnement actuel ne lui donnait pas suffisamment de sentiment de sécurité.De quelle école Liang Gong est-il diplômé ? He Xu a pris l'initiative d'ouvrir la conversation.La voiture est restée silencieuse pendant un moment et une voix d'homme est soudainement venue. Liang Ying a été abasourdie pendant quelques secondes avant de récupérer et de lui dire : F Université.Après une pause, elle ajouta : Département d'architecture paysagère.anciens élèves.He Xu a dit, quelle coïncidence.Liang Ying a été un peu surpris : M. He est également de l'Université F.Département des Forêts, Licence en 2XX.Deux ans de plus qu'elle. En termes d'ancienneté, Liang Ying a dû l'appeler senior.Le feu de circulation est devenu vert, He Xu a appuyé sur l'accélérateur, a traversé l'intersection et lui a dit : De mon grand-père à mon père, ils se sont tous occupés de semis, alors j'ai naturellement appris cela.Liang Ying a hoché la tête : "C'est très pertinent. Il n'y a pas lieu de s'inquiéter du choix d'une spécialisation."Avez-vous déjà eu du mal avec la curiosité de He Xu.Liang Ying a dit franchement : Apprendre le design nécessite de dessiner. Je suis un étudiant en sciences et je n'ai aucune compétence en dessin à la main.He Xu a vu quelques croquis qu'elle a dessinés aujourd'hui, qui semblaient vifs et vivants.Comment avez-vous surmonté cela plus tard ? il demande.Entraînez-vous simplement, cet oiseau stupide volera en premier.Combien de temps faut-il pour voir les résultats.Je ne me souviens pas exactement, peut-être six mois.Le visage de Liang Ying se détendit et il n'était plus aussi réservé qu'avant.Les coins des lèvres de He Xu se sont légèrement courbés, et en un instant, il a entendu Liang Ying tousser deux fois et a remarqué que le climatiseur était allumé un peu bas.Le soir, le soleil se couche et les nuages colorent le ciel en rouge.Avec le consentement de Liang Ying, He Xu a éteint le climatiseur et a baissé les fenêtres.La vague de chaleur s'est estompée et le vent chaud a soufflé sur mon visage, ce qui était extrêmement confortable.Pleine de fatigue, Liang Ying ferma les yeux et s'assoupit inconsciemment.Elle n'osait pas dormir profondément lorsqu'elle était loin de chez elle.Au bout d'un moment, la voiture s'est arrêtée et j'ai cru que j'étais arrivé à la station de métro.Liang Ying a ouvert les yeux et a découvert que la route devant elle était bloquée en raison de réparations et qu'un panneau de blocage bleu avait été érigé.Je suis arrivé ici le matin et j'ai quand même pu repartir, il a dû être fermé il n'y a pas longtemps.He Xu a dit, ouvrez la navigation et replanifiez l'itinéraire de conduite. Êtes-vous pressé ?Liang Ying a répondu sans hâte puis a demandé : « Nous devons faire un détour maintenant.Si vous prenez l'anneau extérieur, oui.He Xu a tourné le volant et fait demi-tour. Il est encore tôt pour atteindre la ville. Vous pouvez vous reposer un moment.Quand He Xu a dit cela, Liang Ying s'est senti un peu gêné.Cela signifie qu'il a été surpris en train de faire une sieste tout à l'heure.Ce n'est pas poli de conduire la voiture de quelqu'un d'autre.Liang Ying s'est forcé à s'asseoir droit et a écouté l'annonce vocale, la destination était Fu Xiyuan.Le nom de la communauté est évident, la maison du propriétaire de la crèche devrait y vivre.Combien de temps la route sera-t-elle fermée ? Liang Ying a changé de sujet.He Xu : L'avis disait, au moins un mois.Liang Ying : Le temps de trajet quotidien de M. He va augmenter.C'est une urgence, nous ne pouvons rien y faire.He Xu a dit avec un sourire : « Heureusement, personne ne déduira mon salaire en cas de retard.Liang Ying était également amusé par lui. envieux.L'instant d'après, He Xu lui a demandé : Où est située votre entreprise ?Qu'est-ce qui ne va pas ?, a demandé Liang Ying.Je connais l'itinéraire d'origine et la station de métro, mais le nouvel itinéraire n'ouvre pas souvent, donc je ne le connais pas particulièrement.He Xu a expliqué que si je passe par votre entreprise, je vous déposerai directement sans avoir à le chercher.Oh oui.Égoïstement, Liang Ying a pensé que cela ne pouvait pas être une telle coïncidence, alors elle a quand même répondu : Wangchuan South Road, Xinyangfang.Xinyangfang est un ancien quartier bien conservé et une attraction touristique célèbre sur Internet.He Xu avait vécu et grandi dans la ville de Qingzhou depuis qu'il était enfant, il n'y était donc pas étranger.La voiture a roulé sur l'autoroute surélevée et est arrivée dans la zone principale de la ville.Lin Yue a demandé à Liang Ying sur WeChat quand elle reviendrait.Liang Ying baissa la tête et appuya sur l'écran de son téléphone portable, elle avait encore un moment pour répondre.He Xu a fermé la navigation à ce moment.Lin Yue a envoyé un long texte dénonçant les diverses mauvaises actions du parti A.Tandis que Liang Ying sympathisait, elle essayait également par tous les moyens de le réconforter.J'étais trop plongé dans le chat et je ne prêtais pas attention aux changements de l'environnement à l'extérieur de la voiture.Lorsque le véhicule tout-terrain s'est arrêté sur le bord de la route, Liang Ying a regardé par la fenêtre : l'entrée de Xinyangfang était juste en face de lui.C'est vraiment une conduite tellement douce.Liang Ying a été stupéfaite pendant un moment et est restée sans voix.He Xu se tourna pour la regarder : Prends tes affaires et ne les laisse pas derrière toi.Liang Ying est revenu à ses sens et a remercié He Xu.En ouvrant la portière de la voiture, il ne s'est pas précipité dehors et a de nouveau rencontré le regard de He Xu.Je t'offrirai un dîner un autre jour.He Xu hocha la tête : Allez-y.Liang Ying est sorti de la voiture et a fermé la portière.En me retournant et en marchant vers Xinyangfang, j'ai réalisé que même si j'avais dit que je voulais inviter quelqu'un à dîner, je n'avais pas laissé ses coordonnées.Il ne semble pas approprié de revenir en arrière et de le demander après notre séparation.Oubliez ça, considérez-la simplement comme quelqu'un qui ne tient pas parole.Liang Ying fronça les sourcils, attrapa les bretelles de son sac à dos et avança la tête baissée, son rythme était extrêmement rapide.He Xu regarda la silhouette élancée et réalisa soudain ce problème.C'est un peu regrettable, mais ce n'est pas grave.Trois jours plus tard, il enverra les plants sélectionnés sur le chantier.Le moment venu, ils se reverront.

Chapitre 33Appelez-moi simplement par mon nom à partir de maintenant, pas besoin d'être si inconnuIl a plu pendant deux jours dans la ville de Qingzhou et la température a fortement chuté.Le jour où He Xu est allé livrer les plants, il faisait plus de 20 degrés, il faisait sombre, le vent soufflait et il faisait encore un peu froid.En arrivant sur le chantier de construction, He Xu est descendu du véhicule tout-terrain.Non loin de là, Fang Zhizhi tenait un dessin et parlait aux ouvriers.En regardant autour de lui, mais sans voir Liang Ying, He Xu a mis son casque de sécurité et s'est dirigé vers Fang Zhizhi.Juste au moment où ses pas s'arrêtaient, Fang Zhizhi le regarda et dit : Xiao He, tu es là.He Xu a appelé M. Fang et a vu que l'étang de plantation avait été creusé. Il a profité de la situation et a dit : Si possible, je vais m'arranger pour décharger les plants maintenant.D'accord, si vous avez besoin de quelque chose, dites-le-moi immédiatement.Fang Zhizhi a emmené les ouvriers dans l'espace ouvert à côté de lui et a quitté la zone de plantation pour He Xu.He Xu a demandé aux gens de son côté de faire fonctionner la grue et de soulever lentement les arbres du gros camion.Il a observé l'angle et indiqué la direction, et les plants sont tombés dans l'étang de plantation avec précision et droiture.Six arbres au total.Lorsque le troisième arbre fut planté, la vue de He Xu tomba sur la silhouette précipitée de Liang Ying.Elle portait aujourd'hui une chemise en jean et un pantalon blanc. Le long bras de la grue l'a bloquée et elle a dû s'arrêter.Tout comme lorsque nous l'avons rencontré pour la première fois, il était plein de livresques et avait l'air doux et paisible. C'était un spectacle éblouissant.He Xu sourit brillamment et fit signe à Liang Ying.Ce n'est qu'à ce moment-là que Liang Ying remarqua la silhouette grande et droite en face de lui et répondit de la même manière.Après que l'arbre ait été planté et que le long bras ait été retiré, elle s'est approchée et a poliment appelé M. He.He Xu ramassa le casque et le lui tendit : « Tu as oublié ça.Liang l'a salué et l'a enfilé à la hâte, disant avec colère : « C'est un péché.He Xu la regarda attacher la ceinture, je pensais que tu ne viendrais pas aujourd'hui.Non.Liang Ying a expliqué : J'ai pris le bus et il y avait un peu de circulation sur la route.He Xu a exprimé sa compréhension : Oui, heure de pointe du matin.Liang Ying n'aurait jamais pensé qu'elle reverrait He Xu.L'accompagnant dans la sélection des plants et les livrant lui-même, il est très terrain.Un autre arbre était accroché et quand elle l'a vu, elle a dit : « Vous êtes occupé, je vais aller chez M. Fang pour voir.He Xu : D'accord.Les arbres sont remplis dans des étangs de plantation, et les ouvriers les remplissent de terre et les aplatissent.Avec de la verdure et une taille soignée, le site devient plein de vie.Liang Ying discutait de la pièce d'eau avec M. Fang, et He Xu est venu leur demander son acceptation.Liang Ying a sorti l'appareil photo de son sac à dos et a pris plusieurs photos en gros plan, à longue distance et des photos globales et partielles.La forme de l'arbre et la technique de plantation peuvent être considérées comme un modèle, formant l'image qu'elle a imaginée lors de la conception.De retour du tournage, He Xu a demandé à Liang Ying : Comment vous sentez-vous ?Liang Ying lui a dit honnêtement : Je suis très satisfait, je ne sais pas ce que M. Fang a dit.Fang Zhizhi observait toujours attentivement autour de l'étang arboré.He Xu jeta un coup d'œil à sa montre à quartz et vit que c'était déjà l'heure du dîner.Liang Ying lui a dit : M. Fang devrait organiser un repas de travail.Chaque fois qu'elle vient sur le site du projet, M. Fang fait cela.Cependant.Lorsque Fang Zhi est revenu, il a d'abord fait l'éloge de la plantation.Puis il dit : J'ai autre chose à faire, donc je ne vous divertirai plus.C'était un peu une gifle, et Liang Ying sentit que chaque centimètre de l'air était rempli d'embarras.L'ordre est fluide et calme. Quand je rentrerai chez moi, je saurai : vous êtes occupé.Fang Zhizhi venait de partir et Liang Ying se souvenait qu'il voulait inviter He Xu à dîner.Maintenant que nous nous sommes rencontrés, la promesse doit encore être tenue.Liang Ying leva la tête et regarda He Xu : Où M. He irait-il manger pour le déjeuner ?moiHe Xu s'est arrêté et a trouvé un magasin au bord de la route pour manger quelque chose. Et vous ?Je sais qu'il y a un bon restaurant à proximité.Liang Ying a dit, voulez-vous vous réunir ?He Xu accepta sans réfléchir.Je ne suis pas difficile en matière de nourriture, je peux manger n'importe quoi.Liang Ying vient souvent ici lorsqu'elle travaille sur des projets dans ce domaine.Il s'y rendit à pied avec He Xu et s'assit au restaurant dix minutes plus tard.L'endroit est petit, avec seulement six tables carrées, et le menu est écrit sur un tableau noir accroché au mur.He Xu faisait face au tableau, Liang Ying lui a donné un stylo et du papier : « M. He, s'il vous plaît, prenez la commande.He Xu prit le stylo : À partir de maintenant, appelle-moi simplement par mon nom, pas besoin d'être si inconnu.Liang Ying a toujours été très coopérative, et si l'autre partie le mentionnait spécifiquement, elle le respecterait.C'est juste qu'après ce repas, ils ne se reverront probablement plus, donc il n'y aura plus rien dans le futur.Avez-vous des tabous ? » Demanda-t-il Xu.Liang Ying a répondu : Je ne peux pas manger de nourriture épicée, tout le reste est bien.He Xu a fini de commander le repas et a remis le stylo et le papier à Liang Ying : j'ai commandé ceux-ci, jetez un œil.La calligraphie de He Xu est très belle, vigoureuse et puissante, avec des traits évidents.Ses paroles sont aussi fortes que son caractère.Pour deux personnes, nous avons commandé trop pour finir.He Xu a commandé le plat principal et Liang Ying a commandé un pot de jus de fraise fraîchement pressé comme boisson.Remettant le menu au serveur, He Xu ouvrit les plats et les baguettes emballés dans du plastique.Liang Ying a également agi en jetant un morceau de film transparent dans la poubelle sous la table à manger.En grandissant, Liang Ying n'avait jamais pris de repas seul avec une personne du sexe opposé et en avait refusé beaucoup, et encore moins les avait invités.Premièrement, elle savait très bien qu'ils avaient des intentions impures, et deuxièmement, elle n'avait vraiment aucun intérêt et ne voulait pas perdre de temps.La situation de He Xu était purement une situation particulière : afin de rembourser la faveur, elle pouvait l'accepter, mais elle se sentirait quand même un peu mal à l'aise.Le serveur apporta en premier le jus de fraise, dans un pichet transparent.He Xu a ramassé le verre devant Liang Ying et l'a aidée à le verser en premier.Après l'avoir versé pendant huit minutes, je l'ai posé et j'ai demandé : votre « ying » est-il le « ying » de Jingying ?Non.Liang Ying a répondu : « Bienvenue ».Liang Ying.He Xu l'a réexaminé et l'a lu, c'était assez spécial.Spécial?Liang Ying a ri, mon grand-père est sorti jouer au mahjong et a vu Welcome à la porte du salon de coiffure, alors il me l'a donné.He Xu posa le pot transparent. Il y en avait beaucoup en cristal, mais le vôtre était relativement niche.D'après ce que tu dis, ça semble bien.Liang Ying a également commencé à se demander : votre Xu est-il le même que celui du soleil levant ?L'ordre de séquence.He Xu a dit : " La situation est similaire à la vôtre. Mon grand-père a consulté le dictionnaire et l'a pris avec désinvolture. "Quel ordre.Les glyphes lui traversèrent l'esprit, Liang Ying hocha la tête et le serveur apporta les plats.He Xu ramassa les baguettes et ramassa un morceau de poisson mariné.Parce que Liang Ying ne mange pas de nourriture épicée, il a choisi quelque chose qui ne l'est pas.He Xu a fait l'éloge du poisson mariné pour son goût délicieux.Liang Ying a bu une gorgée de jus de fraise et a posé le verre. M. Fang l'a également beaucoup aimé et l'a commandé à chaque fois.Les deux premières fois, Liang Ying est venue avec Fang Zhizhi.J'inviterais He Xu seulement si je pensais vraiment que c'était bien.Vous et M. Fang collaborez souvent avec He Xuwen.Juste ce seul projet.Liang Ying a nié que Wanheng coopère avec de nombreuses entreprises paysagères et qu'elles ne soient pas réparées. Nous ne le ferons que s'ils viennent.Vous les gars, Lambert, êtes tous des projets commandés.Liang Ying ne s'attendait pas à ce que He Xu se souvienne du nom de leur entreprise après l'avoir mentionné il y a deux jours.La plupart du temps, je participerai occasionnellement à des enchères pour voir si frère Nan est intéressé.He Xugang voulait demander à frère

Nan s'il était le patron, mais Liang Ying a ajouté et lui a donné la réponse.Liang Ying a ramassé les ailes de poulet au jaune d'œuf salé et a renvoyé la question : Comment vous et Fang vous êtes-vous toujours connus ? Elle allait souvent cueillir des plants et vous l'accompagniez pour sélectionner des plants.He Xu a sorti quelques mouchoirs et les a placés devant Liang Ying. Elle a été la première à connaître mon père. Plus tard, mon père m'a confié la crèche. Chaque fois que M. Fang venait, je le recevais toujours.Liang Ying : Acceptez-vous uniquement les personnes de son niveau ?Mon père dit souvent qu'il n'y a pas de grande ou de petite clientèle, donc il n'y a pas de différence de niveau.He Xu a expliqué que lorsque vous entrez dans la pépinière, vous êtes un invité. Que vous achetiez un arbre ou cent arbres, je vous recevrai tant que j'aurai le temps.Pas étonnant que la pépinière Qingshan soit transmise depuis trois générations.Liang Ying l'a félicité silencieusement dans son cœur, ressentant un sentiment d'admiration.Après le déjeuner, Liang Ying a pris l'initiative de payer la facture et He Xu ne l'a pas arrêté.Lorsqu'elle est revenue de la caisse, He Xu a tenu le téléphone et a demandé : Comment vous transférer de l'argent, WeChat ou Alipay.Liang Ying a mis son sac à dos : je t'ai dit que je voulais te soigner.Après avoir réfléchi pendant deux secondes, He Xu se leva : C'est bon, je t'inviterai à nouveau quand j'en aurai l'occasion.Ce n'est pas nécessaire.Liang Ying n'a rien dit et s'est tourné vers l'extérieur de la porte du magasin : Il pleut.Il pleuvait, il y avait du brouillard et la route était glissante et boueuse.He Xu baissa la tête et demanda à Liang Ying : Veux-tu que je te salue quand tu retourneras dans l'entreprise ?Liang Ying a refusé : Il y a un bus pour Xinyangfang, ce qui est très pratique.He Xu : As-tu apporté un parapluie ?Liang Ying secoua la tête et vit He Xu se diriger vers le caissier, dire quelque chose à la propriétaire et apporter un parapluie transparent.Je vous emmènerai d'abord sur le quai, puis je conduirai et vous rendrai le parapluie.Le parapluie est emprunté, ce qui semble être un arrangement très raisonnable.Liang Ying n'aimait pas la sensation collante lorsque la pluie mouillait ses vêtements, mais tenir un parapluie avec une personne du sexe opposé dépassait sa portée sociale normale.Attends-moi un instant.La voiture de He Xu était garée au centre de vente de Wanheng et l'arrêt de bus se trouvait sur le chemin.Liang Ying a demandé à la propriétaire si elle avait des parapluies supplémentaires, pensant qu'He Xu pourrait tous les rendre à ce moment-là, mais la propriétaire a dit que le seul était entre les mains de He Xu.Liang Ying a retroussé ses lèvres et s'est résignée à son sort.Après être sorti du restaurant, He Xu a levé son parapluie.Il y avait une différence de taille entre lui et Liang Ying, alors il a gardé le parapluie aussi près d'elle que possible.Liang Ying marchait à l'intérieur du trottoir, avec le mur du bâtiment à droite.Même si elle était très prudente, He Xu touchait toujours son bras par inadvertance parce qu'il était à gauche.Se sentant mal à l'aise sans raison, Liang Ying était agitée et sa respiration stagnait.Le trajet de cinq minutes lui donnait l'impression d'avoir marché cinquante minutes et ses pas étaient extrêmement lourds.Lorsque nous sommes arrivés à l'arrêt de bus, il y avait un abri contre la pluie au sommet.He Xu rangea son parapluie et Liang Ying se tenait en face de lui, se sentant détendu et à l'aise.He Xu regarda l'écran LED : Quel bus prenez-vous ?Liang Ying a répondu au numéro 15, et He Xu a poursuivi : Il reste encore deux arrêts, c'est presque là.Pourquoi ne part-il pas encore ?Liang Ying était un peu perplexe et a exhorté : Allez chercher la voiture, ne faites pas attendre la femme du patron.Il a accepté.Liang Ying ne l'a pas vu bouger.Le bus n° 15 entra lentement sur le quai.Liang Ying ne s'en souciait plus.La voiture est là, je pars en premier.Elle a dit au revoir à He Xu d'un ton poli et doux.He Xu : D'accord, au revoir.Liang Ying a glissé sa carte depuis la porte d'entrée pour monter dans le bus, et il y avait de nombreux sièges vides.Elle s'approcha de la porte arrière et s'assit du côté droit près de la fenêtre.Sac à dos dans les bras.Liang Ying a regardé par la fenêtre de la voiture, He Xu était toujours là.Comme s'il était conscient de son regard, il tenait le parapluie et lui souriait.Liang Ying lui a également souri en retour.He Xu portait aujourd'hui une chemise de travail gris militaire, avec les boutons déboutonnés et un T-shirt blanc en dessous.Avec de légers symptômes d'anxiété sociale, Liang Ying n'a pas osé le regarder attentivement pour le moment. Ce n'est qu'à ce moment-là qu'elle a réalisé que la chemise de He Xu était à moitié sombre et à moitié claire.Cela signifie que lorsqu'il l'a aidée à tenir le parapluieLe souffle de Liang Ying était étouffé et elle a regardé He Xu jusqu'à ce que la voiture s'éloigne de la plate-forme et que la silhouette disparaisse.He Xu a pris la voiture et est allé au restaurant pour rendre le parapluie comme convenu.La propriétaire a rendu la caution de 100 yuans et a demandé avec un sourire : J'aime cette fille.He Xu ne l'a pas nié, mais a demandé : est-ce évident ?Ce n'est pas le cas.La propriétaire leva le menton et le regarda : « Je pensais que vous étiez en couple, alors je vous ai donné le parapluie, mais la fille est venue me l'emprunter à nouveau, et puis j'ai réalisé que quelque chose n'allait pas.He Xu : Tu n'as vraiment qu'un seul parapluie ?Un gars intelligent, un jeune homme.La propriétaire cligna des yeux et désigna le dessous du caissier, lui faisant signe de regarder.He Xu se pencha légèrement et vit une variété de parapluies dans un seau de rangement en métal argenté.He Xu a ri et a pris une carte de visite de restaurant chez le caissier.Le lendemain, deux arbres à argent ont été déplacés de la serre de la pépinière : merci.

Chapitre 4 4Xiao He est un arbre de fer millénaireEn un clin d'œil, c'est le jour de congé.He Xu vit généralement seul à Hefu Xiyuan.Le week-end, j'allais dans l'ancienne maison de la famille He pour dîner avec mes parents.Chaque fois que ce jour arrive, les deux aînés de la famille He sont les plus heureux.Dès que le SUV noir entrait dans la cour de la vieille maison, He Ping et Chen Wanshu sortaient de la maison et marchaient main dans la main.Est-ce parce que mon fils me manque ?He Xu a garé la voiture et a regardé les silhouettes heureuses de ses parents. Sans le regarder, il est allé directement au coffre.La réponse est évidente.Après qu'He Ping ait pris sa retraite de la crèche, il a rejoint l'Association de photographie et a couru partout avec des armes d'épaule et des canons courts.Chen Wanshu était à l'origine professeur d'université et après sa retraite, elle a été embauchée par l'institut en tant que consultante technique.Pourquoi sont-ils devenus un couple.En plus d'être libre de tomber amoureux et de se voir, He Xu a également trouvé une chose en commun, c'est-à-dire que la cuisine était particulièrement désagréable.C'était soit cru, soit pas assez cuit, et les assaisonnements étaient placés au hasard, ce qui lui donnait envie d'appeler la police une fois qu'il l'avait mangé.Après avoir été autant torturé, He Xu a eu peur quand il a vu les deux aînés aller à la cuisine, alors il a simplement travaillé seul et a développé de bonnes compétences culinaires.Par conséquent, chaque fois qu'il venait dans la vieille maison, il disait qu'il allait manger avec eux, mais en fait il était là pour cuisiner.Avec un soupir impuissant, He Xu quitta le siège du conducteur.He Ping et Chen Wanshu avaient déjà ouvert le coffre et fait le point sur les ingrédients frais qu'il avait apportés.Lao He, tu vas te régaler aujourd'hui. Mon fils va préparer tes crevettes frites préférées et ton bar cuit à la vapeur.Ah Shu, vous aussi, vous pourrez déguster le bœuf en soupe aigre et la laitue en sauce d'huîtres.He Ping passa ses bras autour de Chen Wanshu, s'appuyant étroitement l'un sur l'autre.He Xu s'appuya de côté contre la voiture et réalisa soudain qu'il était un peu redondant.Chen Wanshu a regardé les ingrédients et a poussé un long soupir.Notre fils a grandi, ses ailes sont devenues raides, il n'a plus de maison⋯ Avec seulement un jour par semaine pour améliorer son alimentation, nous devons être les pires parents du monde.Chut.He Ping lui a rappelé de baisser la voix et de se contenter : si son fils l'entendait, elle serait privée d'elle pour le reste de la journée.

He Xu toussa légèrement.He Ping et Chen Wanshu ont été choqués.En regardant autour de moi, je l'ai remarqué.He Xu mit ses mains dans les poches de son jean, les yeux un peu sans voix.Chen Wanshu leva les yeux vers lui et lui tapota la poitrine : Espèce de gamin, tu ne peux même pas marcher sans faire de bruit. Tu as fait mourir de peur ta mère.He Xu a dit sans ambages : Il est facile d'avoir peur quand on fait quelque chose de mal.Qu'avons-nous fait. Chen Wanshu a regardé He Ping.He Pingping n'a pas changé d'expression et a agité ses mains : fournissant les gènes supérieurs des familles

He et Chen pour donner naissance à un fils exceptionnel comme Xiao He.Est-ce que vous le félicitez ou lui faites de la merde ?He Xu sourit légèrement, ne prit pas la peine de parler et sortit les ingrédients du coffre.Chen Wanshu a touché le bras de He Ping avec son coude, et les deux ont pris l'initiative, faisant semblant d'être nonchalants.Chen Wanshu a montré un sourire maternel : Fils, nous t'aiderons à déménager dans la cuisine, et le reste dépend de toi.sinon.Il n'a pas d'autres espoirs pour cette famille.Il y avait aussi une boîte de fraises et une boîte de pommes dans le coffre.He Xu l'a déplacé dans la maison et l'a placé sur la table basse du salon.Sans prendre le temps de se reposer, il se rendit seul à la cuisine pour préparer les ingrédients.Après les exercices du matin, He Xu est allé au marché.Il connaissait déjà bien les préférences de ses parents.Dans la cuisine, He Xu coupait des légumes avec un couteau.À l'extérieur de la cuisine, Chen Wanshu et He Ping ne chômaient pas, marchant sur la pointe des pieds vers la porte.He Ping portait son équipement photographique professionnel, tandis que Chen Wanshu observait la silhouette de He Xu et lui faisait signe.Cet angle est bon, très beau. Elle baissa la voix.Après avoir reçu les instructions de sa femme, He Ping s'est accroupi et a appuyé sur le déclencheur, seulement pour entendre un déclic.He Ping était bouleversé et a oublié de couper le son, alors il a rapidement évacué avec sa femme.Quand He Xu s'est retourné, il n'y avait personne à l'extérieur de la cuisine.Pensant qu'il avait des hallucinations, il a continué à se concentrer sur le maniement de la basse.He Ping et Chen Wanshu se tenaient dans le coin du couloir, regardant les photos qu'ils venaient de prendre.Chen Wanshu fronça les sourcils : Lao He, à quel niveau es-tu ? Vous êtes tous confus.He Ping avait honte : l'aura de mon fils est trop forte, je suis nerveux, je vais réessayer.De retour à la porte de la cuisine, Chen Wanshu retrouva un angle particulièrement bon.Le bruit de l'obturateur s'est fermé et He Ping a pris une douzaine de photos d'affilée.Accroupi près de la porte, Chen Wanshu admirait le chef-d'œuvre de He Ping.Très satisfaite, elle rayonnait de joie et a salué son mari.En un instant, une ombre tomba à côté de lui.Chen Wanshu sentit un frisson lui parcourir le dos et tourna lentement la tête pour rencontrer les yeux profonds de He Xu.Se voyant sur l'écran de la caméra, He Xu croisa les bras et attendit que le deuxième aîné s'explique.Chen Wanshu a tapoté l'épaule de He Ping : Lao He, as-tu confisqué les vêtements que j'ai séchés sur le balcon hier ?Semble être.He Ping a aidé Chen Wanshu à se lever. Je vous accompagnerai. Si vous la croisez en montant les escaliers, je me sentirai mal.Quel ordre:Après leur départ, il leur fallut déjà une heure avant de se revoir.He Xu a mis la vaisselle sur la table, et Chen Wanshu et He Ping sont venus sentir l'arôme de la nourriture.Table à manger carrée, He Ping occupe la place principale.He Xu et Chen Wanshu se faisaient face.En regardant les délicieux plats sur la table, He Ping et Chen Wanshu ont pris leurs baguettes sans hésitation.He Xu l'arrêta froidement : « Attendez un instant.Je n'ai pas pris assez de petit-déjeuner, alors je vous l'ai juste pointé du doigt.Chen Wanshu l'a ignoré et a ramassé de la soupe aigre et du gros bœuf. Qu'attendez-vous ? Vous abusez des personnes âgées.He Xu est allé droit au but : pourquoi as-tu secrètement pris des photos de moi ?Que pouvez vous faire d'autre?Chen Wanshu a laissé échapper: "Je te verrai une fois par semaine et je le retirerai quand tu me manqueras."Après une pause, elle soupira : Quel grand amour maternel.He Ping a fait écho : Il y a aussi un profond amour paternel.He Xu dit doucement : « Le jeune maître est là.Chen Wanshu était confiant : ce que nous avons dit est-il faux ?Dans quel ordre, commencez à compter."J'ai été mis dans un paquet d'émoticônes et envoyé au groupe familial. La photo a été développée et accrochée à une cible et frappée avec des fléchettes. J'étais aussi dans la boîte de mérite du temple. Lao He et A-shu, vous êtes vraiment mignons. .Chen Wanshu a fait des études supérieures, elle peut donc certainement entendre l'ironie.Son expression est restée inchangée : camarade de classe Xiao He, tu devrais réfléchir sur toi-même.He Xu a mis des légumes dans le bol et s'est demandé pourquoi je devrais réfléchir.He Ping a versé du vin rouge dans le verre et a demandé à He Xu s'il le voulait.He Xu a refusé de conduire et He Ping a répondu à la question qu'il venait de poser.Dans une famille de trois personnes, vous seul êtes célibataire.Même si c'est vrai,Je mérite la discrimination que je reçoisChen Wanshu s'est penchée en arrière sur sa chaise avec un air coupable sur le visage : « Après tout, nous sommes notre propre chair et notre propre sang, et nous sommes vraiment désolés d'avoir fait preuve de discrimination à votre égard.He Xu : Je comprends la vérité et je ne la changerai pas.Chen Wanshu : J'y suis habitué et je ne peux pas le changer.La bouche ici est trop stricte. He Xu regarda à nouveau He Ping.Lorsque leurs yeux se sont croisés, He Ping a dit : Ah Shu, dis-lui, Xiao He est la personne impliquée, et il le saura tôt ou tard.Chen Wanshu secoua la tête, impuissante.He Xu regarda et écouta attentivement.Qian Lijuan, vous vous en souvenez ?, a demandé Chen Wanshu.Il est vice-président de leur Collège forestier." He Xu hocha la tête. Elle a pris sa retraite l'année où j'ai obtenu mon diplôme. Que s'est-il passé ?Chen Wanshu : Le professeur Qian est très libre maintenant. Il s'occupe de sa petite-fille tous les jours, danse des danses carrées et agit comme entremetteur.En entendant la dernière phrase, He Xu a compris : Elle veut me présenter quelqu'un.Chen Wanshu a ramassé un bol de soupe au poulet et l'a tendu à He Xu. Sa nièce est institutrice. J'ai vu de bonnes photos, mais les photos de vous sur mon téléphone sont toutes obsolètes, alors je voulais vous demander papa doit en prendre un autre.He Xu a bu une gorgée de soupe au poulet : Si vous rencontrez quelque chose comme ça à l'avenir, ne soyez pas secret, vous pouvez me le dire ouvertement et ouvertement.Chen Wanshu a été choqué : ne détestez-vous pas le plus les rendez-vous à l'aveugle ?Il en va de même pour He Ping : vous détestez aussi prendre des photos.Sachant que je déteste ça, j'ai quand même frappé le pistolet.He Xu était tellement en colère qu'il a ri. En deux semaines, vous ne pouvez plus manger aucun des plats que j'ai cuisinés.Camarade de classe Xiao He, tu dois être raisonnable.Chen Wanshu a posé ses baguettes et lui a enseigné sérieusement. Il y a plus de cinquante personnes dans la famille de Lao He et Lao Chen, six chats, quatre chiens et deux petits hamsters. Vous êtes le seul. Pouvons-nous, parents, ne pas nous en inquiéter ?He Xu a également posé ses baguettes : Nous avons discuté de cette question, qu'ai-je dit à ce moment-là ?He Ping : Vous avez dit que lorsque vous rencontrez quelqu'un que vous aimez, vous prenez l'initiative, mais vous ne rencontrerez jamais quelqu'un que vous n'aimez pas.He Xu : J'ai toujours cette attitude.Chen Wanshu : La question clé est que votre cercle social est trop restreint et que vous passez la plupart de votre temps à la crèche. Où pouvez-vous rencontrer quelqu'un ? Pensez-vous que les rendez-vous à l'aveugle vous offriront des opportunités en sautant des arbres ? Vous ne pouvez pas nier complètement son rôle. .He Xu a avoué : Je l'ai déjà rencontré, vous n'avez pas à vous en soucier.L'air était soudain calme.Chen Wanshu et He Ping se regardèrent avec les lèvres légèrement entrouvertes.Chen Wanshu : Ai-je bien entendu ce que Xiao He a dit ?He Ping : Il a dit qu'il avait quelqu'un qu'il aimait.Chen Wanshu : Depuis qu'il est enfant, a-t-il déjà regardé une fille sérieusement ?He Ping : Non, c'est un vieil homme et la fille ne prend pas la peine de lui parler.Chen Wanshu : Je sais, il aime les structures gonflables.Quel ordre:Dans le passé, après le dîner, He Xu jouait aux échecs avec Lao He, puis discutait avec Ah Shu tout en nourrissant les poissons.Il ne voulait vraiment pas rester ici aujourd'hui, alors il est parti immédiatement. Bien sûr, il n'a pas oublié de supprimer les photos prises par Lao He avant de partir.Sur le chemin du retour à Xiyuan de He Mansion, He Xu a ramassé des vêtements nettoyés à sec.Lorsque j'ai ouvert la porte arrière et suis entré, j'ai vu un stylo noir avec une coque transparente entre l'espace entre l'assise et le dossier.He Xu prit le stylo signature et le regarda attentivement.C'est exactement le même que celui utilisé par Liang Ying lors de la sélection des plants à enregistrer à Qingshan.Après avoir renvoyé Liang Ying dans l'entreprise ce jour-là, personne d'autre ne s'est assis sur la banquette arrière.Les yeux de He Xu brillaient, ce devait être les siens.Les affaires de Liang Ying ont été laissées dans sa voiture.En raison à la fois de l'émotion et de la raison, He Xu a pensé qu'il devrait lui rendre les choses.Cependant, il n'a pas encore obtenu les coordonnées de Liang Ying.Cela ne semble pas bon de se précipiter à Xinyangfang pour la retrouver.He Xu s'assit sur le siège du conducteur avec un froncement de sourcils, pour se rendre compte qu'un message lui avait été envoyé à ce moment-là.L'argent de Naegi a été transféré sur le compte bancaire de Qingshan, il devrait donc le vérifier attentivement.Oui, vous pouvez demander à M. Fang.He Xu posa son menton sur le volant et appuya sur le clavier de son téléphone portable à deux mains.Après avoir expliqué la raison de la recherche de Liang Ying, Fang Zhizhi a rapidement lancé son compte WeChat.Le nom WeChat de Liang Ying est son vrai nom.La photo de profil est une vue arrière d'elle prise lors d'un voyage.He Xu retint son souffle et se concentra, appuya sur Ajouter et envoya la demande d'ami.Liang Ying n'était pas d'accord immédiatement, donc il était probablement occupé.He Xu posa patiemment son téléphone portable, tourna le volant et se dirigea vers l'avenue de la ville.Après être arrivé à Hefu Xiyuan et avoir garé la voiture au sous-sol, He Xu a repris son téléphone, a déverrouillé l'écran et un sourire est apparu sur son visage.Le système indique que Liang Ying a réussi sa candidature d'ami et peut commencer à discuter.

Chapitre 55Même un dur peut le faire en cuisine, il peut cacher ses secretsTous les travaux en cours ont été terminés avant le départ du travail vendredi, et

Liang a eu un week-end libre.L'endroit où elle vit s'appelle le jardin Mingdu, non loin de Xinyangfang, accessible en dix minutes en vélo partagé.Il s'agit d'un appartement de deux chambres de soixante mètres carrés finement décoré avec ses baies vitrées préférées, mais il n'a pas été nettoyé depuis longtemps et est un peu en désordre.Samedi matin, Liang Ying a dormi jusqu'à se lever à neuf heures.Après avoir mangé deux toasts, j'ai commencé à ranger et à nettoyer.Les nécessités quotidiennes sont soigneusement rangées et les sols sont balayés et essuyés pour essuyer la poussière.Elle a également élevé des arbres à argent.Nulle part où donner à la propriétaire les deux grands arbres et le petit en pot sur la table à manger.Il est fané, avec quatre ou cinq feuilles, et il semble qu'il ne vivra pas longtemps.Les plantes ne peuvent pas manquer d'eau et de lumière. Liang Ying était occupée récemment et a négligé d'en prendre soin, alors la terre dans les pots est devenue légère.Elle a arrosé les plantes en pot et les a placées devant les baies vitrées, baignées de soleil. Après les avoir nettoyées à midi, elle a constaté qu'elles reprenaient vie.C'était une sensation magique. Liang Ying a pris une photo et l'a envoyée à Moments, puis s'est assise sur le canapé et a ouvert l'application de livraison de nourriture.Le magasin est toujours le même qu'avant.Liang Ying a glissé l'écran de son téléphone portable, se sentant un peu gênée.Après une demi-heure d'essais vains, elle a changé de vêtements et a choisi de manger du riz frit au canard à la porte de la communauté.Après avoir reçu la demande d'ami WeChat de He Xu, Liang Ying était déjà revenu après avoir mangé du riz frit.Après avoir déballé quelques colis, j'ai récupéré mon téléphone et un message est apparu.Nom WeChat : HXPS : Bonjour, je m'appelle He Xu.La carte de visite a été envoyée par Fang Zhizhi.Liang Ying a regardé le ginkgo jaune et a été légèrement abasourdie.M. Fang a réglé l'argent pour les plants avec lui, et les faveurs qu'il devait ont également été remboursées.Ce que He Xujia a fait, a deviné Liang Ying, était de promouvoir les semis.En ratissant large dans les industries liées aux plants, il sera à l'avenir la première personne à penser à lui lors de l'achat de plants.Par respect pour le propriétaire de la pépinière, Liang Ying a appuyé sur le bouton d'acceptation.Il prenait l'initiative de parler de quelque chose. Liang Ying n'a pas initié la conversation et a plié les cartons express et les a placés devant la porte.De retour dans le salon et décrochant le téléphone sur le canapé, He Xu envoya un nouveau message.He Xu : Ce stylo est-il à vous ?Il séquence: photo.jpgJe suis allé droit au but sans demander si j'étais là.Liang Ying aime une telle communication directe.Cependant, sa supposition précédente a été infirmée.He Xu est devenu un ami grâce à un stylo. il s'avère.Au retour de la crèche de Qingshan, l'enclos manquait effectivement.Liang Ying ne s'inquiétait pas du prix de deux yuans pièce et en prit un nouveau dans le porte-stylo.Lorsqu'il a ouvert la photo envoyée par He Xu, c'était la sienne, et il a répondu par un "Hmm" surpris.Après y avoir réfléchi, il aurait dû atterrir sur la voiture de He Xu.Comme prévu, le prochain message de He Xu disait également la même chose.He Xu : Je passerai à Xinyangfang lundi pour le travail, et je vous livrerai alors le stylo.Après deux brèves rencontres, Liang Ying pouvait sentir qu'He Xu était bien éduqué et bien éduqué.Habituellement, ces personnes ont une étiquette morale gravée dans leur ADN, comme rendre quelque chose à son propriétaire d'origine.mais.Le stylo est très bon marché, bien inférieur au coût de combustion de l'huile pour un gros G.Pas besoin de s'embêter.En déballant l'express, Liang Ying a bâillé plusieurs fois et a prévu de faire une sieste sur le canapé.En voyant les paroles de He Xu, il s'est réveillé et a rapidement appuyé sur le clavier de son téléphone.Liang Ying a frappé M. He et s'est rappelé que He Xu avait spécialement corrigé le problème du titre et l'avait à nouveau supprimé.J'ai gardé les yeux ouverts et j'ai édité le texte très soigneusement.Liang Ying : He Xu, merci pour votre gentillesse.Liang Ying : J'ai utilisé un nouveau stylo, vous pouvez le manipuler vous-même.Liang Ying : Je souhaite que tout se passe bien, que les plants se vendent bien et je vous souhaite du bonheur chaque jour.

Liang Ying a refusé la demande de stylo et He Xu a été un peu déçu.Il était également clair entre les lignes qu'elle pensait qu'il faisait tout un plat de taupinière.He Xu s'allongea sur le lit et leva son stylo bien haut.La conversation s'est terminée par quelques mots et un soupir silencieux m'a traversé le cœur.En ce qui concerne Liang Ying, c'est ordinaire et sera perdu s'il est perdu.Pour lui, c'était l'objet de Liang Ying, et sa signification était très différente.He Xu essuya le stylo avec sa manche et le posa à plat près de son oreiller.J'ai décroché le téléphone et fouillé dans le cercle d'amis de Liang Ying.La dernière qui attire mon attention est la plante en pot de l'arbre à argent.Elle s'émerveillait de la vitalité des plantes.Je viens d'ajouter un ami, He Xu a supprimé la main qui l'aimait et a fait défiler vers le bas.Le reste, ce sont les photos du projet paysager et le lien vers le compte officiel.Le cercle d'amis de Liang Ying n'a pas d'heure visible.C'est juste qu'elle n'a pas beaucoup posté, alors He Xu a fini de le lire rapidement. En regardant sa photo de profil, elle se sentait particulièrement vide.Il pensait qu'il devrait aussi publier quelque chose.Si Liang Ying vérifie Moments et ne le bloque pas, vous pouvez le voir.He Xu a ouvert l'album photo sur son téléphone portable et a trouvé des arbres du début à la fin.Dans les crèches, sur les chantiers et lors des sorties scolaires.Liang Ying faisait des travaux paysagers, et il a vu beaucoup de ces choses, et il les passerait certainement sous silence d'un coup d'œil.Il n'y avait rien d'autre à partager. À ce stade, He Xu réalisa à quel point il était ennuyeux.Le soir, Ah Shu l'a @lui dans le groupe familial et l'a apprécié dans son cercle d'amis.He Xu a feuilleté sa photo de profil et a vu une table de plats délicieux qu'il avait cuisinés dans la vieille maison pour le déjeuner.Ah Shu a écrit : Donnez un fils, donnez un fils célibataire, donnez un fils qui sait cuisiner en échange d'une belle-fille. Si vous n'êtes pas satisfait du cadeau, vous pouvez également le rembourser. Les actions peuvent réaliser les rêves. .Contactez-moi maintenant !

Il est impossible d'aimer. Les photos peuvent être volées.He Xu sourit légèrement, sauva son chef-d'œuvre, se leva du lit et envoya son premier cercle d'amis de manière cérémonielle.

Il a terminé la conversation avec He Xu avec un simple mot « bien ».Liang Ying poussa un soupir de soulagement et fouilla avec désinvolture dans son cercle d'amis, qui était complètement vide.N'a-t-il envoyé aucune mise à jour ou a-t-il établi une conversation uniquement avec elle ?Lorsque la question a été posée, Liang Ying a estimé que la réponse n'était pas si importante, alors elle s'est allongée sur le canapé pour rattraper son sommeil sans s'y plonger.Quand je me suis réveillé à cinq heures et demie, il y avait de beaux nuages rouge orangé devant la porte-fenêtre.Il était temps de manger à nouveau, et Liang Ying avait aussi faim. Elle ne voulait pas sortir ni commander des plats à emporter, alors elle a ouvert un sac de nouilles instantanées.Elle n'a pas eu le loisir d'allumer la marmite et d'y jeter les nouilles instantanées pour cuisiner.Versez de l'eau bouillante dans le bol pour faire tremper la pâte. Après trempage, ajoutez les assaisonnements et mélangez bien.C'est aussi très parfumé.Liang Ying ouvrit le couvercle du bol et ramassa les baguettes avec satisfaction à cause de l'odeur.Le téléphone a vibré et frère Nan a envoyé le lien vers le compte officiel du nouveau projet du groupe d'entreprise.Comme d'habitude, Liang Ying l'a partagé sur Moments.Bientôt, quelqu'un l'a aimé et un cercle rouge accrocheur est apparu au bas de l'écran.Liang Ying souffre un peu de trouble obsessionnel-compulsif. Lorsqu'elle voit les invites, elle doit cliquer dessus et cliquer sur le cercle d'amis. Les mises à jour de He Xu ont attiré son attention.Une photo de gastronomie, accompagnée de deux mots : banquet familial.Liang Ying a ouvert la grande image et a vu cinq ou six plats, chacun faisant saliver les gens.Les nouilles instantanées ont perdu leur saveur instantanément. Elle a quitté la photo et a vu les likes dans le flux. Elle a découvert de manière inattendue qu'elle et He Xu avaient plus d'un ami commun.C'est normal d'y penser.Le paysage nécessite une adaptation des plantes, et He Xu est un fournisseur de plantes.Le cercle est si grand que je peux à peine compter comme la moitié de mes pairs.Immédiatement après, le commentaire de Fang Zhizhi est apparu : Vos parents savent bien cuisiner et ça a l'air délicieux.He Xu a répondu instantanément : M. Fang, je l'ai fait.Fang Zhizhi : Tu l'as faitHe Xu : Ouais.Fang Zhizhi : Xiao He, tu peux le faire.M. Fang a été choqué au-delà des mots, tout comme Liang Ying.He Xu a une apparence dure avec une froide indifférence.Si elle n'avait pas discuté avec lui ou remarqué son passage, elle aurait senti que ce n'était pas facile de se rapprocher de lui.Les gens ne peuvent pas être jugés sur leur apparence.Même un dur à cuire peut le faire dans la cuisine, en cachant ses secrets.Liang Ying a donné un coup de pouce à He Xu.Pour elle, c'était très décontracté.He Xu a également félicité Liang Ying pour l'arbre à argent qui avait ramené les morts à la vie.En voyant le cœur d'amour rouge, il y avait des ondulations superficielles dans son cœur.

Lundi matin, Liang Ying et deux collègues se sont rendus à Yuecheng Tiandi pour mener des recherches sur place.La partie A a également envoyé des personnes pour accompagner les travaux nécessaires dans la phase initiale du nouveau projet.Le processus de visite des lieux, de prise de photos, de mesure des données et d'étude de l'environnement routier environnant et des bâtiments anciens s'est déroulé assez facilement.De retour à l'entreprise après le déjeuner, Liang Ying a rangé ses affaires, a pris un verre d'eau et s'est assise à son bureau.Lin Yue a rapproché sa chaise d'elle : je deviens fou.Lin Yue avait l'air triste et Liang Ying lui a demandé ce qui n'allait pas.M. Zhao m'a demandé de lui trouver un pin noir du Japon comme élément principal de l'entrée. J'ai demandé à plusieurs pépinières mais aucune n'en a trouvé et il a trouvé trop cher de l'expédier par avion depuis le Japon.Lin Yue conçoit la cour de la villa et M. Zhao est le client.Le pin noir du Japon est un arbre paysager précieux, peu commun mais son prix est élevé.Les plantes qui ne sont pas rentables resteront sans intérêt pendant plusieurs années, il est donc raisonnable que les pépinières ne les cultivent pas.Liang Ying : Ce doit être du pin noir du Japon, rien d'autre ne fera l'affaire.Lin Yue a trouvé une image de l'historique des discussions et s'est moqué.Il m'a demandé de le restaurer un à un.Celui sur la photo est le pin noir du Japon, utilisé comme scène de tas, avec des branches étalées et une belle forme.Liang Ying a regardé Lin Yue : quel est le budget ?Lin Yue a rapporté un chiffre.Liang Ying a été choquée : j'ai bien entendu.Lin Yue secoua la tête, l'air dégoûtée.L'homme adulte est si exigeant et a tellement d'exigences qu'il pense vraiment que les designers sont tous des dieux.Liang Ying a dévissé la tasse thermos et a suggéré : Trouvez un devis en ligne et laissez-le abandonner.Je l'ai cherché, les gens adorent ça.Lin Yue a dit, a-t-il dit, tu vas trouver la crèche et je réduirai le prix moi-même.Liang Ying : Vous devez vraiment l'aider à le trouverabsurdité.Lâcha Lin Yue, les frais de conception n'ont pas encore été payés, ne devrais-je pas l'amadouer.Liang Ying était sans voix : je vous souhaite bonne chance.Lin Yue : Je ne demande pas votre bénédiction. Je veux juste vous demander quel était le nom de la crèche où nous sommes allés la dernière fois. N'est-ce pas la plus grande de la ville ?collines vertes.Liang Ying a répondu, m'avez-vous contacté ?Lin Yue a répondu négativement et Liang Ying a poursuivi : J'ai le compte WeChat du patron et je peux vous le recommander.Lin Yue : Vous me demandez d'abord, et je reviendrai plus tard.Liang Ying : Ce n'est pas grave.Après avoir discuté pendant le week-end, Liang Ying a rapidement trouvé He Xu sur l'interface principale.Insérez-le et appuyez sur l'écran du téléphone.Liang Ying : He Xu, excuse-moi.Liang Ying : Je voudrais demander s'il y a des pins noirs du Japon à Qingshan.Lin Yue a regardé Liang Ying envoyer le texte.Vous connaissez tellement bien le patron que vous l'appelez par son prénom.Non.Liang Ying a expliqué qu'il n'aime pas que les autres l'appellent "M. He", je le respecte simplement.pas vieuxIl a deux ans de plus que moi et c'est aussi un garçon F.Un tel destin.Lin Yue était curieux de savoir à quoi il ressemblait et s'il était beau.bien.Dans la boîte de discussion, He Xu n'a pas répondu.Liang Ying a vu les nouvelles historiques et a dit qu'il devait sortir pour affaires aujourd'hui.Elle doit être assez occupée, a-t-elle dit à Lin Yue : Va d'abord travailler, je te dirai quand il y aura des nouvelles.

He Xu a couru dehors aujourd'hui.Certains partenaires modifient temporairement les spécifications des arbres et doivent à nouveau signer un formulaire de confirmation avec eux.Certains partenaires étaient en retard avec les plants, et il était inutile de les appeler, il a donc dû venir les récupérer.Personne n'a un bon caractère lorsqu'il s'agit de recouvrement de créances.He Xu avait le visage froid tout le temps et ne parlait pas. La pression de l'air dans le bureau était faible.L'autre partie pensait probablement que s'il le poussait trop fort, le toit s'effondrerait, et il a promis de transférer l'argent dans les trois jours.Après avoir vu les nouvelles de Liang Ying, He Xu vient de retourner au véhicule tout-terrain et a décroché son téléphone portable.Le mécontentement provoqué par le recouvrement de créances s'est instantanément dissipé et il s'est penché en arrière sur le siège du conducteur, les sourcils détendus." Il a été posté il y a une heure. He Xu a répondu en s'excusant, il était occupé en ce moment.Répondez ensuite aux questions sur le pin noir du Japon.He Xu : Il semble y en avoir quelques-uns, je vais retourner à la crèche pour les chercher pour toi.Quel ordre : quelles spécifications sont nécessaires.Liang Ying a répondu rapidement.Liang Ying : Ma collègue en a besoin, pouvez-vous lui transmettre votre compte WeChat ?He Xu a saisi les mots clés.He Xu : collègueLiang Ying : Ouais.He Xu tenait son menton en contemplation.Peut-être qu'il est resté silencieux pendant un moment, a demandé Liang Ying.Liang Ying : Des questions ?Il appuya successivement sur le clavier du téléphone.He Xu : Non.He Xu : J'ai beaucoup d'amis, pourquoi ne créerais-tu pas un groupe et nous pourrons discuter ensemble.

Nouvel article "Après le divorce, tout Internet frappe notre CP" Veuillez accepter~Méchante, professionnelle, charmante reine du cinéma avec différents styles VS mari national, roi du cinéma cadre vétéranLin Mi est une méchante professionnelle. En raison de ses superbes talents d'actrice, elle est indissociable de son personnage et reçoit souvent une lame de rasoir.Jiang Yuzhou, un roi vétéran du cinéma, a une image juste profondément enracinée dans le cœur des gens et est considéré comme le mari national par des millions d'internautes.Il y a trois ans, Lin Mi et Jiang Yuzhou ont accepté de se marier, ce qui a choqué tout Internet lorsqu'ils ont été officiellement annoncés.L'une est une rose noire avec toutes sortes de charmes et l'autre est aussi légère que de l'encre.À en juger par son apparence, son tempérament et son style d'acteur, il ne correspond à personne et a été hautement élu par les internautes comme le CP le plus difficile de l'industrie du divertissement.Trois ans plus tard, l'accord a expiré. Le jour du divorce, Lin Mi et Jiang Yuzhou sont sortis du Bureau des affaires civiles. Des nuages sombres couvraient le soleil et des vents forts remplissaient le ciel.L'atmosphère était parfaite. Lin Mi regarda le cahier vert dans sa main et soupira facilement : Enfin libre.Jiang Yuzhou a hoché la tête en signe d'accord : qui a dit que ce n'était pas le cas.Lin Mi : A partir de maintenant, je ne verrai plus jamais vos fans me gronder dans des messages privés, disant que je profite de votre popularité.Jiang Yuzhou : Vos fans ne diront pas dans la zone de commentaires que j'affecte votre avenir, ce qui est une bonne chose.Lin Mi : Nous vous reverrons plus tard. Je souhaite à Maître Jiang un avenir radieux.Jiang Yuzhou : Il en va de même pour le professeur Lin.Les deux hommes se sont retournés dans un accord tacite, sont montés dans leurs propres supercars et sont partis.

Trois mois après son divorce, Lin Mi est apparue dans une émission télévisée d'amour intitulée "Sister's Spring", et Jiang Yuzhou était une observatrice dans le studio.Les internautes ont dit les uns après les autres : L'ex-mari a regardé son ex-femme tomber amoureuse, les amours nouveaux et anciens se sont réunis, c'est une sorte de champ Shura à grande échelle, l'équipe du programme le fera.Dans les deux premiers épisodes, Jiang Yuzhou était incroyablement calme.Jusqu'à ce qu'il voie Xiao Xianrou de la même entreprise emmener Lin Mi au sommet de la montagne pour trouver une romance la nuit, soufflant le vent froid et lui versant un grand verre de vin rouge. Il ne pouvait pas du tout rester assis et a appelé Xiao Xianrou sur le site d'enregistrement, sa voix était sévère. .Votre ex-belle-sœur a froid et est allergique à l'alcool. Elle ne sait pas ces choses, alors comment puis-je vous la laisser en toute sécurité ?Lin Mi a appris la nouvelle :Lors de l'enregistrement suivant, il y avait un homme bien habillé à côté de Lin Mi.Un mauvais nouvel amour affectera la réputation de mon ex-mari, je dois donc le vérifier auprès du professeur Lin.Lin Mi a posé une main sur l'épaule de Jiang Yuzhou avec une expression ambiguë : OK, le professeur Jiang doit penser à me dire s'il a une nouvelle petite amie, pour la même raison que ci-dessus.Quelques jours plus tard, l'enregistrement divulgué par les paparazzi a cassé Internet.Jiang Yuzhou, je t'ai laissé m'embrasser, mais je ne t'ai pas laissé me mordre !Je suis désolé, je n'ai pas assez d'expérience dans ce domaine. Je t'ai blessé, n'est-ce pas ?C'est sûrement parce que je ne regarde pas assez de films, comment allez-vous me dédommager ?Allonge-toi et laisse-moi te mordre.Les internautes se sont dit les uns après les autres : Peu importe à quel point c'est dur, le CP divorcé est le plus embarrassant. Je vous supplie de vous remarier tous les deux, et nous paierons la part !Conseils de lecture :*Petits biscuits, guérison quotidienne

Chapitre 6 6Offrez à votre chérie un pot de PhalaenopsisLiang Ying choisissait généralement de se conformer aux demandes des autres qui n'impliquaient pas ses propres intérêts.Après avoir parlé à Lin Yue, Liang Ying a rassemblé le groupe, s'est rendue dans la salle de conférence avec ses collègues pour trier les documents de recherche et lui a demandé de discuter seule avec He Xu.Quand je suis sorti de la salle de conférence, il était déjà temps de quitter le travail.Lin Yue a organisé un dîner ce soir et a ramené son travail à la maison, mais elle avait déjà disparu.Un collègue est venu et a demandé à Liang Ying s'il voulait commander des plats à emporter.Liang Ying a accepté avec joie, a regardé l'écran du téléphone de sa collègue et a choisi un morceau de riz au bœuf.L'épuisement du travail m'a rendu l'esprit un peu confus.Liang Ying a pincé ses sourcils, a pris un moment pour se détendre en attendant les plats à emporter et a décroché son téléphone.Le groupe créé par He Xu et Lin Yue n'avait pas configuré de messages Ne pas déranger.Liang Ying a ouvert WeChat et des dizaines de messages sont apparus.Afin de faire disparaître le rappel numérique, elle a inconsciemment cliqué dessus.N'ayant rien d'autre à faire, il fit glisser l'écran pour ouvrir l'historique des discussions.He Xu est retourné à la pépinière et a pris des photos de pins noirs japonais.Il y avait cinq arbres au total et il a également pris cinq photos pour montrer la forme générale.Liang Ying les a ouverts un par un, et chaque arbre a été soigneusement taillé et façonné pour rendre la scène principale grandiose sans perdre sa beauté.Lin Yue l'a probablement montré à M. Zhao, a choisi l'un des arbres et a demandé à He Xu quand il serait libre d'aller à la pépinière pour en discuter en détail.Un collègue a apporté le riz gras au bœuf et Liang Ying l'a remercié.Après avoir ouvert le couvercle de la boîte à lunch, He Xu a envoyé un message WeChat avant de lire le reste de l'historique des discussions.He Xu : Mercredi après-midi, votre collègue viendra à Qingshan.He Xu : Êtes-vous ensemble ?Vous devez demander un congé lorsque vous sortez les jours ouvrables. Liang Ying a appuyé sur l'écran de son téléphone pour expliquer.Liang Ying : Ce que nous faisons n'est pas un projet.He Xu a dit quelque chose, probablement parce qu'il avait compris, puis il le lui a dit.He Xu : La pépinière d'à côté ne fonctionne plus et est en train de vider ses stocks ces deux derniers jours.He Xu : Les fleurs, les plantes succulentes et les plantes vertes de bureau sont de bonne qualité et moins chères qu'en ligne.Liang Ying a entendu dire qu'il voulait qu'elle aille chercher la fuite.Liang Ying : Vous contribuez à promouvoirHe Xu : C'est vrai, le patron attrape souvent du poisson et me le donne par courtoisie.Je vois.Vous pouvez vous rendre à la pépinière et choisir sur place le type de plante que vous aimez. Il n'y a pas de perte de transport et c'est moins cher qu'en ligne. C'est très tentant.C'est dommage que les plantes attirent les insectes, sinon elle ne garderait pas que des arbres à argent.Liang Ying : Je n'en ai pas vraiment besoin, je t'aiderai à demander à Lin Yue demain si elle a beaucoup de viande.Liang Ying : Ou, si vous lui dites dans le groupe, elle devrait être très intéressée.He Xu : D'accord, je lui ai dit, tu travailles d'abord.Liang Ying : Ouais.Après avoir discuté avec He Xu, Liang Ying a mangé du riz au bœuf et a sérieusement réfléchi à l'opportunité de quitter le groupe.Elle n'a rien à voir avec le projet et ne participe pas au chat, elle est juste une entremetteuse.Mais après réflexion, j'ai décidé de l'oublier.Il n'y avait rien de mal avec Lin Yue, ils se connaissaient très bien, He Xu avait été invité par elle en tant qu'invité, il n'y avait donc aucune raison de le laisser derrière lui.J'ai donc désactivé le MDN.Immergé dans le projet, Liang Ying n'a plus jamais cliqué sur le groupe.Le lendemain à midi, Lin Yue a ouvert l'application de shopping et a voulu acheter quelques pots de viande en ligne.Il a remis le téléphone à Liang Ying et lui a demandé quelle race était la meilleure.Liang Ying a bu du yaourt et a dit : Je vais à Qingshan demain, j'ai hâte.Lin Yue la regarda avec méfiance : Qu'est-ce que le fait d'aller à Qingshan a à voir avec le fait que j'achète de la viande ? Qingshan ne vend pas ça.Liang Ying tourna la tête et regarda Lin Yue : He Xu ne vous l'a pas dit ?Lin Yue avait l'air vide : de quoi tu parles ?Liang Ying a ouvert la discussion de groupe et la dernière conversation portait sur Lin Yue et He Xu prenant rendez-vous pour se rendre à Qingshan.He Xu a-t-il oublié ? Il est peut-être aussi très occupé.Non, rien.He Xu rencontrera Lin Yue demain et pourra le vendre en personne.Lin Yue a fredonné deux fois sans entrer dans les détails.Demandez-moi son numéro de téléphone portable à He Xu, je l'appellerai demain à mon arrivée à la crèche.Pourquoi tu ne le veux pas toi-même. » a demandé Liang Ying.Lin Yue s'est levé : je dois aller aux toilettes, je ne suis pas libre.Ne vous précipitez pas pour le moment.Lin Yue a posé son téléphone portable sur le bureau pour le recharger. Liang Ying a regardé sa silhouette en train de disparaître, a détourné le regard et a fait la moue, @He Xu dans le groupe.Liang Ying : Quel est votre numéro de téléphone portable ?He Xu n'a pas répondu dans le groupe et a poussé Liang Ying dans une discussion privée.He Xu : Si tu as une urgence, viens me voirLiang Ying a expliqué soigneusement.Liang Ying : Ce n'est pas moi, c'est Lin Yue.Liang Ying : Ce n'est pas urgent, elle a dit qu'elle t'appellerait à la crèche demain.Liang Ying : Il est plus pratique de nous contacter de cette façon.He Xu a répondu et a envoyé un numéro à onze chiffres.Liang Ying s'est demandé pourquoi il ne l'avait pas simplement envoyé au groupe.Mais il ne l'a pas dit clairement et l'a transmis à Lin Yue.

Lorsqu'il a reçu la nouvelle de Liang Ying, He Xu cueillait des plantes en pot dans la pépinière voisine.J'ai entendu dire que quelqu'un avait publié un message de dédouanement sur les plateformes sociales et qu'il y avait de nombreux clients dans l'espace ouvert et dans la serre.Lao He aime les orchidées, Ah Shu aime le jasmin et He Xu prévoit de cueillir quelques pots et de les envoyer dans son ancienne maison le soir.Le nom de famille du patron était Gao, et He Xu l'appelait Lao Gao. Au départ, il n'avait pas l'intention de collecter de l'argent auprès de lui, mais He Xu a réfléchi à comment cela pouvait être fait et a scanné le code de paiement qui pendait autour de son cou.Après avoir payé l'argent, un message de groupe @ est apparu sur le téléphone, de Liang Ying.Après qu'He Xu ait eu une conversation privée avec elle, il y a réfléchi et a demandé à Lao Gao : Quels types de plantes en pot conviennent aux filles ?La seconde suivante, il a ajouté : " Elle est designer. Elle s'assoit souvent au bureau et dessine. Les voir lui fait du bien. "Lao Gao se considérait comme un homme dur et n'explorait pas les rebondissements des mots de He Xu.L'information recueillie est qu'il souhaite le donner à quelqu'un, une femme.Lao Gao a emporté un pot de cactus sur place : celui-ci est facile à cultiver et à entretenir. Il est livré avec différentes variétés et des pots en porcelaine blanche. Beaucoup de filles l'aiment.Les cactus sont pleins d'épines, donc si vous les piquez accidentellementHe Xu secoua la tête et demanda à Lao Gao s'il avait autre chose.Gardénia.Lao Gao a ramassé une autre petite plante en pot qui sentait si bon qu'aucune fille ne pouvait y résister.S' il est trop parfumé, il attirera facilement les thrips et causera de nombreux dégâts aux insectes.Plusieurs invités sont venus payer Lao Gao, et He Xu lui a demandé de faire d'abord son travail pendant qu'il se promenait dans la salle.Dans la serre, He Xu remarqua un pot de Phalaenopsis.Rose clair, avec deux épées en aluminium sorties, fraîches et élégantes, semblables au tempérament de Liang Ying.Il se pencha et le regarda un instant, puis ramassa le Phalaenopsis et le tint dans sa paume, releva légèrement les coins de ses lèvres et alla payer Lao Gao.Vous ne voulez vraiment pas de cactus.Lao Gao a demandé, il ne reste que quelques pots, reprenez-les et exposez-les comme vous le souhaitez, pas besoin de payer.He Xu tenait le Phalaenopsis et réfléchit quelques secondes : OK, aide-moi à préparer un plateau.

Mercredi après-midi, Lin Yue s'est rendue à la crèche de Qingshan.Liang Ying dessinait le design de Yuecheng Tiandi dans l'entreprise.Lin Yue s'est assis dans la voiture de M. Zhao et a envoyé un message à Liang Ying.Je me plains que M. Zhao rêve encore : il veut acheter du pin noir du Japon avec le budget donné, ce qui équivaut à utiliser Wuling Hongguang mini pour acheter du BBA.En regardant l'écran du téléphone, Liang Ying a soudainement réalisé qu'il y avait un problème.Avec le prix du marché du pin noir du Japon à ce niveau, He Xu ne pouvait pas risquer de perdre de l'argent en vendant les plants.Lorsque Lin Yue discutait avec lui, elle n'a délibérément pas mentionné le budget de M. Zhao et la vente était destinée à être impossible à réussir. Elle lui a également demandé de passer du temps à la réception. N'est-ce pas un peu trompeur ?Liang Ying tenait le crayon et réfléchissait un instant.Lin Yue lui a dit qu'elle était arrivée à Qingshan, puis s'est tue.Il y a d'autres nouvelles selon lesquelles Lin Yue est sorti de Qingshan.Liang Ying pensait que Lin Yue lui dirait que M. Zhao était un homme endurci.He

Xu a refusé de céder, et les deux étaient dans une impasse, et les négociations se sont soldées par un échec.Qui l'aurait deviné.Lin Yue : He Xuchang est comme ça, à vos yeux, c'est normal qu'il n'en mérite qu'un.Cela n'avait rien à voir avec les affaires, Liang Ying appuya sur l'écran de son téléphone.Liang Ying : Lequel.Lin Yue : Un gars typique, grand, riche et beau, mais sa peau est un peu plus foncée.Lin Yue : Mais si vous y réfléchissez bien, les jolis garçons ne sont plus populaires de nos jours. Les beaux mecs hardcore sont la tendance.Travailler comme pépinière nécessite une exposition au vent et au soleil, et des taches brunes sur la peau sont normales.Liang Ying a dit que tout allait bien, mais elle ne voulait tout simplement pas commenter l'apparence de quelqu'un avec désinvolture.Liang Ying : Ce n'est pas la question.Liang Ying : Que dit maintenant M. Zhao ?Lin Yue : Je te le dirai à mon retour.Lin Yue : C'est tellement excitant, je ne peux pas l'expliquer pendant un moment.Liang Ying :À cinq heures et demie, Lin Yue est revenue.Liang Ying était en train de dessiner un dessin quand un bruit de pas vint à côté de lui.En regardant autour de Xun Sheng, Lin Yue tenait une orchidée Phalaenopsis en pot dans une main et un cactus combiné dans l'autre. Son visage était plein de printemps et sa bonne humeur était inscrite sur son visage.Lin Yue a placé le Phalaenopsis sur le bureau de Liang Ying : He Xu le lui a donné.Le Phalaenopsis rose est très beau et féerique, avec un léger parfum.Liang Ying était confus : pourquoi a-t-il donné ça ?Lin Yue a placé le cactus combiné sur le coin de la table et s'est assis sur la chaise.Merci à nous de l'avoir aidé à obtenir une grosse commande, tout comme mon pot.Faciliter les grosses commandes signifie.He Xu a vendu du pin noir du Japon à M. ZhaoLin Yue a dit sans réfléchir : Oui.Liang Ying fronça légèrement les sourcils : M. Zhao est si puissant.A ce prix, He Xu subira une perte et subira une fracture.Lin Yue a agité la main : ce n'est pas M. Zhao qui est génial, c'est He Xu qui est génial.Comment dire.Pouvez-vous croire que vous pouvez augmenter le budget de M. Zhao par vous-même ?Liang Ying secoua soudainement la tête.Lin Yue commença à parler avec passion.He Xu nous a conduits à la zone de plantation de pins noirs au Japon dans un grand G. Il a dit qu'il avait une profonde coopération avec nous à Langbai et qu'il pouvait offrir à M. Zhao un prix amical. He Xu a indiqué le prix, qui était inférieur au prix du marché, mais nettement supérieur au budget de M. Zhao.M. Zhao jouait là-bas la carte des faveurs, disant qu'il y avait tellement de crèches à travers le pays, mais que personne d'autre ne s'y intéressait. Il n'aimait que celle de Qingshan, espérant qu'elle pourrait être inférieure. He Xu lui a demandé quel était son prix psychologique. Après que M. Zhao ait fini de parler, j'ai senti qu'He Xu était abasourdi et est resté silencieux pendant un long moment.Liang Ying : Et alors

?Connaissant le résultat, il doit y avoir un tournant.He Xu a dit franchement que le prix est lié à la rareté de la variété et à la qualité des plants. Si M. Zhao le veut vraiment, il peut casser une branche et le laisser la reprendre et la propager par lui-même. ou vingt ans, il peut le subir. Après des centaines de tailles, c'est presque la même chose que ce qu'ils ont dans leur pépinière.Liang Ying a ri : M. Zhao était également stupide. Il ne s'attendait pas à ce que cultiver un arbre prenne autant de temps et de problèmes, alors il l'a payé docilement.Lin Yue : Laissez-moi vous dire qu'He Xu a été très prévenant et a tout expliqué à M. Zhao sur les procédures de coupe, l'environnement de culture approprié et la gestion de l'eau et des engrais.Liang Ying : M. Zhao est un profane, comprenez-vous ?J'ai une grosse tête, alors ne parle pas de lui.Lin Yue a déclaré : « Ainsi, les professionnels font des choses professionnelles. M. Zhao a compris cette vérité et ne pouvait pas abandonner le pin noir du Japon, alors il l'a acheté avec cœur. En fait, pour lui, il ne s'agit que d'une semaine de revenu.Après avoir écouté ce que vous avez dit, cela semble assez excitant. Liang Ying a commenté.C'est encore plus excitant à regarder sur place.Lin Yue a souligné que He Xu avait agi si sincèrement que je ne savais pas s'il s'agissait d'une stratégie de vente ou s'il n'avait vraiment pas l'intention de vendre. Il parlait également très calmement et n'était ni impatient ni impatient. Je ne pouvais pas l'imiter. J'aurais dû me douter que je l'aurais enregistré pour vous.Ce n'est pas grave, votre problème sera résolu.Liang Ying a dit facilement, He Xu a donné une leçon à M. Zhao, et il ne devrait pas vous poser de problèmes à l'avenir.Lin Yue lui a dit doucement : Sur le chemin du retour, M. Zhao a dit que j'étais très professionnel dans mon travail et j'ai pris l'initiative d'augmenter les frais de conception.Liang Ying a regardé le Phalaenopsis : Alors vous devez remercier He Xu.Je le pense aussi.Lin Yue s'est tourné pour demander : avez-vous lu les messages du groupe ?Liang Ying secoua la tête et avec le regard de Lin Yue dans les yeux, elle ouvrit le message de groupe.He Xu : Merci à vous deux de m'avoir présenté à un client important.He Xu : Si vous avez le temps le week-end, je vous offrirai un dîner.Lin Yue : Tellement poli.He Xu : Ça devrait l'être.Lin Yue : Je n'en ai pas besoin. Vous m'avez rendu un grand service. Égalisons-nous.Lin Yue : S'il vous plaît, invitez Liang Gong, c'est elle qui a le plus contribué à me présenter.He Xu : Alors je lui demanderai plus tard.Après avoir parcouru l'historique des discussions, Liang Ying a ouvert de grands yeux et a regardé Lin Yue.Si tu n'y vas pas, comment puis-je dîner seul avec lui ?Si j'y vais, vous irez voir Lin Yue pour demander.Après avoir été coincé dans ses pensées pendant deux secondes, Liang Ying a répondu : Pas nécessairement.Puis il a expliqué : Je pense que la capacité de He Xu à vendre les plants est de sa faute et n'a rien à voir avec nous.Du point de vue de He Xu, nous lui avons donné une chance de mettre pleinement à profit ses atouts.Je ne t'ai pas donné des plantes en pot ?Pour Liang Ying, être un cadeau de remerciement était suffisant.Il peut penser que manger est plus sincère.Lin Yue a répondu, vous restez à la maison le week-end et commandez des plats à emporter ou mangez des nouilles instantanées. Je veux améliorer la nourriture pour vous. Si vous n'y allez pas, dites-le simplement à He Xu et il ne forcera personne à faire quoi que ce soit.Liang Ying a ouvert la boîte de discussion sans hésitation.Après avoir tapé quelques mots, mes collègues sont venus regarder le croquis du plan.Liang Ying lui a dit quelques mots, puis a repris le téléphone et He Xu a envoyé le message avant elle.

Chapitre 7 7Je n'ai pas encore dîné, puis-je trouver un ami ?He Xu n'a rien dit sur l'invitation à dîner, mais lui a demandé.He Xu : Avez-vous reçu le Phalaenopsis ?Liang Ying a répondu avec un hmm.Afin de rassurer He Xu, elle a placé le Phalaenopsis sur les livres professionnels sur le coin de la table, a pris une photo et l'a envoyée.Il était temps de quitter le travail. Lin Yue a emballé ses affaires, s'est levée et a regardé Liang Ying : Tu rentres ?Liang Ying n'avait pas encore terminé l'esquisse du plan, alors il a décidé de faire des heures supplémentaires comme d'habitude et a dit à Lin Yue de faire attention à la sécurité sur la route.Lin Yue lui a également dit : N'oubliez pas de bien manger.Liang Ying a répondu, mais en fait il n'avait aucune envie de manger.Frère Nan a offert à tout le monde un petit gâteau dans l'après-midi, et elle est encore un peu forte maintenant.En regardant à nouveau le téléphone, He Xu a répondu au message.He Xu : Phalaenopsis pousse bien et a peu de parasites et de maladies.La séquence : placez-le dans un endroit avec une lumière diffuse, faites attention à la ventilation et suivez le principe de l'arrosage lorsqu'il est sec et humide, et il n'y aura aucun problème.Il y a peu de ravageurs et de maladies.Elle pourra alors travailler dur pour le maintenir en vie plus longtemps.Liang Ying était satisfait et, bien sûr, il n'a pas oublié les affaires.Liang Ying : He Xu, il n'est pas nécessaire de t'inviter à dîner.Liang Ying : Phalaenopsis suffit comme cadeau de remerciement, je l'aime beaucoup.En un clin d'œil, He Xu est venu s'enquérir.He Xu : Êtes-vous toujours dans l'entreprise ?Liang Ying a répondu honnêtement.Liang Ying : Oui.Liang Ying : La tâche n'est pas encore terminée.He Xu : As-tu dîné ?Liang Ying : Pas encore.Pourquoi demande-t-il cela ? Liang Ying était perplexe.Voyant l'autre partie taper en haut de l'écran, He Xu lui a demandé.He Xu : Il y a un restaurant de soupe au bœuf à Xinyangfang, qui est très célèbre à Qingzhou.Après être resté ici pendant trois ans, Liang Ying le sait naturellement.Liang Ying : Oui, je m'appelle

Zhang Ji.La seconde suivante, He Xu a envoyé un message vocal de dix secondes.Liang Ying l'a touché légèrement et a porté le téléphone à son oreille pour écouter.Est-ce en face de Starbucks ?He Xu a dit : « J'ai vu la soupe au bœuf Zhangji. Il y avait beaucoup de monde.En un instant, Liang Ying réalisa.Liang Ying : Vous êtes à Xinyangfang.He Xufa a envoyé la localisation en temps réel. vraiment.He Xu : Je ne sais pas quoi manger à l'heure du dîner.He Xu : Après avoir cherché, le Big Data m'a recommandé de venir ici.Il y a en effet beaucoup de plats délicieux à Xinyangfang.Impressionné par l'exactitude du Big Data, Liang Ying a regardé les nouvelles nouvelles.He Xu : Si tu ne veux pas manger, alors je t'offrirai de la soupe.He Xu : Je n'ai pas encore mangé, alors nous pouvons nous réunir.L'arôme de la nourriture remplit l'air.En se retournant, un collègue mangeait du riz en terre cuite et un autre du maocai.Liang Ying avait un peu faim, alors He Xu a continué.He Xu : Il ne vous faudra pas longtemps avant d'avoir la force de travailler après avoir mangé.Après avoir bu la soupe au bœuf, He Xu ne penserait plus à l'inviter à dîner.Comme c'était si pratique, Liang Ying n'avait aucune raison de lutter, alors elle a pris son téléphone portable et est sortie.Il ne faut que cinq minutes à pied de Langbai à Zhangji.Ce n'était pas bon de partir les mains vides, alors Liang Ying a acheté deux tasses de thé au lait en chemin, ce qui l'a retardée de cinq minutes supplémentaires.Zhang

Ji avait une immense fenêtre en verre et Liang Ying pouvait voir He Xu d'un coup d'œil.He Xu s'était déjà assis et lui avait fait signe.Liang Ying a souri et a poussé la porte.Devant la vitre se trouve une longue table en bois où l'on peut s'asseoir côte à côte.He Xu ramassa le manteau qui était posé sur le siège à côté de lui, Liang Ying s'assit et lui tendit le thé au lait.He Xu a regardé le thé au lait et a dit avec un sourire : « Tu m'as même apporté un cadeau.Le cadeau semble également trop cher.Il s'agit évidemment d'une simple tasse de thé au lait.He Xu était si doué pour parler que Liang Ying a dû expliquer : Mes collègues et moi offrons souvent à une personne un dîner et à l'autre du thé au lait.bien.He Xu l'a accepté avec plaisir, je commanderai ce que tu veux manger.Bien sûr, la soupe au bœuf n'est pas qu'une soupe, vous pouvez choisir des vermicelles ou des nouilles.Liang Ying a regardé le menu au-dessus de la caisse et a choisi une petite portion de vermicelles de bœuf.Pas épicé, les oignons et la coriandre vont bienAprès avoir reçu la réponse affirmative de Liang Ying, He Xu s'est levé.Liang Ying lui tenait le menton et regardait la foule à l'extérieur de la vitre avec un air hébété.Elle aime ce genre de siège en forme de bar, sans avoir à se faire face, et évitant totalement l'embarras causé par le contact visuel pendant le jeu froid.Quand He Xu est revenu avec le reçu de caisse, Liang Ying lui a demandé : Vous venez de Qingshan.He Xu hocha la tête : j'avais initialement prévu d'aller au gymnase, mais le patron a dit qu'ils allaient à un team building ce soir.Le manteau de He Xu était sur ses jambes et il portait un T-shirt blanc à manches courtes sur le haut du corps.Liang Ying lui jeta un coup d'œil avec sa vision périphérique et remarqua à nouveau les lignes musculaires de ses bras.Cela n'est vrai que pour ceux qui ont des habitudes de remise en forme.Le téléphone portable de He Xu a sonné, il a jeté un coup d'œil à l'écran et a dit à Liang Ying : « Je vais répondre à l'appel.bien.Liang Ying a également profité de la tendance pour ouvrir son cercle d'amis.He Xu expliquait à la personne au téléphone comment prévenir et contrôler les maladies des semis et les insectes nuisibles.Ce sont tous des termes professionnels, Liang Ying a suivi des cours pertinents et peut les comprendre à peu près.La voix de He Xu n'était pas pressée.Il y avait certaines parties que l'autre partie ne comprenait pas, alors il les répéta deux ou trois fois, restant toujours patient.Le téléphone a raccroché et la nourriture commandée a été livrée.Liang Ying avait une petite portion de vermicelles de bœuf, tandis que He Xu a choisi une portion moyenne de nouilles au bœuf.Il y avait aussi des crêpes parfumées et croustillantes. He Xu a demandé des gants jetables au commis et a cassé les crêpes en petits morceaux.Les crêpes sont plus délicieuses lorsqu'elles sont consommées chaudes.Liang Yingqian a mangé deux morceaux et en a trempé quelques morceaux supplémentaires dans la soupe au bœuf.Lin Yue vous a-t-il parlé de la situation dans l'après-midi ?Après avoir entendu la demande de He Xu, Liang Ying a répondu par l'affirmative.Elle vous a félicité d'être si génial. Au début, nous pensions tous qu'il était impossible d'accomplir la tâche de M. Zhao.He Xu a enlevé ses gants jetables.Si je vous dis que je ne pensais pas que ça marcherait au début, ce serait un peu Versailles.Liang Ying tourna la tête et regarda He Xu, légèrement surpris : il le pensait avant de connaître le prix psychologique de M. Zhao.He Xu a ajouté du vinaigre aux nouilles et a demandé à Liang Ying s'il en voulait.Liang Ying a refusé, et He Xu a posé la bouteille de vinaigre et lui a dit : " Mon père a introduit le pin noir du Japon. De nombreux clients venus chercher des plants ont été attirés par la forme et ont voulu les racheter pour les planter dans la cour, mais ont été rebutés lorsqu'on leur a demandé le prix.Liang Ying a bu une gorgée de soupe au bœuf et a demandé timidement : « Aucun d'entre eux n'a été vendu.Eh bien, dix ans.Liang Ying y a réfléchi pendant un moment. Songke avait une durée de vie relativement longue, donc il ne semblait y avoir aucun problème s'il restait là.Elle a ramassé l'éventail avec des baguettes. Lin Yue m'a dit qu'après que M. Zhao ait signalé le prix psychologique, vous avez été abasourdi pendant longtemps.He Xu sourit légèrement : Elle a observé si attentivement que je peux vous dire tout cela.Liang Ying : Elle pense probablement que c'est la réaction qu'une personne normale devrait avoir.He Xu n'a pas nié : M. Zhao savait qu'il n'y avait que trois pépinières dans le pays cultivant du pin noir du Japon, et Qingshan était l'une d'entre elles. Il comprenait évidemment le marché.Par conséquent, lorsque vous lui coupez des branches, vous le faites par sincérité.Il m'est impossible de le vendre à perte, et il l'aime beaucoup, alors il est là, alors gardons-le en souvenir.Liang Ying a soupiré : Ce n'était pas intentionnel, mais ça s'est plutôt bien terminé.He Xu a regardé le visage de Liang Ying avec des yeux brillants.La bénédiction d'une solive.Certainement pas.Au début, ni elle ni Lin Yue ne pensaient que l' accord pouvait être conclu.C'est He Xu lui-même qui a renversé la situation, en s'appuyant sur sa sincérité et son professionnalisme.Liang Ying était sur le point de dire cela, mais avant qu'elle ne puisse parler, la petite fille à côté d'elle a été grondée par sa mère et a jeté avec colère sa cuillère dans le bol à soupe.La soupe a éclaboussé le bras de He Xu et Liang Ying a rapidement pris deux mouchoirs et les a remis.La mère de la petite fille s'est excusée abondamment, mais He Xu a agité la main et a dit que cela n'avait pas d'importance.Il a essuyé la soupe et Liang Ying a rappelé : c'est aussi sur ses vêtements.Un T-shirt blanc sera particulièrement visible si quelque chose est éclaboussé dessus.He Xu baissa la tête, regarda sa poitrine et n'eut d'autre choix que de revenir en arrière et de la laver à nouveau.Liang Ying a sorti le stylo anti-taches de sa poche et l'a placé devant lui.He Xu était un peu surpris : Pourquoi emportes-tu ça avec toi ?Bien sûr parce que,Liang Ying a mangé un morceau de bœuf, avec un peu d'impuissance sur le visage. J'aime porter un pantalon blanc.Pas maintenant.He Xu se souvint que lorsqu'il s'était rendu au bureau des ventes de Wanheng pour voir Miao, il portait également un pantalon blanc.Le chantier de construction était poussiéreux et boueux, et les pantalons blancs étaient faciles à salir. Il remarqua qu'il transpirait pour elle.Il s'est avéré que c'était purement une préférence personnelle, qu'elle avait pris des précautions et qu'elle était très prévisible.He Xu a utilisé un stylo détachant pour nettoyer les taches sur le T-shirt, et ses mouvements étaient très habiles.Liang Ying a deviné qu'il faisait habituellement beaucoup de travaux ménagers.Après avoir rendu le stylo détachant, He Xu a dit : J'ai beaucoup de vêtements blancs, dois-je en emporter un avec moi ?Liang Ying : Oui, c'est très pratique à utiliser.Où acheter. » Demanda-t-il Xu.Je l'ai acheté en ligne, si tu veux, je peux t'envoyer le lien.D'accord, je ne choisirai pas.Le stylo détachant Liang Ying Amway s'est beaucoup éteint.Partagez le lien et le dîner est presque terminé.En sortant de Zhangji, il est sept heures du soir.Liang Ying a regardé l'heure et a vu que le repas était pris très rapidement, seulement une demi-heure.Qu'il s'agisse de vermicelles ou de nouilles, les portions sont copieuses.Elle et He Xu ont sorti le thé au lait que Liang Ying avait apporté intact.La nuit est arrivée et toutes les lumières de Xinyangfang sont allumées.Debout sur la place où les gens allaient et venaient, He Xu regarda Liang Ying : Retournez et faites des heures supplémentaires.Liang Ying hocha la tête : je montrerai le croquis du plan à frère Nan demain, mais je ne l'ai pas encore terminé.Combien de temps faudra-t-il pour dessiner ? Dit-il Xu avec inquiétude.Liang Ying n'était pas sûr non plus et a donné une réponse vague : vers neuf ou dix heures.Il est un peu tard. He Xu a demandé à nouveau : Y a-t-il des collègues qui rentrent chez vous avec vous ?Liang Ying lui a dit : Je vis seul, la sécurité dans notre communauté est bonne et il est très pratique de faire du vélo partagé.He Xu a répondu : Alors revenez vite, finissez de peindre plus tôt et quittez le travail plus tôt.Liang Ying le pensait aussi. Je vais partir en premier. Au revoir.À bientôt.Liang Ying s'est retournée. La belle silhouette a rapidement disparu dans la foule.He Xu a regardé en arrière à contrecœur et a marché dans la direction opposée pour récupérer la voiture sur le parking.Après être monté dans la voiture, il n'était pas pressé de partir.J'ai d'abord cliqué sur le lien fourni par Liang Ying pour passer une commande du stylo détachant, puis j'ai enfoncé la paille dans le thé au lait, pris une photo et l'ai envoyée à Moments.L'ancienne maison de la famille He, Chen Wanshu est tombé sur cette mise à jour, @He Xu dans le groupe familial.Ah Shu : J'étais tellement excité après avoir vendu mes plants que j'ai même abandonné l'habitude de boire du thé au lait.Après la vente du pin noir japonais, He Xu en a immédiatement informé le groupe familial.Lao He était très heureux de réaliser zéro percée et a poussé Ah Shu à danser un pas de deux senior.La réponse de He Xu était concise et précise.Xiao He : Quelqu'un d'autre m'a invité.Ah Shu : Qui est-ce ? Est-ce que je le connais ? Homme ou femme.Xiao He : L'enquête d'enregistrement des ménages n'est pas aussi détaillée que vous l'avez demandé.Xiao He : Un client.Ah, les clients.Chen Wanshu fait ressortir les doux conseils d'une mère aimante.Ah Shu : Buvez moins, cela vous rendra sujet à l'insomnie.He Xu a pris une photo de la tasse vide, Chen Wanshu ne s'attendait pas à ce qu'il le fasse si rapidement et ne pouvait s'empêcher de s'inquiéter.Ah Shu : Vous devez aller à la salle de sport et vous accroupir pendant quelques jours pour développer vos muscles.Xiao He : De temps en temps, cela n'aura pas beaucoup d'impact.Chen Wanshu a été choquée et a élevé la voix pour faire un message vocal.La dernière fois, je t'ai demandé d'en acheter un et d'en avoir un gratuitement, mais ce n'est pas ce que tu as dit.A cette époque, He Ping est sorti pour recueillir des nouvelles.He Xu est allé à l'institut de recherche pour ramener Chen Wanshu chez lui.En passant devant un magasin de thé au lait en chemin, Chen Wanshu a été ému.He Xu a dit que boire du thé au lait entraînerait une perte musculaire, alors il a refusé avec raison.Elle a bu deux verres de vin seule et a souffert d'insomnie toute la nuit, puis elle a abandonné.He Xu a également répondu à son message vocal, qui portait sur un autre sujet : Envoyez-moi ce que vous voulez manger et venez samedi pour le préparer.Chen Wanshu connaissait très bien le personnage de He Xu.Ce que vous dites est vrai, la décision est prise, ne vous attendez pas à ce qu'il la change.He Xu a dit qu'il ne viendrait pas cuisiner la semaine dernière, et Chen Wanshu et He Ping ont été tristes pendant longtemps.C'est étrange que Tie Shu, millénaire, puisse un jour prendre l'initiative de le gifler.Chen Wanshu a fait de son mieux et a dit : Vous ne nous avez pas trompés.He Xu : Je suis de bonne humeur aujourd'hui.He Ping jouait avec le matériel de tir là-bas et Chen Wanshu l'a appelé.Les deux ont travaillé ensemble pour finaliser la liste et l'ont envoyée à He Xu, de peur qu'il ne le regrette.He Xu a répondu avec une expression OK, une image de dessin animé particulièrement mignonne.Chen Wanshu a été choqué, quand cet arbre de fer froid est-il devenu mignon ?He Xu a envoyé un autre message vocal.Le clair de lune est si beau ce soir, Lao He et Ashu, l'avez-vous vu ?Chen Wanshu et He Ping ont regardé par la fenêtre en même temps.Par temps nuageux, la lune est cachée dans les nuages et seul son léger contour est visible.Chen Wanshu était impuissant : votre thé au lait est-il mélangé à de l'alcool ?He Xu a envoyé un texto.Xiao He : Ce n'est pas du vin.Ah Shu : Qu'est-ce que c'est ?Il y eut un moment de silence et Chen Wanshu pensa qu'il s'était endormi, alors elle posa son téléphone et alla aux toilettes pour se laver.Lorsqu'elle et Lao He se sont allongés sur le lit, la réponse de He Xu est venue lentement.Xiao He : C'est la fleur qui fleurit de l'arbre de fer.

Chapitre 8 8Il y a toujours des coïncidences inattenduesLe lendemain matin, dès que Liang Ying est arrivée dans l'entreprise, elle a emmené les croquis et les collègues de l'équipe de projet voir frère Nan.Frère Nan vérifiera tous les projets de Langbai et ce n'est qu'une fois ses plans approuvés qu'ils seront développés et présentés à la partie A.Un patron sans air, rendant la communication immersive et détendue.Liang Ying a noté les domaines qui devaient être révisés dans son cahier, prévoyant de dessiner une nouvelle ébauche dans l'après-midi et de la montrer à frère Nan.Après le déjeuner, Liang Ying a jeté les plats à emporter dans la poubelle à l'extérieur de l'entreprise.Lorsqu'elle est revenue et a décroché son téléphone, He Xu lui a envoyé un message.He Xu : Stylo détachant.jpgHe Xu : J'ai passé la commande hier soir et elle est arrivée à midi, ce qui a été assez rapide.Aujourd'hui, avec le développement rapide de la logistique, c'est effectivement pratique et rapide.Liang Ying a ouvert la photo envoyée par He Xu et a légèrement ouvert ses lèvres.Il a acheté deux boîtes et a estimé approximativement qu'il s'agissait d'au moins une centaine de bâtons.Liang Ying a appuyé sur le clavier du téléphone pour le rappeler.Liang Ying : Une bouteille peut durer longtemps.He Xu l'a expliqué de cette façon.He Xu : Les oncles et tantes de la crèche travaillent dur, et chacun d'eux en reçoit un.He Xu : Mes parents et d'autres proches à la maison, j'ai l'intention de les leur donner aussi.Ne serait-il pas un peu étrange de l'offrir en cadeau ?Liang Ying est restée sans voix pendant quelques secondes puis a changé ses mots.Liang Ying : Très unique.He Xu : Il est midi et demi.He Xu : Ai-je dérangé votre pause déjeuner ?Liang Ying : Non, je viens juste de finir de manger.He Xu : Quelle coïncidence, je viens de finir de manger aussi.Liang Ying : Ah.He Xu : Ouais.Après avoir brièvement discuté avec He Xu, Liang Ying a rangé le bureau en désordre et s'est allongé pour se reposer pendant un moment.Je suis rentré chez moi à 23 heures hier soir et je n'ai pas très bien dormi. Quand j'ai fermé les yeux, j'ai vu des croquis de plans.Son esprit était groggy et elle commençait à peine à avoir sommeil. Son téléphone vibrait et c'était l'appel de Liang Cuiping.Liang Ying fronça les sourcils, se leva et se rendit au salon de thé pour écouter.J'ai appelé maman et j'ai entendu une voix routinière dans mes oreilles.L'endroit où manger a été changé pour Meiyuanju, celui de l'ancienne porte est. Vous pouvez alors prendre un taxi là-bas.Dimanche marque le 50e anniversaire du beau-père de Liang Ying, Xia Anzhong.Liang Cuiping a demandé à Liang Ying de libérer son temps pour assister au banquet de midi il y a un demi-mois.Liang Ying n'aimait pas les endroits bondés, alors elle a refusé parce qu'elle devait faire des heures supplémentaires.Qui aurait pensé que Liang Cuiping lui reparlerait de cette affaire lors de cet appel téléphonique.Nerveux, Liang Cuiping a poursuivi : Habillez-vous bien, ne vous contentez pas d'enfiler un T-shirt ou un jean et de sortir. Il est préférable de se maquiller à nouveau. Il y a des magasins comme ça dehors. Demandez à quelqu'un de vous aider. Je n'ai pas confiance en vos compétences.Liang Cuiping a tout arrangé si clairement que Liang Ying se sentait comme une marionnette manipulée par elle. C'est tellement inconfortable.Elle a maintenu son attitude précédente : je dois faire des heures supplémentaires dimanche. Oncle Xia, je vais lui envoyer une enveloppe rouge.Liang Cuiping a demandé : « Vous n'avez pas besoin de manger si vous faites des heures supplémentaires.Nécessaire, mais.C'est trop compliqué de courir partout, il me faut une demi-heure en taxi pour me rendre à Laodongmen.Pourquoi n'avez-vous pas du mal à dormir pendant sept ou huit heures ?Liang Cuiping a ricané : « Si vous ne venez pas, que pensera Lao Xia et que penseront les invités ?Liang Ying s'appuya contre le comptoir et pinça les sourcils : Votre fille n'est pas si importante.J'en suis resté là.Liang Cuiping a dit, vous décidez si vous devez être filial ou désobéissant.Le téléphone a raccroché et un signal d'occupation froid est venu du combiné.Lin Yue est venue préparer du café et a vu les lèvres de Liang Ying tombantes et inquiètes, alors elle lui a demandé ce qui n'allait pas.Liang Ying prit une capsule de café et la tendit à Lin Yue.Il y avait un dîner ce week-end, je ne voulais pas y aller, mais ma mère a insisté pour me laisser partir.Lin Yue met la capsule dans la machine à café : dîner en familleC'est exact.Liang Ying s'appuya contre le bar, c'était l'anniversaire de l'oncle Xia et tous ses parents et amis venaient.Lin Yue connaissait un peu la situation familiale de Liang Ying, donc elle savait naturellement qui était oncle Xia.Trouvez simplement une raison pour refuser, comme faire des heures supplémentaires, ne pas vous sentir bien ou partir en voyage d'affaires avec frère Nan.Liang Ying a parfois l'impression que son fardeau moral est trop lourd.En bref, si vous n'êtes pas doué pour mentir, vous vous sentirez mal à l'aise si vos paroles et vos actes ne correspondent pas à la vérité.Faire des heures supplémentaires est quelque chose qu'elle fera, et il n'y a rien de mal à utiliser cette raison.Je ne pouvais pas dire que je ne me sentais pas bien, ou que j'accompagnais frère Nan en voyage d'affaires, et que je ne pouvais parler à personne des faits fabriqués.pas grave.Liang Ying a fait la moue, j'ai mis mes écouteurs, je me suis caché dans un coin et j'ai fini de manger tranquillement, puis je suis parti.Ce genre d'occasion.Lin Yue a pris la tasse de café et a dit bonjour et a porté un toast. Si vous ignorez les autres, les autres vous ignoreront. De plus, notre Liang Gong est si charmant.Liang Ying tendit à Lin Yue un autre paquet de café.Ma mère m'a demandé de bien m'habiller et de bien me maquiller. Je suppose qu'elle voulait que je sois la mascotte de l'événement.Lin Yue a ouvert le café et l'a versé dans la tasse.Pourquoi ne pas vous présenter quelqu'un, comme le fils d'un ami, et organiser spécialement une séance ensemble.Liang Ying s'est senti étouffé : Arrête de parler, je suis déjà malheureux.Lin Yue est sortie du salon de thé avec Liang Ying dans ses bras : Si c'est vraiment le cas, appelez-moi et je viendrai vous sauver sur des nuages colorés de bon augure.Liang Ying hocha docilement la tête : Merci d'avance.

Samedi, He Xu est venu dans la vieille maison.Après avoir travaillé en cuisine, apportez la vaisselle à table.Chen Wanshu était assis sur le canapé en train de regarder la télévision.He Ping a distribué la vaisselle et les baguettes et l'a appelée.Avant de déplacer ses baguettes, Chen Wanshu a pris des photos comme d'habitude.He Xu lui a demandé : publiez-vous toujours sur Moments aujourd'hui ?Chen Wanshu lui a jeté un coup d'œil : « Mon fils n'a pas encore été envoyé, alors bien sûr, il doit le faire.He Xu : Alors je continuerai à voler des photos.Mission accomplie, passez à table.Chen Wanshu a pris une cuillerée de soupe de côtes de porc et s'est soudainement souvenue de quelque chose. Elle a tenu la cuillère et a regardé He Xu.Il n'y a pas de fleur d'arbre de fer dans la soupe.He Xu toussa légèrement et retint son rire.J'ai dit que je l'avais ajouté, mais tu as arrêté de le boire.Chen Wanshu posa la cuillère : Alors je dois y réfléchir.He Xu : Vous êtes un chercheur en plantes, mais vous ne saviez pas que Tesseraria japonica avait une valeur médicinale.Je sais.Chen Wanshu a répondu, mais je n'ai jamais vu personne l'utiliser pour mélanger du thé au lait ou faire de la soupe.Si Xiao He est le premier à l'essayer, je suis prêt à être un cobaye.He Ping a ramassé la cuillère et a pris un bol. Hé, c'était plutôt bon.Chen Wanshu était inquiet : buvez moins.He Xu regarda Chen Wanshu et la rassura : Ne vous inquiétez pas, n'en rajoutez pas.Chen Wanshu avait des doutes, mais He Ping lui a dit après avoir bu : "Je suis sûr que je ne l'ai pas ajouté."Puis il reprit la cuillère.Au fait, Xiao He, es-tu libre demain midi ?He Xu a répondu oui, et He Ping a poursuivi : Un ami a fêté son anniversaire et a invité notre famille à dîner.He Xu a pris en sandwich un filet de bœuf et des épinards à l'eau.quel genre d'amis.He Ping : Vous souvenez-vous que j'ai été volé une fois alors que je prenais le bus ?He Xu se souvient : Le conducteur a arrêté la voiture et a maîtrisé le voleur. Vous l'avez photographié et avez remporté le prix de la photographie.He Ping : Cette photo a été placée sur le panneau publicitaire de la compagnie de bus. Lao Xia a reçu un prix et un merci spécial pour moi.He Xu a compris : Lao Xia est le chauffeur qui agit avec courage, l'ami que vous avez mentionné.He Ping hocha la tête : il discutait de poésie, de poésie et de philosophie de la vie avec moi chaque fois qu'il avait du temps libre. C'est une personne culturelle dans l'âme et nous nous entendions très bien.He Xu est descendu sans hésiter : OK, je viendrai te chercher demain.Chen Wanshu : Pourquoi es-tu si anxieux ? Ton père n'a pas encore fini de parler.Quel ordre:He Ping a tenu la main de Chen Wanshu : Ah Shu et moi allons au Yunnan pour notre lune de miel. Vous pouvez voler pour nous demain matin.He Xu fut surpris : cela fait trente ans depuis notre lune de miel et tu ne l'as pas encore terminée.Chen Wanshu cligna des yeux avec arrogance.Nous sommes jeunes mariés tous les jours, vous êtes jaloux.He Xu était trop paresseux pour prêter attention à elle et a demandé à la place : « Le billet d'avion peut-il être changé ? Je ne connaissais personne, donc j'avais un peu peur.Vous ne pouvez pas récupérer l'argent que vous avez payé à l'agence de voyages, c'est une bonne occasion d'essayer d'élargir votre cercle social.Ensuite, Chen Wanshu a regardé He Ping, hein, le fils et la fille de Lao Xia Sheng.fils.He Ping a répondu que sa femme était divorcée et avait un enfant, je ne sais pas si c'était un garçon ou une fille.J'irai probablement là-bas aussi.Chen Wanshu lui tenait le menton, "Si c'est une fille, dis-le à Lao Xia et laissez-nous, Xiao He, nous asseoir l'un à côté de l'autre."C'est un garçon. Lâcha-t-il Xu.Comment savez-vous. Chen

Wanshu était perplexe.He Xu n'a rien dit, a mangé tout le riz et les légumes dans le bol et a posé ses baguettes.Tout ce que veut l'oncle Xia, je l'achèterai plus tard. Pour une fête d'anniversaire, vous devez préparer des cadeaux.He Ping pensa qu'il n'était pas nécessaire de se donner tant de mal : donnez-lui simplement une enveloppe rouge.D'ACCORD.He Xu a répondu, s'il vous plaît envoyez-moi l'emplacement plus tard.

Dimanche midi, Liang Ying a pris un taxi et est arrivée à Meiyuanju.La salle privée se trouvait dans le hall Jiangnan au troisième étage, et il y avait déjà beaucoup de monde quand elle est arrivée.Il est facile de ressentir de l'anxiété sociale lorsqu'il y a trop de monde, et Liang Ying ne connaît pas la plupart d'entre eux.Debout à la porte et détournant le regard, Xia Shuyang la repéra avec des yeux perçants, leva les bras et lui fit signe.Xia Shuyang, le demi-frère de Liang Ying, aidait les aînés à servir du thé et de l'eau.Il est très grand, blond et blond, et mérite le nom d'un jeune homme.Il bougeait très fort et les anciens remarquèrent également Liang Ying.Il y avait tellement de regards sur elle qu'elle ne pouvait pas les éviter, alors elle n'avait pas d'autre choix que d'entrer avec le sourire aux lèvres.Liang Cuiping et Xia Anzhong saluaient les invités ensemble.En voyant Liang Ying arriver, ses yeux tombèrent sur elle involontairement.Maman, oncle Xia.Après que Liang Ying ait fini de parler, elle a sorti l'enveloppe rouge de son sac et l'a remise à Xia Anzhong, joyeux anniversaire.Xia Anzhong lui a demandé de reprendre l'enveloppe rouge : Oncle est très heureux que tu puisses venir.Liang Ying ne s'est pas arrêté, Liang Cuiping a aidé : prenez-le, l'homme adulte grince.L'enfant travaille si dur, comment puis-je recevoir cet argent ?Xia Anzhong a dit, gardez l'argent pour acheter plus de vêtements et de bijoux. Si cela ne suffit pas, oncle en aura plus.Voyant qu'ils se poussaient d'avant en arrière, Xia Shuyang s'est approché et a pris l'enveloppe rouge de la main de Liang Ying.Ma sœur, papa ne veut pas me la donner, j'ai en vue une nouvelle figurine.bien sûr.Liang Ying a accepté, et ce sera votre cadeau de fin d'études.Xia Anzhong lui jeta un coup d'œil : je suis gêné de demander l'argent de ma sœur.Xia Shuyang a fourré l'enveloppe rouge dans le sac de Liang Ying : je vois que si vous voulez la donner à l'un de vous, mais que vous ne l'acceptez pas, vous ne vous sentirez pas fatigué rien qu'en restant ici.Lorsque les invités sont arrivés, Xia Anzhong et Liang Cuiping se sont dépêchés de les saluer.Xia Shuyang a regardé Liang Ying et a soulevé un sourire éclatant : Sœur, tu es si belle aujourd'hui.Une fois les mots tombés, il a immédiatement changé ses mots : Non, tu es belle tous les jours.Liang Ying portait aujourd'hui une chemise blanche et un jean bleu clair.Elle ne s'est pas habillée comme Liang Cuiping l'avait demandé, elle était aussi décontractée que d'habitude et elle s'est maquillée avec désinvolture.Les fondations sont là et son apparence n'a pas été affectée du tout. Au moins selon Xia Shuyang, sa sœur est la plus belle du monde.Liang Ying gloussa : Si vous me félicitez encore quelques mots, je ne pourrai pas faire la différence entre l'est, l'ouest et le nord.Xia Shuyang est doux, obéissant et sensé, et les aînés sont remplis de joie quand ils le voient.Je dis la vérité.Xia Shuyang s'est penché devant Liang Ying et a baissé la voix. Vous pouvez manger en paix à midi. Si un homme ose s'approcher de vous, je vous aiderai à le battre.Liang Ying a regardé Xia Shuyang : Avec vos bras et vos jambes minces, vous ne pourrez peut-être pas me battre.Xia Shuyang baissa la tête et dit avec frustration : je travaille dur tous les jours, que puis-je faire pour éviter de prendre du poids ?Liang Ying a réfléchi un moment : Alors je ne devrais pas vous donner de chiffre, je devrais vous donner une carte de remise en forme.Xia Shuyang : Vous voulez faire de moi un homme muscléLiang Ying a dit sans détour : C'est un fantasme pour vous, concentrez-vous simplement sur le renforcement de votre corps.Xia Shuyang s'est couvert la poitrine comme s'il vomissait du sang et a regardé vers la porte la seconde suivante.Ce beau mec est-il venu dîner chez nous ? Il est resté là longtemps sans entrer.Liang Ying a tourné le dos à la porte et a regardé Xia Shuyang : Vous ne savez pas s'il est là pour le dîner.Je ne connais pas tout le monde non plus.Xia

Shuyang a fait une pause et a continué : Mon père est passé par là et était très heureux de le voir, je suppose.Au bout d'un moment, des salutations résonnèrent aux oreilles de Liang Ying.Xiao He, merci pour votre travail acharné.Oncle Xia, tu es l'ami de mon père, il a quelque chose à faire temporairement, alors je devrais venir.Mangez plus à midi et ne soyez pas poli avec mon oncle.Alors je préfère être respectueux plutôt qu'obéir.Est-ce une illusion ?La voix de Xiao He semblait un peu familière.Liang Ying s'est retournée.Son regard tomba sur une silhouette grande et droite, vêtue d'un jean noir.Le visage familier, ses lèvres légèrement entrouvertes, vraiment He Xu.Lorsque l'étranger est passé, He Xu l'a également vue.A un mètre de là, les pas s'arrêtèrent brusquement.Leurs yeux se sont croisés pour confirmer que la personne en face de lui était réelle, et un sourire clair et superficiel est apparu au coin de la bouche de He Xu.

Chapitre 9 9Tu peux me traiter comme l'un des tiensComparé aux proches qui passaient à côté de lui, Liang Ying se sentait plus familier avec He Xu.Il fallait rappeler Xia Shuyang lorsqu'un parent criait quelque chose, mais elle pouvait indépendamment faire correspondre son nom, son apparence et sa silhouette.Je me suis rencontré trois fois et j'ai pris deux repas.Tout en se regardant, Liang Ying y réfléchit attentivement et cela semblait normal.Avant qu'elle et He Xu ne parlent, Xia Anzhong a dit avec enthousiasme :

Xiao He, permettez-moi de vous présenter.He Xu était curieux de connaître la relation entre Liang Ying et Xia Anzhong et a écouté attentivement, mais Liang Ying a pris l'initiative et a dit : Nous nous connaissons.La surprise de Xia Anzhong était au-delà des mots, elle a ajouté : Il y a eu un projet il y a quelque temps.He Xu hocha la tête en signe d'accord, et Xia Anzhong avait également l'air de comprendre.Il a été invité et il devrait également connaître la situation familiale de He Xu, alors Liang Ying a arrêté de parler.Xia Anzhong craignait à l'origine que He Xu se sente mal à l'aise parmi un groupe d'étrangers.A ce moment, il profita de la situation et demanda : Pouvez-vous vous asseoir avec ma fille ?Xia Shuyang se tenait derrière Liang Ying et toussait légèrement.He Xu lui jeta un coup d'œil, ses yeux devinrent soudainement froids.Son cerveau était court-circuité et il n'a pas demandé à Xia Anzhong qui était sa fille. Il a refusé par réflexe : Non, oncle Xia.Xia Shuyang : Je ne pense pas non plus, Papa, s'il te plaît, n'allez pas à l'encontre des souhaits de l'invité.Xia Anzhong le regarda de côté : Que sais-tu ? Xiao He ne sait pas. Yingying est ma fille.He Xu reprit ses esprits, murmura et regarda Liang Ying.Liang Ying hocha la tête et présenta la personne derrière lui à He Xu : mon frère, Xia Shuyang.Frère, pensa-t-ilLes sourcils étirés, He Xu tendit la main devant Xia Shuyang : Bonjour, He Xu.Xia Shuyang mesure 179 cm, il adhère à une attitude honnête et digne de confiance et n'arrondit jamais.He

Xu était légèrement plus grand que lui et ses épaules étaient plus larges que les siennes, il avait l'air fort et fort.Son regard tomba et Xia Shuyang ressentit un soupçon d'oppression.Cependant, si vous promettez d'empêcher le sexe opposé d'approcher votre sœur, vous devez tenir votre promesse si vous êtes un homme.Bien que Xia Shuyang soit mince, il est très fort et peut casser une pomme à mains nues.Il tendit la main et la serra avec He Xu, le visage poli : Bienvenue, frère Xu.Xia Shuyang tenait fermement la main de He Xu et faisait de son mieux.Même Liang Ying a vu son comportement délibéré et a été légèrement surpris.He Xu est resté impassible et n'a montré aucune gêne.Le sourire de Xia Shuyang a progressivement disparu et son visage est devenu féroce.Si une main ne fonctionne pas, utilisez-en deux.Xia Anzhong n'en pouvait plus, il n'a pas donné à Xia Shuyang une chance de continuer et l'a éloigné comme s'il le regardait.Allez saluer les invités !Deux collègues sont venus, Xia Anzhong est allé le saluer en premier, Xia Shuyang l'a ignoré et est resté là.Ses doigts étaient presque cassés, Xia Shuyang agita la main : Frère Xu, avez-vous l'habitude de soulever du fer ?He Xu a répondu par l'affirmative : je n'ai pas d'autres passe-temps, je préfère aller à la salle de sport.Voyant la grimace de Xia Shuyang, il continua : Est-ce que je t'ai blessé la main ?Xia Shuyang n'a pas pu s'empêcher de se plaindre : vous le savez aussi.Le mécanisme d'autodéfense du corps est une réponse naturelle à une attaque.He Xu a dit désolé. Si vous avez besoin d'une pommade pour les bleus, je l'achèterai.Ce n'est pas si grave.Xia Shuyang a finalement accepté cela, a mis ses mains derrière son dos et a rapidement changé de sujet, quelle est la limite supérieure de votre force si vous faites de l'exercice.Je n'ai pas fait de recherches à ce sujet.He Xu réfléchit attentivement et il ne devrait y avoir aucun problème à vous soulever au-dessus de sa tête.Et puis le jeter par la fenêtre ?Xia Shuyang avait le sourire aux lèvres : Frère Xu, mange bien et bois bien.Il se tourna vers Liang Ying : Sœur, je te laisse mon frère prendre soin de lui.Liang Ying :Xia Shuyang a couru vers la porte pour saluer son oncle et sa tante.He Xu a regardé Liang Ying et a dit avec un sourire : Je pensais que je ne rencontrerais personne que je connaissais, mais je ne m'y attendais pas.J'ai été surpris aussi.Liang Ying lui sourit en retour, "Yangyang est méchant et je viens de t'offenser. Je m'excuse en son nom."C'est bon, je le trouve plutôt mignon.He Xu a dit, y en a-t-il vingt ?Vingt-trois.Liang Ying a répondu qu'il avait l'air relativement petit et que les gens pensaient qu'il était un lycéen.Il aurait dû obtenir un diplôme universitaire.Pas encore, en juin.Xia Anzhong est venu et a demandé à Liang Ying d'emmener He Xu s'asseoir à la table principale avec eux.Selon le plan initial de Liang Ying, restez à l'écart de Liang Cuiping, mettez des écouteurs dans le coin, soyez un invité de passage et fuyez après avoir mangé.Mais quand He Xu est arrivée, elle était la seule autre que Xia Anzhong à le connaître, alors Liang Ying a estimé qu'elle devait remplir ses devoirs de propriétaire.Après s'être assis, Liang Ying a demandé à He Xu ce qu'il voulait boire.He Xu lui renvoya la question.Jus d'orange, sprite, vin blanc et rouge sur le carrousel en verre.Liang Ying a choisi du jus d'orange et He Xu s'est levé, l'a ramassé et a dévissé le bouchon de la bouteille.C'est un invité.Il n'y a aucune raison de laisser les invités agir.Mais He Xu a dit : Mon père et mon oncle Xia sont très proches, vous pouvez me traiter comme l'un des vôtres.He Xu a rempli le gobelet devant lui avec huit pour cent de jus d'orange.Liang Ying l'a remercié et He Xu a pris l'initiative d'expliquer pourquoi il était venu assister à la fête d'anniversaire. Il vient de remplacer la lune de miel de Lao He et Ah Shu parce qu'ils avaient d'autres horaires et ne pouvaient pas la reporter.Lorsque le jus d'orange a été remis sur la table tournante, Liang Ying lui a demandé : Comment votre père et oncle Xia se sont-ils rencontrés.He Xu a parlé des actions courageuses de Xia Anzhong et a été photographié par He Ping.Liang Ying a profité de la situation et a déclaré : " J'ai vu cette photo. Elle était vivante et réaliste. Pas étonnant qu'elle ait remporté le prix de la photographie. "Après que mon père ait quitté la crèche, il s'est concentré sur la photographie.He Xu a dit qu'il devait être très heureux de savoir que vous l'aviez félicité.Après que les mots soient tombés, la tante aînée et la tante cadette sont venues, tenant le petit neveu et la nièce.Ces deux aînés, Liang Ying, ont été très impressionnés : ils ont eu une énorme dispute lors du mariage de leur cousin.L'un soupçonne l'autre de lui avoir pris son collier en or, et l'autre accuse l'autre de lui avoir pris son bracelet de jade. Finalement, ils se rendent au commissariat et restent bouche bée.Liang Ying s'est levée et les enfants ont appelé sa tante. Liang Ying leur a touché la tête et a répondu doucement.Les deux tantes regardèrent les gens derrière elle.Liang Ying tourna la tête et jeta un coup d'œil à He Xu, pour se rendre compte qu'il s'était également levé.Elle fronça légèrement les sourcils, sachant que ses tantes avaient dû mal comprendre quelque chose.Au moment où il s'apprêtait à s'expliquer, sa tante dit : « Tout le monde a été amené ici, alors ne nous les présentez pas.Ma tante aînée m'a aidée : c'est vrai qu'un enfant est si ignorant, et il est encore étudiant.Liang Ying n'aime pas les occasions où les proches se réunissent.Les ragots sont d'une part, mais l'attitude arrogante est également très inconfortable à entendre.Elle dit doucement : Ce n'est pas mon petit-ami, c'est un invité de marque invité par oncle Xia.La tante aînée a été abasourdie pendant deux secondes, puis a dit : Laissez-moi juste dire, je viens de demander à Pingping il y a deux jours, ça ne pouvait pas être si rapide.Ma tante avait l'air dégoûtée : j'ai présenté tellement de gens, mais aucun d'eux n'est intéressé. Les filles plus âgées qui restent sont vraiment difficiles à gérer.Liang Ying avait l'air de n'avoir rien à voir avec lui. Il se pencha et tendit les bonbons sur la table à son neveu et sa nièce.He Xu les regarda et demanda poliment : Avez-vous déjà entendu parler des sarracénies ?Qu'est-ce qu'une sarracénie ? a demandé ma tante.He Xu : Une plante qui peut s'attaquer aux mouches et aux moustiques.Ma tante s'est exclamée : Il existe une telle plante.He Xu a ouvert une vidéo de la chasse au Nepenthes, et sa tante, son neveu et sa nièce l'ont regardée ensemble.Si je l'avais su plus tôt, j'aurais apporté quelques pots ici. Les moustiques volaient partout à proximité, bourdonnaient et donnaient mal à la tête aux gens.tellement incroyable.Ma tante soupirait, j'allais au marché aux fleurs l'après-midi et je voyais des mouches tous les jours quand je mangeais, ce qui m'énervait à mort.Tante : Je veux l'acheter aussi. Allons-y ensemble. Les moustiques aiment toujours piquer mon petit bébé. La température a été élevée ces deux derniers jours et j'ai été piqué plusieurs fois.Le neveu et la nièce réclamaient quelque chose à manger, alors leur tante et leur oncle les ont emmenés chercher un siège pour s'asseoir.Liang Ying et He Xu se sont également assis. He Xu a tourné la tête et a vu Liang Ying le regarder avec un sourire aux lèvres.Elle avait un beau sourire, tout comme la brise soufflant à travers les montagnes et les forêts, balayant doucement le cœur de He Xu, faisant trembler tout son corps.Il y a quelque chose de drôle dans mon visage. Il a demandé.Non.Liang Ying a répondu, je pensais juste que ma tante et mon oncle ne semblaient pas entendre votre sous-texte.He Xu : Vous l'avez entenducertainement.Liang Ying a dit avec assurance : « Je suis étudiant. »He Xu a également été amusé par elle : "Voulez-vous des plantes à pichet ? Je vous donnerai deux pots plus tard. Emportez-les avec vous la prochaine fois que vous les verrez."Liang Ying secoua la tête : Ils ne valent pas mes efforts pour amener Nepenthes une fois par an.He Xu a dit quelque chose, comme s'il réalisait soudainement quelque chose.Vous ne voulez pas perdre de temps et être trop paresseux pour vous en occuper. Je préfère le tac au tac.Dans les situations des autres, il sait toujours se comporter de manière appropriée et se retenir.C'est la vérité.Liang Ying a dit, mais merci quand même, He Xu.Xia Shuyang est venue et s'est assise de l'autre côté de Liang Ying.Il était presque paralysé par l'épuisement dû à tout ce travail intense et il était allongé paresseusement sur le dossier de sa chaise.En regardant les tasses devant Liang Ying et He Xu, ils ont été surpris : Vous ne buvez pas.Liang Ying : Je ne sais pas boire.He Xu : Je conduis.Alors je ne boirai plus, je vais jouer au ballon l'après-midi.Xia Shuyang a également versé un verre de jus d'orange et a demandé avec désinvolture : Frère Xu, quel genre de voiture conduisez-vous ?Un véhicule tout-terrain noir. Répondit-il Xu.L'expression est quelque peu générale.Xia Shuyang a demandé : Quelle marque.Le téléphone portable de He Xu a sonné, il leur a parlé, s'est levé et est sorti de la boîte pour répondre à l'appel.Liang Ying a regardé Xia Shuyang : Tu veux acheter une voiture ?Xia Shuyang a dit la vérité : j'ai vu que la montre dans la main de frère Xu n'était pas bon marché, j'étais donc très curieux de connaître sa voiture.Benz. Liang Ying a répondu.Comment savez-vous.Afin d'éviter les ragots, Liang Ying a minimisé l'importance : je l'ai rencontré sur le site du projet.Mercedes-Benz, ça va.Xia Shuyang a répondu, mon colocataire l'a également acheté pour plus de 200 000 yuans.Liang Ying : Et si je vous disais que c'était Big G.Xia Shuyang : Je vais demander à frère Xu s'il veut être mon beau-frère.

  Liang Ying lui a marché dessus.À midi précises, la fête d'anniversaire a commencé et He Xu est également revenu.Il y avait beaucoup de monde aux cinq tables, Xia Anzhong tenait un verre de vin et parlait, remerciant tout le monde d'être présent malgré leurs horaires chargés.Après avoir grillé ensemble, vous pouvez utiliser vos baguettes.A la table où se trouvaient Liang Ying et He Xu, à l'exception de Xia Anzhong, Liang Cuiping et Xia Shuyang, les autres étaient tous des parents de la famille Xia.Peut-être parce qu'ils étaient des étrangers, ils parlaient poliment et faisaient en sorte que Liang Ying se sente beaucoup mieux que son oncle et sa tante.He Xu est venu seul et a reçu une attention particulière.Même s'il a mangé, les anciens lui demandent toujours de manger davantage, et il est difficile de refuser leur gentillesse.Xiao He, as-tu une petite amie ?Liang Ying épluchait des crevettes, et lorsqu'il entendit Liang Cuiping poser cette question, son dos se raidit instantanément.Xia Shuyang a enveloppé un rouleau de canard rôti et a répondu : Je suppose que frère Xu est un célibataire doré comme moi.He Xu a déclaré qu'il n'avait pas de petite amie, et Xia Anzhong a dit sans ambages : Personne ne veut de vous si vous êtes célibataire, et Xiao He ne veut pas en trouver une s'il est célibataire.Les yeux de Xia Shuyang s'écarquillèrent de colère : Papa, suis-je ton enfant biologique ?Non.Xia Anzhong a répondu, votre grand-père l'a ramassé dans l'herbe au bord de la rivière quand il pêchait.Xia Shuyang écarta les mains : Ma situation familiale n'est même pas aussi bonne que celle de Mango.He Xu est venu et a demandé à Liang Ying : « Quelles mangues avons-nous mangé ?Liang Ying lui a dit à voix basse : C'est un border collie.He Xuoh a dit quelque chose et a changé de sujet.En fait, mes parents disent souvent que personne ne veut de moi.Liang Ying a compris : ce n'est pas que tu ne veuilles pas me trouver.Je n'y pensais vraiment pas beaucoup avant, à quel point une personne est bonne, bohème et libre, mais maintenantHe Xu regarda le beau profil de Liang Ying, ses yeux s'adoucirent, cela semblait bien d'avoir quelqu'un à ses côtés.

Chapitre 1 1Il s'avère que nous sommes pareilsLiang Ying ne savait pas ce qui avait causé le changement d'humeur de He Xu.En comparaison, elle a eu encore plus de chance qu'après que la question de Liang Cuiping ait été posée, il n'y a eu aucune suite.Les nerfs tendus sont instantanément détendus, alors récompensez-vous avec une boule de crevettes sucrée à l'ananas.La tante de Xia Shuyang lui a demandé comment il se débrouillait dans son travail.Avant que le client ne parle, Liang Cuiping n'a pu s'empêcher de se plaindre : lorsqu'il choisissait une spécialisation, s'il lui avait demandé d'étudier l'informatique, le droit ou la comptabilité, il ne trouverait pas de travail. Soit je dors, soit je joue à des jeux à la maison tous les jours, je ne veux même pas en parler.Xia Shuyang a fini de boire la soupe au poulet, a posé le bol et a argumenté avec raison.J'ai aussi planté des arbres dans la forêt de fourmis.J'ai planté plus de trois arbres de chaque espèce d'arbre, je détiens 200 certificats, j'ai tous les skins de niveau complet et toutes les zones protégées, et je suis numéro un dans le classement des amis.Le ton était particulièrement fier.Liang Ying était également au courant de cet honneur.Chaque matin, Xia Shuyang est réveillé par le réveil à l'heure, ouvre la forêt de fourmis pour balayer l'énergie de ses amis et se rendort quand il a fini.Il y a des activités de temps en temps. Si l'énergie n'est pas suffisante, Liang Ying sera poignardée pour aider. S'il n'y a pas assez de personnes participant à la plantation conjointe d'espèces d'arbres, elle sera entraînée dans la foule.Liang Ying a estimé que ce serait bien d'avoir quelque chose à quoi elle pourrait s'adonner et persister à le faire.Liang Cuiping s'est moqué : à quoi ça sert de planter des arbres ?Liang Ying :Quel ordre:Comment se fait-il qu'il n'y ait pas d'avenir ?Xia Anzhong a rétorqué : « La troisième génération de la famille Xiao He dirige une pépinière. De nombreux arbres sur la route et dans des endroits pittoresques ont été plantés par leur famille. Personne n'a planté d'arbres. Partout où nous allons pour profiter du temps frais, il doit y en avoir beaucoup. de poussière dans l'air. »Xiao He, je ne parle pas de toi.Liang Cuiping s'est dépêchée de se défendre, puis a tourné son attention vers Xia Shuyang, "J'éduque cette petite chose inutile."He Xu a souri et a dit que cela n'avait pas d'importance.Liang Ying a dit : Ma mère est plus franche, alors ne la prenez pas à cœur.Une ligne sur deux est comme une montagne et il est normal d'avoir des malentendus.Après que He Xu ait fini de parler, il a pensé à la situation de Xia Shuyang et a demandé à Liang Ying si sa tante avait des objections lorsque vous avez étudié pour la première fois l'architecture paysagère.Comment pas.Liang Ying était catégorique. Ma mère pensait que les filles étaient aptes à devenir enseignantes ou médecins. Quand elle a vu mon avis d'admission, elle était furieuse et ne m'a pas parlé pendant six mois.He Xu était choqué : une telle exagération.Liang Ying : Les parents n'aiment pas que leurs enfants aillent à l'encontre de leur volonté.He Xu a conclu : Alors aucun de vous n'a écouté.Liang Ying gloussa : Si vous prenez trop de contrôle, vous aurez toujours une mentalité rebelle.J'ai l'air d'être différent de toi.He Xu a déclaré que lorsqu'il était enfant, ses grands-parents l'emmenaient souvent à la crèche. Il voulait hériter de leur héritage en grandissant. Maintenant, il est engagé dans cette industrie sans aucun accident.Pas de surprise, l'indice de bonheur est très élevé.» a dit Liang Ying, qui n'aime pas la stabilité.Ce sera aussi relativement ennuyeux.He Xu s'est soudainement souvenu de quelque chose : il a cherché des photos sur son téléphone et a trouvé des arbres du début à la fin.Liang Ying a ouvert l'album photo sur son téléphone portable et l'a remis à He Xu.Après quelques coups aléatoires, j'ai vu l'image d'un arrangement végétal uniforme. Pour arrondir le tout, on aurait dit qu'il n'y avait que des arbres.Ils ont tous été emmenés sur le site du projet par He Xuwen.Il y a aussi ceux qui font des recherches, inspectent les parcs, les sites pittoresques, les places et l'écologisation des routes.Liang Ying a répondu que chaque fois qu'elle regardait l'album photo, ses yeux s'assombrissaient parce qu'ils parlaient tous de la même chose. Si vous êtes un patron ennuyeux, alors je devrais être un travailleur à temps partiel ennuyeux.Le bout de son cœur ressemblait à une plume effleurant légèrement. He Xu sourit et dit : Il s'avère que nous sommes pareils.Pareil mais différent.Liang Ying pensait qu'il y avait une différence essentielle entre un patron et un ouvrier.Liang Cuiping et Xia Anzhong sont allés porter un toast à une autre table. Xia Shuyang a tourné la tête et a interrompu leur conversation.Frère Xu, quelle est la taille de votre crèche ?He Xu a rapporté un numéro et Xia Shuyang s'est exclamé : « Quelle forêt.Pas aussi luxuriant.He Xu a dit qu'il y avait une montagne et des terres où différents types d'arbres étaient artificiellement plantés.Xia Shuyang a fait l'éloge : Vous avez des montagnes et des terres, et vous conduisez un gros G. Frère Xu, vous êtes tellement cool.Liang Ying : je suis jalouxXia Shuyang hocha la tête et continua : Alors travaillez dur.Xia Shuyang a répondu : Vous travaillez dur tous les jours, pouvez-vous vous permettre un gros G ?Liang Ying a dit sérieusement : Je n'ai pas de permis de conduire, donc je n'ai pas besoin d'en acheter un.Aussi.Xia Shuyang a haussé les sourcils, vous pouvez trouver quelqu'un avec un grand G à épouser.Liang Ying avait un visage froid et a de nouveau marché sur Xia Shuyang.Les gens autour de lui ont pleuré et le téléphone portable de Liang Ying a vibré à ce moment-là.Faites glisser pour déverrouiller l'écran et ouvrir WeChat. Il s'agit d'un message du responsable du projet Yuecheng Tiandi.Le verre de Liang Ying était vide et He Xu l'a aidée à remplir le jus d'orange.La voyant froncer les sourcils, elle demanda avec inquiétude : « Qu'est-ce qui ne va pas ?Liang Ying a répondu : La partie A a dit qu'elle avait de nouvelles idées et qu'elle se réunirait dans notre entreprise à deux heures de l'après-midi pour discuter.He Xu a été surpris : Aujourd'hui, c'est dimanche.Ce n'est rien, j'avais prévu de faire des heures supplémentaires.Liang Ying a dit, la clé est qu'ils ont de nouvelles idées et mes croquis doivent être renversés et redessinés.Le conseil de He Xu : vous pouvez les convaincre de retenir leurs pensées.Ce n'est pas impossible, voyons ce qu'ils disent.Liang Ying lui tenait le menton. Il n'était pas nécessaire d'ajouter des détails superflus. Si cela peut ajouter des points au plan, alors je l'accepterais avec plaisir.He Xu jeta un coup d'œil à sa montre : Il est déjà une heure, devons-nous partir maintenant ?Liang Ying a également regardé l'écran du téléphone : je vais parler à oncle Xia.Liang Ying s'est levé, et He Xu s'est également levé : je suis avec toi.Liang Ying s'est retourné et a regardé, et il a continué : « Il y a du personnel qui vient chez moi pour vérifier le gaz, il est presque deux heures.Oh c'est OK.Liang Ying et He Xu ont expliqué la situation à Xia Anzhong.Xia Anzhong a demandé à Liang Ying : Allez-vous prendre la voiture de Xiao He ?Liang Ying a nié : j'ai pris un taxi et la compagnie a pu me rembourser.Xia Anzhong : Il semble plus difficile de prendre un taxi ici.He Xu regarda Liang Ying : je vais vous le donner en guise de remerciement.pas besoin de me remercier. Liang Ying était perplexe.J'ai tendance à avoir peur dans des environnements inconnus. Ce n'est que lorsque vous discutez avec moi que je peux me sentir aussi détendu.Liang Ying croyait qu'He Xu serait capable de faire face à n'importe quelle situation dans laquelle il se trouvait, peu importe à qui il parlait ou quoi qu'il arrive.A-t-il aussi peur ?D'après ce que He Xu a dit, elle devrait également le remercier.La compagnie est réciproque et il lui apporte également une tranquillité d'esprit.Les yeux de He Xu étaient sincères.Liang Ying n'a plus refusé.Le véhicule tout-terrain noir était garé sur le parking extérieur devant Meiyuanju.He Xu a déverrouillé la voiture et Liang Ying a ouvert la porte du siège arrière.La position familière, le coussin d'assise est nouveau, plus doux et plus confortable qu'auparavant.Liang Ying s'est assise et a tenu son sac dans ses bras. He Xu a mis sa ceinture de sécurité, a démarré la voiture, a tourné le volant et s'est dirigé vers l'avenue de la ville.Quelle est la température du climatiseur ?He Xu a demandé : « S'il fait froid, je vais monter un peu.bien.Liang Ying a répondu : Je porte des manches longues et un pantalon long, ce qui me convient très bien maintenant.He Xu : Si tu as sommeil, tu peux t'allonger et dormir. J'ai mis un oreiller derrière toi. L'as-tu vu ?Liang Ying regarda l'endroit à côté de lui : Panda ?He Xu a répondu par l'affirmative.Comment pouvait-elle être si désinvolte à l'égard des voitures des autres ?Vous ne pouvez pas vous allonger, mais le panda est si mignon, donc ce ne sera pas un problème de jouer avec lui pendant un moment.Dans le rétroviseur, Liang Ying tenait un panda avec une expression mignonne.He Xu a retroussé ses lèvres, s'est soudainement souvenu de quelque chose et a demandé :

Xia Shuyang étudie le sol.Euh.Liang Ying a affirmé que vous aviez dit quelque chose de trop élevé, et il s'est même moqué de lui-même pour avoir joué dans la boue.Le travail n'est pas encore réglé. Demanda-t-il à nouveau Xu.J'ai envoyé quelques CV, mais ils n'ont tous abouti à rien.Liang Ying a répondu qu'il était bon dans les jeux, alors j'ai suggéré qu'il devienne présentateur du jeu, mais il a été signalé et banni le mois dernier.À cause de quoi. He Xu était curieux.Liang Ying a expliqué : Yangyang est colérique et a tendance à gronder les autres lorsqu'il n'est pas d'accord. Cette réprimande était désagréable et a eu un mauvais impact.He Xu a dit à voix haute et lui a dit : Notre pépinière a récemment amélioré les sols et a embauché deux experts. Demandez à Xia Shuyang s'il souhaite venir faire un stage. Il pourra accumuler une expérience pratique avec eux et son CV sera enrichi.Liang Ying n'en revenait pas : vous voulez lui présenter un travail.Les experts ont besoin d'assistants et Xia Shuyang est la parfaite contrepartie professionnelle.He Xu a dit, notre crèche s'occupe du déjeuner et le stage est également rémunéré, nous pouvons donc l'envisager.C'est une bonne opportunité.Liang Ying a sorti son téléphone portable de son sac et a ouvert la boîte de discussion WeChat de Xia Shuyang.Au bout d'un moment, elle a demandé à He Xu : Quand commencera le stage.He Xu : Demain, c'est lundi.Liang Ying : Il n'y a pas de problème avec Yangyang, je lui transmettrai votre WeChat.He Xu : OK, je lui parlerai plus tard.

Envoyez Liang Ying à Xinyangfang et He Xu retourne à Hefu Xiyuan.La demande d'ami de Xia Shuyang est apparue sur WeChat. He Xu s'est assis sur le canapé et a appuyé sur Accepter.Après avoir discuté avec Xia Shuyang du contenu et des précautions du stage, He Xu a accepté de le rencontrer demain matin à sept heures devant la communauté où se trouve le domicile de Xia Shuyang à Huaxi Yuanjing.Tôt le lendemain matin, He Xu est arrivé à l'heure et Xia Shuyang était également arrivée.Avant qu'He Xu ne puisse quitter la route, il a vu Xia Shuyang debout sur le trottoir et lui faisant signe de la main.Le véhicule tout-terrain noir s'est arrêté devant Xia Shuyang, mais il ne s'est pas relevé.He Xu baissa la fenêtre et l'entendit dire : " Frère Xu, laisse-moi t'offrir un petit-déjeuner. Cette crêperie aux œufs est particulièrement populaire. Je l'achèterai tant qu'il y aura peu de monde. "En regardant dans la direction du doigt de Xia Shuyang, c'était un magasin appelé Erpang Egg Pancake.He Xu avait déjà pris son petit-déjeuner et était sur le point de refuser, mais Xia Shuyang a ajouté : Ma sœur l'aime aussi beaucoup et commande trois œufs à chaque fois.Ayant soudain un peu faim, He Xu dit : Alors ta sœur et moi commanderons la même chose.d'accord.Xia Shuyang a répondu et est revenu dix minutes plus tard avec deux crêpes aux œufs.Il s'est assis sur le siège passager et a tendu à He Xu la même version que celle de Liang Ying. Il a ajouté du jambon et du filet au sien.He Xu prévoyait de partir après avoir mangé et d'abaisser les vitres arrière pour aérer.Quel goût ça a, frère Xu ? » a demandé Xia Shuyang.pas mal.He Xu a répondu, que leur sauce soit préparée secrètement, je ne l'ai jamais goûtée ailleurs.Vous pouvez trouver ceci.Xia Shuyang s'est exclamé : « Er Pang cuisine depuis plus de 20 ans. En regardant l'ensemble de Qingzhou, je pense que le leur est le meilleur.He Xu : Pas étonnant que ta sœur aime ça aussi.droite.Xia Shuyang a répondu : « Ma sœur a des désirs matérialistes très faibles. Ce n'est pas facile d'être aimée par elle.Après avoir fini la crêpe aux œufs, He Xu est sorti de la voiture et a jeté le sac d'emballage dans la poubelle.Il est retourné au siège du conducteur et a dit : Dis à ta sœur, nous y allons.Xia Shuyang regarda l'heure, il n'était que sept heures et demie : est-elle encore réveillée ?Après avoir hésité un instant, il se dit : Oubliez ça, tant pis.Xia Shuyang a tapé deux mots, a arrêté ses doigts et s'est tourné vers He Xu.Frère Xu, prenons une photo de groupe.He Xu venait de démarrer la voiture mais n'avait pas encore appuyé sur l'accélérateur.Face à la demande de Xia Shuyang, je lui ai dit franchement : je ne prends pas de photos d'habitude.Tant pis.Xia Shuyang a abandonné, espérant que ma sœur croirait vraiment que j'allais faire un stage au lieu de me faufiler au cybercafé pour jouer à des jeux.La photo a été envoyée à votre sœur. La séquence capture les informations clés.Xia Shuyang a poussé un long soupir : j'ai un casier judiciaire et toute notre famille ne me fait pas beaucoup confiance.He Xu lâcha prise : il faut du temps pour rétablir la confiance. Prends ton temps. Je vais t'aider cette fois.

Il était huit heures lorsque Liang Ying s'est réveillé.Les yeux endormis, il prit son téléphone portable sur la table de chevet.Dans un état brumeux, en voyant la photo de groupe envoyée par Xia Shuyang, je me suis réveillé.Sur la photo, Xia Shuyang a fait des gestes avec des mains en ciseaux et a souri brillamment. He Xu a souri à côté de lui, l'air particulièrement calme.Liang Ying a pensé à un mot inexplicablement : un père est gentil et un fils est filial.En regardant de plus près, la photo a été prise dans la voiture de He Xu.Réalisant quelque chose, Liang Ying appuya sur l'écran de son téléphone.Liang Ying : He Xu est allé te chercher à la maison.Xia Shuyang : Oui, frère Xu et moi avons pris rendez-vous hier.Xia Shuyang n'a pas tout de suite accepté le stage.Il a trouvé la crèche de Xia Shu trop loin et craignait de ne pas pouvoir se lever le matin.Le stage de lundi m'a semblé trop rapide, disant que je n'étais pas préparé mentalement.Liang Ying lui a immédiatement proposé deux choix.L'un est Liang Cuiping, qui le poursuit et le gronde tous les jours, le grondant d'être inactif et d'attendre de mourir.L'autre est d'accueillir le premier rayon de soleil du matin et d'aller à la crèche avec He Xu pour respirer l'air frais et ressentir le chant des oiseaux et le parfum des fleurs.Seuls les imbéciles aiment se faire gronder.Xia

Shuyang a choisi de manière décisive cette dernière.Allant aux toilettes pour se laver, Liang Ying tenait une brosse à dents dans une main et appuyait sur le clavier de l'autre pour le dire à Xia Shuyang.Liang Ying : En prenant la voiture du patron pour aller travailler, aucun autre stagiaire n'est aussi bien traité.Liang Ying : Prenez le bus ou le bus urbain et rural par vous-même demain et ne causez plus de problèmes à He Xu.Se défendit Xia Shuyang.Xia Shuyang : Frère Xu a dit que conduire seul était trop ennuyeux, alors il m'a demandé de l'accompagner pour soulager son ennui.Xia Shuyang : Le patron a une demande, puis-je ne pas l'accepter ?La main qui tenait la brosse à dents s'arrêta.Liang Ying : Vous voulez dire, He Xu a pris l'initiative d'en parlerXia Shuyang : Oui, ce n'est pas comme si je n'avais jamais refusé.Liang Ying : Tu ne m'as pas mentiXia Shuyang : Hé, je n'ai plus aucune crédibilité auprès de toi, laisse frère Xu te le dire.La seconde suivante, Xia Shuyang a passé un appel vocal.Liang Ying a rapidement posé sa brosse à dents pour se rincer la bouche, a appuyé sur le bouton de réponse et a allumé le haut-parleur.En un instant, la voix grave de He Xu est venue avec un sourire : je garantis avec les arbres de Qingshan et 8 000 acres de terre que tout ce que Xia Shuyang a dit est vrai, soyez assuré, M. Liang.

Chapitre 11 11Elle peut choisir une personne sur dix millearbre de la colline verteHuit mille acres de terreC'était la richesse et la vie de He Xu.Il l'avait déjà dit, et elle serait trop ignorante si elle ne le croyait pas.Tant pis.Liang Ying est sortie de la salle de bain avec son téléphone portable, laissant Yangyang entre vos mains.He Xu : Je prendrai bien soin de lui.Liang Ying : Serait-il plus approprié de remplacer les soins par des encouragements ?Ma sœur, tu viens de te réveiller ? » a demandé Xia Shuyang.Liang Ying : Après m'être lavé, je suis prêt à aller travailler.Xia Shuyang renifla doucement : "Vous êtes réveillé, pas étonnant que vous mâchiez des mots."Contrairement à la plainte de Xia Shuyang, He Xu l'a acceptée calmement.Ce que Liang Gong a dit est logique, j'encouragerai Xia Shuyang.Nous n'élevons pas de fainéants dans notre pépinière, au bout d'un mois, il aura une grosse récolte.Liang Ying a répondu, a pris son sac et a enfilé ses baskets à l'entrée.Pensant que Xia Shuyang avait raccroché, il entendit à nouveau la voix de He Xu.Avez-vous vu la météo aujourd'hui ?Avec le sac en bandoulière, Liang Ying a jeté un coup d'œil aux fenêtres du sol au plafond, le soleil brillait de mille feux.Journée ensoleillée, pas de pluie. Elle l'a dit honnêtement à He Xu.He Xu : Mais la température a baissé et le vent est fort, il vaut mieux porter un manteau épais avant de sortir.Liang Ying a ouvert la porte de sécurité et l'a senti, il faisait vraiment froid.Xia Shuyang a également déclaré : Si frère Xu ne m'avait pas rappelé de porter plus de vêtements, j'aurais gelé comme un chien.Liang Ying est retourné dans la chambre et a changé le pull fin en un coupe-vent épais.En attendant l'ascenseur, He Xu a demandé à nouveau : Avez-vous pris le petit-déjeuner ?Liang Ying a mis ses écouteurs, mais avant de parler, Xia Shuyang l'a exposée.Je suis reconnaissante que ma sœur se souvienne de prendre son petit-déjeuner trois jours sur sept par semaine.C'était avant.La porte de l'ascenseur s'est ouverte et Liang Ying est entrée et a remis son téléphone dans son sac. Maintenant, je sais que je dois rester en bonne santé et en manger tous les jours.He Xu : Qu'est-ce que tu vas manger ?Liang Ying : Il y a plusieurs magasins de petit-déjeuner à l'entrée de la communauté, choisissez-en un.Xia Shuyang a répondu à ce moment-là : Voulez-vous manger des crêpes aux œufs Er Fat ?Alors que l'ascenseur descendait, Liang Ying a demandé : Voulez-vous commander des plats à emporter pour moi ?Xia Shuyang : Non, je veux juste vous envoyer les photos que j'ai prises.Un enfant qui mérite d'être battu.Liang Ying était trop paresseuse pour parler, mais elle a entendu He Xu dire : Je vais vous en donner.Liang Ying :Après une microseconde de silence, He Xu a poursuivi : Les coupons du compte sont inutiles et expireront aujourd'hui.Liang Ying commande souvent des plats à emporter et les coupons de son compte sont consommés rapidement.He Xu est tout le contraire d'elle : avec un si bon savoir-faire, il devrait être capable de le faire lui-même la plupart du temps.C'était très pénible lorsque le coupon a expiré.

Liang Ying était tellement tentée par Xia Shuyang qu'elle avait vraiment envie de manger des crêpes aux œufs.He Xu conduisait et Xia Shuyang a également allumé le haut-parleur. Après être sorti de l'ascenseur, Liang Ying a demandé à He Xu : Combien de temps avant votre arrivée.Une vingtaine de minutes environ. Répondit-il Xu.Liang Ying : Alors attendez d'arriver à Qingshan pour m'aider avec un peu, et je vous transférerai l'argent.bien.He Xu a dit, il n'est pas nécessaire d'ajouter trois œufs, du jambon et du filet, une sauce sucrée.Liang Ying a été un peu surpris quand He Xu a découvert clairement ses préférences : Yangyang vous l'a dit.Xia Shuyang a pris l'initiative de le réclamer : j'ai invité frère Xu à manger ce matin, et il a choisi le même style que le vôtre.He Xu : Je n'aime pas vraiment le jambon et le filet non plus.Liang Ying a dit oui : demandez à Yangyang l'adresse et mon numéro de téléphone portable.Immédiatement après, elle a déverrouillé le vélo partagé : je fais du vélo, donc je ne te parlerai plus.He Xu : OK, fais attention à la sécurité.

En arrivant à Qingshan, He Xu a arrêté la voiture à l'entrée.Ouvrez l'application de plats à emporter, trouvez Erpang Egg Pancake, sélectionnez soigneusement les spécifications des aliments et demandez à Xia Shuyang son adresse spécifique et son numéro de téléphone portable.Après que Xia Shuyang ait fini de parler, il a débouclé sa ceinture de sécurité.Frère Xu, vous êtes si prévenant, mais vous semblez si indifférent envers mon jeune frère.He Xu a appuyé sur la confirmation de commande et lui a remboursé l'argent : Vous n'avez pas encore gagné d'argent. Il n'est pas trop tard pour offrir un bon repas à votre sœur lorsque vous recevrez votre salaire du stage.Logique.Xia Shuyang hocha la tête pensivement, "Je dois travailler dur et je ne peux pas vous laisser tomber, vous et ma sœur."He Xu a envoyé un message WeChat à Liang Ying, lui disant que le repas avait été commandé et qu'elle devait le vérifier attentivement.Les experts n'étaient pas encore arrivés, alors il a d'abord conduit Xia Shuyang visiter la pépinière.La compréhension des arbres par Xia Shuyang vient de la forêt de fourmis, qui sont tous des motifs de dessins animés.C'était la première fois que je voyais autant d'espèces d'arbres réelles avec des formes différentes, c'était comme un bébé curieux tenant la fenêtre ouverte et demandant quel était l'ordre.He Xu leur répondit un par un et il s'exclama : Frère Xu, comment peux-tu te souvenir d'autant de noms et les laisser échapper d'un seul coup d'œil ?He Xu a répondu : Si votre père et votre grand-père sont engagés dans cette industrie, ils y ont été exposés depuis l'enfance et vous avez étudié des spécialisations connexes à l'université, c'est bien aussi.Xia Shuyang l'a compris : il y a des spécialités dans l'industrie de l'art.Si vous me posez une question sur la science du sol, je ne peux rien vous dire, mais vous pourrez y répondre couramment.He Xu a déclaré que chacun a ses propres domaines d'expertise et qu'il n'y a pas lieu d'envier les autres.Je ne suis pas aussi bon que tu le dis.Xia Shuyang se sentait un peu coupable et avait presque oublié toutes les connaissances contenues dans le livre.C'est bon, je m'en souviendrai quand je travaillerai.Après l'arrivée des experts, He Xu a envoyé Xia Shuyang sur le site désigné et a continué à patrouiller dans les champs.C'était l'heure du déjeuner lorsque nous nous sommes retrouvés, à la cantine de la crèche.He Xu est arrivé relativement tard et il y avait déjà beaucoup de monde à la cafétéria.Il n'avait jamais eu d'air et tout le monde le saluait chaleureusement lorsqu'il le voyait.Les plus âgés que He Xu l'appellent Xiao He, et les plus jeunes que lui l'appellent frère Xu, tout comme Xia Shuyang.Personne ne l'avait jamais appelé M. He, alors quand Liang Ying l'a appelé ainsi, il était encore un peu abasourdi. Heureusement, elle a ensuite changé de ton.Xia Shuyang était assis seul dans un coin et He Xu se dirigea vers lui avec une assiette.Il s'est assis en face et a demandé : "Où sont le professeur Zhang et le professeur Li ? Pourquoi ne sont-ils pas avec vous ? "Le professeur Zhang et le professeur Li sont les experts en sciences du sol qui ont dirigé Xia Shuyang.Xia Shuyang baissa la voix et dit à He Xu : Ils cherchaient un endroit pour boire du thé blanc.thé blancHe Xu a ramassé les baguettes et a regardé Xia Shuyang, j'ai beaucoup de choses dans mon bureau, pourquoi ne me les demandez-vous pas.Xia Shuyang : Au début, je pensais que c'était du vrai thé, mais plus tard, ils m'ont dit que c'était du vin. Ils avaient peur d'avoir un impact négatif, alors ils ont utilisé le thé comme substitut.C'est bon.Être choqué.est un peu.Après la question de Bai Cha, He Xu a interrogé Xia Shuyang sur son expérience de stage.Xia Shuyang tenait son menton d'une main, un peu abattu : ce n'est qu'à travers la pratique qu'il s'est rendu compte que les connaissances contenues dans les livres n'étaient que superficielles. Le professeur Zhang et le professeur Li pompaient frénétiquement leurs connaissances professionnelles. J'étais confus, je ne pouvais pas répondre aux questions. , et j'étais un peu frustré.He Xu but une gorgée de soupe aux tomates et aux œufs et le consola : Si vous ne comprenez rien, vous pouvez demander aux deux professeurs, ils ont un bon caractère et ne trouveront pas cela ennuyeux pour vous.Xia Shuyang : Si je l'avais su plus tôt, j'aurais dû sortir chercher des stages comme ma sœur l'a fait pendant les vacances d'été, au lieu de dormir et de jouer à des jeux à la maison et de perdre du temps.He Xu : Il n'est pas trop tard pour s'en rendre compte maintenant, ne vous découragez pas trop.Le téléphone sur la table à manger a sonné et Xia Shuyang a déverrouillé l'écran.Ma sœur a envoyé un message et a posé la même question que vous.He Xu : Préparez-vous à la même réponseMa sœur était assez occupée au travail, donc je ne pouvais pas la laisser s'inquiéter, alors j'ai répondu par deux mots : « Très bien ».Xia Shuyang a posé son téléphone portable et He Xu a ramassé des lambeaux de varech vinaigrés : Vous deux frères et sœurs avez une si bonne relation.Xia Shuyang a mordu la cuisse de poulet et a dit à He Xu : En fait, ma sœur ne prêtait pas beaucoup d'attention à moi avant.He Xu a été légèrement surpris et Xia Shuyang a poursuivi : Après que ma mère a divorcé du père de ma sœur, elle a laissé ma sœur s'occuper de ses grands-parents. Elle vit sur le campus depuis le collège. Nous ne nous voyons que quelques-uns. fois par an. C'est normal qu'elle me regarde comme une étrangère.Comment la relation s'est-elle améliorée par la suite ? He Xu était curieux.Pour les 20 ans de ma sœur, je lui ai confectionné une maquette de château de princesse. Il y avait tellement de pièces que mes mains étaient égratignées et j'ai dû mettre des pansements dessus. Ma sœur s'est sentie mal quand elle l'a découvert, et elle a été très gentille avec moi depuis.He Xu a conclu : Vous l'avez influencée par votre sincérité.Xia Shuyang a souligné : Cela a également pris quinze ans.He Xu murmura : C'est long.Xia Shuyang a terminé la nourriture dans l'assiette, mais se sentait toujours vide.Frère Xu, je ne suis pas rassasié, puis-je en avoir plus ? » demanda-t-il faiblement.He Xu répondit sans hésitation : Bien sûr, vous pouvez en ajouter autant que vous le souhaitez sans le gaspiller.Après être revenu du repas satisfait, Xia Shuyang a déclaré : Frère

Xu, du point de vue d'un spectateur, après le divorce des parents et la création d'une nouvelle famille, que pensez-vous qu'il arrivera à leurs enfants ?He Xu posa ses baguettes et répondit sérieusement : indépendant, sensé, mais aussi solitaire.L'instant d'après, il réalisa quelque chose : ta sœur.Xia Shuyang ne le lui a pas caché : bien que ma sœur semble douce et polie avec tout le monde, son monde est très fermé. Si elle ne veut pas sortir, les autres ne peuvent pas entrer.Alors, ta sœur a-t-elle déjà été amoureuse ? » Demanda-t-il Xu.Pour autant que je sache, il n'y en a pas.Xia Shuyang a répondu, ma sœur a étudié dur quand elle était à l'école et était considérée comme une excellente élève aux yeux du professeur. Après avoir obtenu son diplôme, elle s'est plongée dans le travail et avait beaucoup de travail entre ses mains, donc elle n'avait pas le temps. Mais je ne pense pas qu'elle en parlerait si elle en avait le temps.He Xu a interrogé : À cause de tes parents, ta sœur ne croit pas en l'amour.Xia Shuyang : À peu près. Je n'ai vu personne présenté par des proches à la maison. Il y a aussi beaucoup de gens qui la poursuivent activement. Si ma sœur l'aime bien, je peux en choisir une sur dix mille et aller au temple pour brûler de l'encens. des bâtons.Choisissez-en un sur dix mille. C'est vrai quand He Xu y pense.Frère Xu, ne parlons pas de ma sœur, parlons de toi. Xia Shuyang s'est intéressée.Que voulez vous entendre. » Demanda-t-il Xu.Xia Shuyang : Quel genre de femme aimez-vous ?

Je peux utiliser mon réseau pour vous rechercher.He Xu : As-tu une petite amie ?Xia Shuyang secoua la tête et continua : Alors vous devriez d'abord résoudre votre propre problème.Xia Shuyang a agité la main : je n'ai que vingt-trois ans, donc je ne suis pas pressé.He Xu a répondu : j'ai l'air d'être pressé.Xia Shuyang a nié : Je pense juste que vous êtes une personne gentille et ce serait dommage d'être célibataire.Merci, gamin.He Xu soupira, plutôt que votre aide, je devrais peut-être trouver le temps d'aller au temple pour adorer.Temple Nanguang.Xia Shuyang a laissé échapper que c'était un lieu saint célèbre pour le mariage.Avec un nom familier, He Xu a déclaré : « De nombreux arbres du temple de Nanguang appartiennent à notre famille.Xia Shuyang a été surpris : les affaires de Qingshan sont si étendues qu'il y a même des temples.Chaque printemps et automne, j'y vais pour effectuer des travaux de lutte antiparasitaire.He Xu a dit : " Je n'y suis pas encore allé cette année. Je les contacterai plus tard pour prendre rendez-vous. "Xia Shuyang avait l'air plongé dans ses pensées : le temple Nanguang ne fonctionnera peut-être pas pour vous après y avoir été, mais vous êtes toujours célibataire. Frère Xu, s'il vous plaît, trouvez-en un autre.He Xu a souligné : Je regardais juste les arbres et j'ai oublié de brûler de l'encens.Xia Shuyang avait des doutes : je ne l'oublierai pas cette fois, vous êtes tellement dévoué.He Xu était catégorique : Cette fois, c'était dans un but précis.Quel but.Être la seule personne choisie parmi dix mille.

Chapitre 12 12Pas étonnant que tu puisses être le patronAprès que Xia Shuyang soit allé à Qingshan pour un stage, il a ajusté son horaire de couche-tard. Il se couchait tôt et se levait tôt chaque jour, et avait une vie très épanouissante.Chaque fois que Liang Ying était préoccupé par son état, il rapportait toujours de bonnes nouvelles mais pas de mauvaises nouvelles, lui permettant ainsi de se concentrer sur son travail.Pensant qu'He Xu était fiable et avait dit qu'il encouragerait bien Xia Shuyang, Liang Ying se détendit et commença à faire le travail à accomplir.Après avoir discuté avec frère Nan, communiqué avec la partie A en temps réel et redessiné le croquis de Yuecheng World, c'était à nouveau vendredi en un clin d'œil.Dans l'après-midi, frère Nan a convoqué tout le monde à une réunion, chacun a rendu compte de l'avancement du projet en cours et lui a assigné une série de nouvelles tâches.En sortant de la salle de conférence, Lin Yue a tenu le bras de Liang Ying et a dit avec inquiétude : « Je n'ai aucune expérience avec le paysage du temple. L'avez-vous déjà fait ?Une fois la cour de la villa de M. Zhao terminée, les mains de Lin Yue étaient vides et frère Nan lui a confié la tâche d'aménagement paysager de Tianfang Chanyuan.Liang Ying a répondu non et a fait ses propres suggestions.Le paysage du temple a tendance à être un jardin classique, vous pouvez donc rechercher des références dans cette direction.Après être retournée à son bureau et s'être assise, Lin Yue s'est penchée en arrière sur sa chaise et s'est frottée les tempes.Au bout d'un moment, il s'est tourné vers Liang Ying et a demandé : Êtes-vous libre demain ?Demain c'est samedi, vous n'avez donc pas à faire d'heures supplémentaires.Oui oui, il y en a.Liang Ying a ouvert le tiroir et a mis le papier d'acide sulfurique. Cependant, si vous me demandez de jouer au script kill ou d'assister à un dîner, il m'est impossible d'être d'accord.Lin Yue a expliqué : Si vous n'aimez pas vous joindre à la fête, je ne forcerai personne à vous rendre les choses difficiles.Alors qu'est-ce que tu vas faire. Liang Ying était perplexe.Lin Yue : Trouvez un temple et menez des recherches sur le terrain pendant deux jours.Liang Ying a compris : Vous voulez que je vous accompagne.Vous êtes un maître des détails et j'ai besoin de vos conseils.Lin Yue lui tenait les épaules, je ne te laisserai pas t'enfuir en vain, je couvrirai le déjeuner et le dîner.Cela semble très tentant.Liang Ying a dit d'une voix vive : « Vérifions lequel est préférable d'aller et faisons un guide.Puisqu'il s'agit d'une enquête, un examen raisonnable doit être effectué.Tenant compte des deux dimensions d'un design unique et d'un riche patrimoine culturel, Liang Ying et Lin Yue ont choisi trois hôtels, à savoir Jingxinzhai, Yuelu Pavilion et Nanguang Temple.Le lendemain matin, à huit heures, Liang Ying et Lin Yue se sont rencontrés à Xinyangfang.Liang Ying portait des baskets confortables et un costume de sport d'un blanc pur, tandis que Lin Yue portait une veste ample rose.Jingxinzhai et le pavillon Yuelu se trouvent tous deux dans la zone urbaine et sont facilement accessibles en bus. Ils ont visité les deux endroits dans la matinée.Le temple Nanguang est un peu plus loin, en banlieue. Après le déjeuner, Liang Ying et Lin Yue ont pris le bus touristique, ce qui a duré une heure. Il était déjà 14h30 lorsqu'ils sont arrivés.Le temple Nanguang est construit près de la montagne, dans un environnement calme et tranquille.En entrant par la porte, il y a un petit paysage d'entrée.La forêt de bambous en quinconce, les fenêtres qui fuient et plusieurs lanternes en pierre créent l'effet d'un paysage sec, assez zen.Lin Yue n'était pas de Qingzhou, lui dit Liang Ying alors qu'elle montait les marches.Une raison importante pour laquelle le temple Nanguang est célèbre à Qingzhou est qu'il est particulièrement doué pour rechercher le mariage.Mais je pense que ce n'est qu'un stratagème publicitaire, car mon colocataire est célibataire depuis des années maintenant.Ce genre de chose est intrinsèquement probable, alors cherchez simplement de la chance, le développement ultérieur dépend toujours de l'effort humain.Des passants sont passés et Lin Yue a demandé à Liang Ying : Pourquoi tout le monde tient-il un fil rouge dans ses mains.Un jeton donné après avoir brûlé de l'encens.Liang Ying a répondu en prenant une photo et en la publiant sur WeChat Moments pour prouver qu'elle avait été là.Lin Yue s'est intéressé : "Je suis là maintenant. Je vous supplie d'y aller aussi."Liang Ying tenait à la main un stylo et une copie imprimée du plan d'étage du temple de Nanguang, mais il n'a pas oublié les affaires : faites d'abord quelques recherches et terminez la tâche.Lin Yue : Effectivement, c'était la bonne chose d'amener Liang Gong ici. Il pourrait ramener mon cheval sauvage dans le temps.Sur le plan, Liang Ying a déjà peint les parties du bâtiment avec un stylo de couleur rouge.Le paysage est la conception de l' environnement extérieur du bâtiment, et c' est aussi ce à quoi ils doivent prêter attention.Analyser du tout aux parties, y compris la connexion des lignes de déplacement et des cloisons fonctionnelles, puis à la composition des éléments des détails.Liang Ying et Lin Yue ont discuté en marchant, en prenant des photos et en prenant des notes.En marchant près du palais de Tianwang, Lin Yue a montré une rangée de ginkgos à côté d'eux et a déclaré : Ils reçoivent des perfusions intraveineuses.Liang Ying a regardé.Des sachets de perfusion étaient accrochés à deux ou trois ginkgos, qui ne poussaient pas bien et avaient des feuilles clairsemées.Il semble qu'il soit malade et que les racines ne peuvent pas absorber les nutriments du sol, elles doivent donc compter sur cette méthode pour maintenir leur croissance.Lin Yue : Vous le savez, je dois être très bon en botanique.J'adore la botanique.Liang Ying a rappelé que le professeur qui nous enseignait était très mignon. Elle pouvait expliquer le contenu ennuyeux de manière très vivante. Elle se concentrait sur les points clés avant l'examen et donnait des notes de manière très vague. Personne n'a échoué à l'examen entre ses mains.C'est la fée professeur.Lin Yue était envieux. Nous avons échoué la moitié de nos cours, mais j'ai réussi juste en dessous de la note de passage.Liang Ying : Je n'ai rencontré que celui-là.Continuez tout droit pour atteindre la tour Nanguang.L'ensemble du temple a une disposition symétrique le long de l'axe central, avec la pagode Nanguang située au centre de l'axe.Sur la place devant la tour, trois ou cinq ouvriers en gilet vert élaguent et entretiennent la verdure.Ils ont travaillé dur et Liang Ying a observé l'environnement par rapport au plan d'étage.Soudain, Lin Yue lui tapota le bras : il me semble avoir vu He Xu.EhLiang Ying leva la tête.Il y a plusieurs érables verts dans la zone de plantation avant, et il y a de longs sièges de couleur noyer devant.À côté de l'arbre le plus proche d'eux, He Xu portait un T-shirt noir à manches courtes et marchait sur une échelle en alliage d'aluminium.Les lames étaient en mauvais état, il les arracha et les observa attentivement, puis il se pencha légèrement et dit quelque chose à l'homme à côté de lui.Comme s'il avait une sorte de sentiment, He Xu tourna la tête et vit Liang Ying.Le soleil était parfait, tombant sur la silhouette familière, la recouvrant d'une légère couleur dorée.À travers les interstices des feuilles d'érable, l'image qui tombait dans les yeux de He Xu était incroyablement belle.Le bruit du vent est très doux, doux et persistant, et le temps est figé, tellement irréel.Xiao HeOù regardes-tu, m'écoutes-tu ?La voix urgente est venue du responsable du comité de gestion du temple de Nanguang.He Xu reprit ses esprits et demanda : Qu'as-tu dit ?Le responsable n'a eu d'autre choix que de répéter : à votre retour, donnez-moi une liste de médicaments et je trouverai quelqu'un pour les acheter.He Xu a répondu, et le responsable a réfléchi un moment et a dit : Et si vous l'achetiez directement pour moi et trouviez un commerçant avec lequel vous coopérez. Est-ce moins cher de cette façon ?Qingshan Nursery met en œuvre une gestion scientifique de la maintenance et améliore la résistance des arbres en améliorant l'environnement.Ces dernières années, les dépenses en médicaments ont été considérablement réduites, mais des situations difficiles ne sont bien entendu pas exclues, car les fournisseurs de médicaments par voie fixe restent indispensables.He Xu descendit de l'échelle et jeta un coup d'œil à Liang Ying.Elle et Lin Yue ont observé l'environnement autour de la tour Nanguang et ont écrit quelque chose sur le papier avec un stylo.Il était habillé de manière si sportive et son expression n'était pas si tranquille. Il était probablement ici pour des recherches. Après tout, le paysage du temple de Nanguang était en effet bien réalisé.Xiao He, pourquoi es-tu si abasourdi ?Le responsable a écarté les mains et a augmenté le volume. Ce n'est qu'à ce moment-là qu'He Xu a répondu à la question qu'il venait de poser : OK, je vais vous demander. Cela devrait être moins cher que de l'acheter directement.He Xu était distrait et le responsable a exprimé qu'il était fatigué.Cependant, il est arrivé au temple de Nanguang tôt le matin et était si occupé qu'il s'est senti vraiment désolé d'y aller.Xiao He, je suis vraiment désolé que tu viennes ce week-end.Va t'asseoir dans mon bureau, bois du thé, souffle sur la climatisation et repose-toi.Pas besoin, allez-y et occupez-vous.He Xu a dit, j'ai rencontré deux amis et je suis allé leur dire bonjour.C'est vraiment occupé.Le responsable ne pouvait s'empêcher de se plaindre. Il y avait beaucoup de choses qui m'attendaient à régler, et il y avait beaucoup d'endroits où courir. Je n'ai pas eu de repos de tout le mois. Je me retirerai d'abord et je vous traiterai bien la prochaine fois que je viendrai.He Xu ramassa le sac à dos noir sur la pelouse et le posa sur une épaule.D'accord on se voit plus tard.Dès que le responsable est parti, He Xu s'est retourné.Liang Ying et Lin Yue sont également venus le voir.Nous nous connaissons et nous nous sommes croisés à nouveau, alors pourquoi ne pas se dire bonjour ?Liang Ying a regardé He Xu et a souri, et Lin Yue lui a fait signe.He Xu a répondu avec un sourire.Quand les gens sont arrivés, ils se sont salués et ont dit : Si vous travaillez le week-end, votre patron vous paiera-t-il les heures supplémentaires ?Lin Yue a été surpris : vous pouvez réellement voir que nous faisons des affaires.He Xu a montré le dessin dans la main de Liang Ying, et Lin Yue s'est soudainement rendu compte : j'ai un nouveau projet pour faire l'aménagement d'un temple, et Liang Gong m'a accompagné pour enquêter, et je lui paierai ses heures supplémentaires.He Xu a dit quelque chose et Liang Ying a demandé : « Vous êtes ici pour les aider à résoudre certains problèmes d'entretien des arbres.Les rues et les ruelles étaient indispensables pour les arbres, et partout où He Xu apparaissait, elle pensait que c'était normal.He Xu : Lorsque le temple de Nanguang a été agrandi, les arbres nouvellement plantés provenaient tous de notre pépinière. Je venais régulièrement pour faire l'entretien et lutter contre les parasites.Lin Yue : Équivalent au rôle de consultant technique.presque. Répondit-il Xu.Liang Ying a dit avec un sourire : Si vous faites des heures supplémentaires, personne ne devrait vous payer des heures supplémentaires.He Xu a déclaré avec un sourire : Si je fournis aux clients des services satisfaisants et attentionnés et que j'accumule une bonne réputation, il me recommandera de nouveaux clients.Liang Ying a pensé à un mot : modèle.Ils font des heures supplémentaires pour de l'argent, tandis que He Xu fait des heures supplémentaires pour avoir des relations.Liang Ying jeta un regard compliment : Pas étonnant que vous puissiez être le patron.Non je rigole.Après que He Xu ait fini, la conversation a changé : venez-vous de commencer vos achats, ou êtes-vous presque terminé vos achats et prêt à partir.Liang Ying a répondu à cette dernière.He Xu était sur le point de dire qu'il pouvait prendre sa voiture, mais Lin Yue a parlé avant lui : J'ai presque oublié, je n'ai pas encore demandé le signe du mariage.Lin Yue et Liang Ying cherchaient le palais de Yaoguang sur les dessins. He Xu a dit : " Je vais vous y emmener. Nous devons juste passer par là lorsque nous irons au parking. "D'ACCORD.Lin Yue a dit, ces piles de palais, pavillons et salles me donnent mal à la tête.Liang Ying a également eu mal à la tête et a dit poliment : « Désolé de vous déranger, He Xu.Sur le chemin de Yaoguang Hall, Liang Ying marchait au milieu, avec Lin Yue à gauche et He Xu à droite.Les deux filles ont continué à discuter de contenus liés au paysage, tels que la configuration des plantes, le revêtement de sol et les pavillons. He Xu a pu comprendre les grandes lignes et a également acquis de nouvelles connaissances.Pour lui, rencontrer Liang Ying au temple de Nanguang a été une surprise inattendue.Bien qu'il ait secrètement voulu rester à ses côtés pendant une période plus longue, il ne les a pas délibérément emmenés faire un long détour.Dix minutes plus tard, il est apparu sur les marches devant la salle Yaoguang.Sachant que Liang Ying n'était pas intéressé par des choses comme les relations et le mariage, Lin Yue a dit : « Attendez-moi dehors.Liang Ying a répondu : Donnez-moi le sac et je vous le chercherai.Liang a salué le sac à dos bleu clair remis par Lin Yue et l'a entendue remercier He Xu.Puis il monta rapidement les marches et disparut en un instant.Les gens allaient et venaient et Liang Ying détournait le regard de la salle Yaoguang.Pensant que He Xu partait, il avait prévu de lui dire au revoir, mais a vu He Xu se pencher et lui pincer la cheville.Qu'est-ce qui ne va pas avec tes pieds ? » Demanda doucement Liang Ying.Un peu douloureux et enflé, incapable d'exercer de la force.Est-ce parce que j'ai été occupé, à monter et descendre l'échelle et à rester debout longtemps ?possible.Cet état n'est pas adapté à la conduite. He Xi s'est redressé. Je vais d'abord m'asseoir là-bas et observer la situation.Il y avait un siège en bois avec un dossier sur un côté de la route. Liang Ying a regardé dans la direction du doigt de He Xu, et une voix douce est revenue : Il y a beaucoup de monde dans le palais de Yaoguang, ne restez pas là bêtement, venez ensemble.

Chapitre 13 13matérialiste légendaireLe sac à dos de Lin Yue contenait beaucoup de choses et Liang Ying se sentait un peu lourd dedans.Ses épaules étaient douloureuses. Après qu'He Xu eut fini de parler, elle hésita quelques secondes et se dirigea vers le siège avec lui.La température aujourd'hui n'est pas trop élevée, plus de 20 degrés. Le soleil est relativement fort.Après être resté longtemps à l'air libre, de fines gouttes de sueur ont adhéré au front de Liang Ying.Heureusement, il y avait un énorme camphrier qui fournissait de l'ombre. Après s'être assise, elle a placé son sac à dos au milieu du siège et en a sorti un mouchoir.He Xu est allé à la cantine de l'autre côté de la rue et a acheté deux bouteilles d'eau minérale.Quand je suis revenu, j'ai vu Liang Ying placer le sac à dos bleu clair au milieu du siège. La moitié de la zone pour chaque personne était clairement divisée.Il sourit, impuissant, s'assit d'un côté, dévissa une des bouteilles d'eau minérale et la lui tendit.Liang Ying s'est senti un peu désolé lorsqu'il est allé lui acheter de l'eau parce qu'elle avait mal aux pieds.Fidèle à sa gentillesse, il l'a accepté. Après l'avoir remercié, il a jeté un coup d'œil aux pieds de He Xu et a dit : Il est préférable d'aller à l'hôpital pour un contrôle pour voir s'il y a des blessures aux muscles ou aux os.He Xu ouvrit le sac à dos noir et en sortit une bouteille blanche, qui était un spray pour traiter les ecchymoses.Je vais essayer ça d'abord. Après avoir fini de parler, il ouvrit le bouchon de la bouteille, se pencha et l'aspergea sur ses chevilles.Pourquoi tu portes toujours cette chose avec toi ?Liang Ying a pensé à quelque chose : se pourrait-il que les tensions musculaires et les bosses soient inévitables en raison de la forme physique.L'analyse est précise.He Xu a bouché la bouteille et a regardé de côté Liang Ying, tout comme votre stylo détachant, il était prêt.La seconde suivante, il demanda à nouveau : Vous avez dû beaucoup marcher aujourd'hui, comment vous sentez-vous ?Je suis aussi un peu fatigué et mes membres vont être douloureux. .Liang Ying a répondu : « Mais je n'ai pas besoin de conduire. Je peux retourner me tremper les pieds la nuit et bien dormir. Il n'y aura certainement rien de mal demain.Faites tremper vos pieds.He Xu a souri, vous êtes encore jeune et avez commencé à entretenir votre santé.Liang Ying a bien sûr dit : En tant que designers, nous devons utiliser cette méthode pour nous offrir un confort psychologique.He Xu a compris : cela consomme plus d'énergie.He Xu était occupé à la crèche et devait également rester en forme, il devait donc avoir beaucoup d'activité.Liang Ying a profité de la situation et a déclaré : Tremper vos pieds est très confortable. Vous pouvez également l'essayer. Vous vous sentirez particulièrement détendu après avoir trempé vos pieds.Ensuite, je devrais d'abord acheter un bain de pieds.He Xu a sorti son téléphone portable de la poche de son pantalon de survêtement et a ouvert l'application de shopping : "Je ne comprends pas. S'il vous plaît, aidez-moi à en choisir un."Cet homme est vraiment un homme d'action.Liang Ying a glissé l'écran de son téléphone portable : "C'est tout. J'ai aussi acheté cette marque."Cliquez simplement sur le lien et vous aurez le choix entre de nombreux forfaits lors de l'achat.Liang Ying a déclaré que la configuration standard est suffisante et qu'il n'est pas nécessaire d'utiliser des fonctions trop compliquées.He Xu a passé une commande et Liang Ying lui a recommandé un sac de bain de pieds. Après les avoir achetés, il a demandé :

« Vous êtes tellement occupé, pouvez-vous encore trouver le temps de faire de l'exercice, comme courir, suivre la vidéo d'aérobic, etc.Liang Ying a dit la vérité : je m'allongeais quand j'en avais le temps, et je ne me tenais pas debout même si je pouvais m'asseoir. Le moment où je faisais le plus d'exercice était probablement lorsque j'inspectais la scène et que je partais pour des recherches.Alors je ne peux pas être d'une grande aide. Dit-il Xu.Comment voulez-vous aider ? » a demandé Liang Ying.Tu m'apportes la santé, je pense que je devrais faire quelque chose en retour, comme t'apprendre le fitnessHe Xu, j'apprécie votre gentillesse.Liang Ying a dit solennellement et sincèrement : « Chaque fois que je veux apprendre sur un coup de tête, je serai le premier à vous contacter et à servir de consultant technique.He Xu gloussa : D'accord, je t'attendrai.Pendant la conversation, les passants allaient et venaient.Liang Ying a jeté un coup d'œil à Yaoguang Hall, mais Lin Yue n'était pas encore sorti.Deux filles passèrent à côté d'eux, semblant avoir une vingtaine d'années.L'une d'elles a demandé le mariage et a participé à la loterie, avec un visage triste et en se lamentant sur ce qu'elle devrait faire si elle se retrouvait seule. L'autre fille a mis son bras autour de ses épaules et l'a réconfortée : de toute façon, je ne veux pas me marier. " Si tu te retrouves seul, je t'accompagnerai. Gagnons beaucoup d'argent ensemble. Parcourons le monde.Des sentiments purs et beaux.L'homme triste a fondu en larmes et a souri, et

Liang Ying a également retroussé ses lèvres.Voulez-vous aussi réconforter Lin Yue comme ça ? » Demanda-t-il Xu.Liang Ying a nié : Lin Yue n'a pas besoin de mon réconfort.Elle a bu deux gorgées d'eau et a continué : Elle voulait juste participer à la fête et elle courait déjà partout. Nous n'y croyons pas vraiment.He Xu : Je pensais que tu me réfuterais et je ne voulais pas mourir seul.Il n'y a rien à réfuter.Liang Ying a dit que c'était peut-être destiné.He Xu a souri et n'a rien dit. Liang Ying a demandé avec désinvolture : Vous n'y croyez probablement pas non plus.He Xu a mis une main dans la poche de son pantalon de survêtement et a touché le cordon rouge dans la poche. Son expression s'est figée pendant deux secondes, puis il a légèrement souri.Eh bien, je suis un matérialiste et je ne m'intéresse qu'aux arbres ici.Faire des heures supplémentaires en semaine est un peu difficile et Liang Ying manque sérieusement de sommeil.Pendant qu'He Xu répondait au téléphone, elle ferma les yeux et s'assoupit.Bientôt, la vibration de son téléphone la réveilla à nouveau et elle baissa la tête pour répondre à quelques messages.He Xu a jeté la bouteille d'eau minérale dans le bac de recyclage de la poubelle et a vu Lin Yue se couvrir la tête d'une main et arriver précipitamment.Réalisant qu'il y avait une situation, il l'a immédiatement rappelé à Liang Ying et s'est levé à l'unisson.Lin Yue resta immobile devant eux et baissa la tête : " S'il vous plaît, aidez-moi à voir si je saigne. J'ai été piqué par une branche morte quand je suis descendu les marches. Oh mon dieu, ça fait très mal. "Il y avait des taches de sang évidentes sur le cuir chevelu de Lin Yue, entre ses cheveux.La blessure était longue, quatre ou cinq centimètres de long.Voyant cela, He Xu ouvrit son sac à dos, sortit la gaze stérile et la tendit à Liang Ying.Vous utilisez d'abord de la gaze pour presser sa plaie afin d'arrêter le saignement, et je vous conduirai à l'hôpital. Cette situation nécessite un débridement et des points de suture.Liang Ying suivit les instructions de He Xu et fronça légèrement les sourcils.Est-il acceptable de conduire debout ?He Xu dit facilement : C'est bon, il se sent beaucoup mieux, allons-y.Assis sur la banquette arrière du véhicule tout-terrain, Liang Ying a maintenu la même posture.Lin Yuesheng n'a pas d'amour : je suis une personne qui a naturellement peur de la douleur, mais j'ai été blessée par une branche et j'ai eu besoin de points de suture.He Xu tenait le volant et vulgarisait la science.Il ne faut pas sous-estimer les dégâts causés par les branches, surtout celles qui ont des branches dures, il est préférable de les contourner lorsque vous les voyez.Le cuir chevelu a une circulation sanguine riche. S'il est légèrement cassé, il saignera beaucoup. Cependant, le débridement est correct et il devrait être tolérable. Si une branche pique la paume de la main ou la peau ailleurs, le cri sera probablement entendu dans tout l'étage.Liang Ying a fait l'éloge : Vous êtes vraiment plus professionnel lorsqu'il s'agit d'arbres.He Xu : Il est inévitable d'avoir des piqûres et des contusions en travaillant. Plus vous en faites l'expérience, plus cela deviendra facile.C'est en forgeant qu'on devient forgeron.Liang Ying a compris que, tout comme le spray, on porte de la gaze pour faire face aux urgences.He Xu suivit ses paroles et dit : Il existe également des pansements et des cotons-tiges iodophores, qui sont légers et faciles à transporter.La blessure la plus grave que vous ayez subie était bien plus grave que la mienne. » a demandé Lin Yue.He Xu se souvient : "Quand j'étais jeune, j'étais enjoué et mon père m'a emmené à la crèche. J'ai secrètement grimpé sur un caroubier, je suis tombé et je me suis fracturé les os. Je suis resté au lit pendant trois mois.Liang Ying : Est-ce l'arbre particulièrement grand à l'entrée ?He Xu a répondu par l'affirmative: je me souviens que les fleurs de criquets étaient en pleine floraison à ce moment-là, et je suis tombé au sol et je me suis couché dans une mer de fleurs violettes. J'étais si jeune et je l'ai regardé et j'ai pleuré. Maintenant que j'y réfléchisse bien, la photo est assez belle.Liang Ying avait l'air choqué : Ne me dis pas que tu veux retomber.He Xu a souri et a dit : « Ce n'est pas vrai. Je vieillis et je ne supporte plus les ennuis.Après avoir dit cela, il a regardé le rétroviseur de la voiture et a appelé Liang Ying.Vous avez mal au bras et vous souhaitez le changer ?La main qui tenait la blessure était levée un peu trop longtemps, en effet.Liang Ying avait initialement prévu d'accepter l'opinion de He Xu, mais Lin Yue a dit : Je le ferai moi-même et vous pourrez vous reposer.Pouvez-vous le faire ? Liang Ying était inquiète.Lin Yue a doucement éloigné sa main : j'avais la tête cassée, pas la main cassée.Liang Ying : Alors appuyez plus fort.Lorsqu'ils sont arrivés à l'hôpital, He Xu est allé au bureau d'enregistrement pour payer et obtenir des médicaments, et Liang Ying a envoyé Lin Yue à la salle de débridement.Les médicaments ont été remis au personnel médical. He Xu et Liang Ying se sont assis sur les chaises de l'aire de repos et ont attendu qu'elle sorte.Les chaises étaient des sièges simples connectés en parallèle et Liang Ying a placé son sac à dos sur le siège vide à droite.Il n'y avait aucune barrière au milieu et He Xu se sentait à l'aise. Liang Ying a tenu son téléphone portable et lui a dit : Lin Yue a dit qu'il t'offrirait un dîner ce soir.He Xu a répondu : « Elle peut toujours vous envoyer un message avant le début du débridement.Liang Ying a regardé l'historique des discussions : Eh bien, l'infirmière se prépare toujours.Une fois la blessure soignée, nous devons manger quelque chose de léger. Nous ne pouvons pas manger de viande. Regardons-la boire du porridge.He Xu a dit en plaisantant, dis-le à Lin Yue pour moi, remercie-la pour sa gentillesse, et je te renverrai plus tard. J'achèterai de la nourriture et j'irai chez mes parents.Comme d'habitude, c'est aujourd'hui le jour pour améliorer la nourriture de Lao He et Ah Shu.Je n'y suis pas allé à midi, alors le deuxième aîné a posté une photo dans le groupe familial, buvant du porridge blanc avec deux œufs de canard salés, l'air très confus.Liang Ying regarda l'heure, il était déjà cinq heures.Tu devrais y aller avant, j'attendrai Lin Yue et nous prendrons un taxi pour rentrer à ce moment-là.C'est bon, pas de précipitation.Le téléphone a sonné et He Xu a dit : « Je vais répondre à l'appel du client.Les aires de repos doivent être calmes.He Xu se leva et marcha non loin, poussa la porte vitrée et se dirigea vers le balcon.Quand il est revenu, Liang Ying a croisé les bras, s'est appuyé contre le dossier de la chaise, a légèrement baissé la tête et a fermé les yeux.Être somnolent semble être la norme pour Liang Yingsha.En tant que designer consciencieux, He Xu n'a eu aucune surprise.Les pas continuaient de venir, mais elle n'était pas dérangée.Respirer doucement, avoir l'air calme et isolé du monde extérieur.He Xu s'assit et regarda le visage endormi de Liang Ying.Il a dormi si profondément comme si personne d'autre n'était là, donc il devait être très fatigué.Soudain, Liang Ying se pencha en avant et pencha la tête vers He Xu.Comme s'il était sur le point de s'effondrer, He Xu retint son souffle et se concentra. Au bout d'un moment, alors que le poids tombait de ses épaules, un sourire apparut sur ses lèvres.Joyeux et content.He Xu se redressa, posant ses mains sur ses genoux et n'osant pas bouger.Se souvenant soudain de quelque chose, il bougea soigneusement sa main gauche et sortit de sa poche la corde rouge du temple Nanguang.La main de Liang Ying pendait en l'air devant le siège. He Xu fit un geste vers la largeur de son poignet, fit un nœud dans la corde rouge et l'enfila doucement.Les poignets des vêtements de sport blancs sont amples et lorsqu'on les abaisse, la corde rouge disparaît, la rendant invisible.He Xu ne sait pas s'il y a un dicton dans le temple de Nanguang selon lequel mettre une corde rouge sur la main de la personne que vous aimez peut gagner la faveur.Il avait juste une idée simple, il voulait être l'un des dix mille de Liang Ying, et Liang Ying n'était pas son rêve.Il voulait donc lui offrir sa corde rouge unique, ainsi que son cœur.

Chapitre 14 14Mûrier et nèfleLe cuir chevelu de Lin Yue a nécessité deux points de suture. Liang Ying l'a vue lundi avec un sac médical en filet élastique sur la tête.Des collègues au patron en passant par la tante de ménage, tout le monde s'est renseigné avec inquiétude et a expliqué encore et encore. Tout en faisant chaud au cœur, elle a aussi dit avec la bouche sèche : Si j'avais su, j'aurais écrit un court essai à l'avance et expliqué la cause. , le processus et les résultats en détail. , pour redonner à chacun pour ses soins chaleureux.Nous avons déjeuné à Zhangji. S'asseyant au bar près de la fenêtre, Liang Ying a quand même choisi une petite portion de vermicelles de bœuf.Elle a suivi l'exemple de He Xu la dernière fois et a déchiré la crêpe en petits morceaux et les a mis dans l'assiette.Personne ne semblait avoir pensé qu'une branche pouvait être si nocive. Après que vous ayez dit cela, leurs expressions étaient toutes choquées.Je n'y aurais pas pensé sans expérience personnelle.Lin Yue a bu une gorgée de soupe au bœuf. Seul He Xu, avec sa riche expérience, pouvait résoudre le problème dans un délai aussi rapide.Il séquenceLe cœur de Liang Ying se serra lorsqu'elle entendit ce nom familier.À ce moment, le téléphone a sonné et He Xu lui a envoyé un message.Liang Ying a cliqué sur les détails du message et a dit à Lin Yue : He Xu m'a envoyé le texte du temple de Nanguang, je vous le transmettrai.Après que Lin Yue ait soigné ses blessures à l'hôpital, He Xu les a renvoyées chez elles.Au cours de la conversation, Lin Yue a fait l'éloge du paysage du temple Nanguang. Si elle pouvait voir le texte de conception, cela lui serait très utile lors de la construction du temple Zen de Tianfang.Quand He Xu l'a entendu, il a dit qu'il demanderait à quelqu'un du comité de direction, mais il ne s'attendait pas à ce que cela vienne.En regardant le fichier PDF complet, de l'analyse préliminaire à la conception globale et détaillée, la gratitude de Lin Yue était au-delà des mots.Il m'a envoyé à l'hôpital et m'a aidé à trouver le texte. He Xu ne voulait pas manger, alors j'ai dû lui offrir un cadeau de remerciement. Pensez-vous que c'est vrai ?Liang Ying était un peu distrait : d'accord.Lin Yue : Alors demandez-moi ce qu'il aime ou ce qui lui manque récemment.Liang Ying n'a pas regardé le téléphone, mais a dit : Si j'avais su que lorsqu'He Xu voulait acheter un bain de pieds, je l'aurais arrêté et je vous aurais demandé de payer.Vous avez donné à He Xu un seau de bain de pieds. Lin Yue fut surpris.Liang Ying a dit oui, et il y a eu un bain de pieds.Lin Yue : Après avoir cherché et cherché, j'ai finalement trouvé un bain de pieds. Félicitations, M. Liang.Félicitations pour quoi ?Liang Ying a pris deux morceaux de crêpes et les a jetés dans la soupe. Il a mis sa tête sur ses mains. Je ne sais pas comment je lui ferai face à l'avenir.N'est-ce pas simplement faire une sieste sur l'épaule de quelqu'un ?Lin Yue l'a réconfortée en lui disant que cela faisait deux jours et qu'elle ne l'avait toujours pas oublié.En attendant que Lin Yue effectue le débridement dans l'aire de repos de l'hôpital, Liang Ying avait tellement sommeil qu'elle s'est endormie sans s'en rendre compte.Quand il s'est réveillé, il a découvert que sa tête était appuyée sur l'épaule de He Xu, sa tête bourdonnait et il s'est excusé à plusieurs reprises.He Xu avait un bon caractère, alors il ne lui a naturellement pas blâmé et lui a dit de ne pas le prendre à cœur et de rentrer se reposer la nuit.Je ne peux pas oublier.Liang Ying a déclaré : « Je n'ai jamais eu de contacts aussi étroits avec le sexe opposé.Ceci est considéré comme intime.Lin Yue était surpris, donc embrasser et conduire n'était rien.Liang Ying a dit sérieusement : Si vous êtes surpris en train de vous embrasser en conduisant, vous serez condamné à une amende et déduit si vous êtes filmé.Ce n'est pas celui qui conduit ;Lin Yue a réfléchi un moment et a abandonné la science populaire. Oubliez ça, vous n'avez aucune expérience et vous ne comprenez pas ce que vous avez dit.Liang Ying ne s'est pas trop attardée là-dessus, ses pensées étaient toujours concentrées sur les choses qui l'inquiétaient.Pourquoi He Xu ne m'a-t-il pas réveillé ? Quand je pense à lui maintenant, cette image remplit mon esprit et je veux trouver une fissure dans le sol pour y ramper.Je suis un gentleman et je ne peux pas supporter de perturber vos beaux rêves.Lin Yue a ouvert l'album photo sur son téléphone portable et a dit avec un sourire : « En regardant les choses de cette façon, vous êtes tout à fait identiques.Liang Ying s'est penchée devant l'écran du téléphone portable de Lin Yue, et elle a pris une photo de He Xu dormant avec sa tête sur son oreiller, et ses pupilles se sont instantanément dilatées.Quand as-tu pris la photo ?Sortez de la salle de débridement.Lin Yue a expliqué, la rémanence du soleil couchant brille à travers la fenêtre et brille chaleureusement sur vous deux. Vous vous endormez paisiblement. He Xu vous regarde affectueusement. L'atmosphère est si bonne. Des bulles roses ambiguës débordent dans l'air. dérive,Liang Ying fronça les sourcils : « La blessure n'est-elle pas assez douloureuse ? Même le débridement et les points de suture ne peuvent pas arrêter votre enthousiasme pour les potins.Je n' appelle pas cela des ragots, cela s'appelle être doué pour découvrir la beauté, une compétence nécessaire pour les designers.Lin Yue a dit d'un ton neutre, j'ai envoyé la photo au « Pin noir du Japon », vous pouvez la garder vous-même.Le pin noir du Japon est le nom des trois personnes qui ont acheté Miao La la dernière fois.Liang Ying a tenu le téléphone portable de Lin Yue pour l'arrêter et a dit avec un visage froid : Ne le publiez pas, supprimez-le.Lin Yue a montré la photo et a argumenté : Avec cette composition, cette lumière et cette ombre, si je prends cent photos, je ne pourrai peut-être pas en tirer une.Liang Ying n'a pas bougé : supprimez-le.Qui peut refuser la demande d'une belle femme.Il serait cependant dommage de supprimer une si belle photo !Liang Ying regardait attentivement l'écran de son téléphone portable, tandis que Lin Yue souriait sur tout son visage.Tactiquement, il leva la tête et regarda par la porte-fenêtre : Hé, frère Nan.Liang Yingxunsheng a également regardé par la fenêtre.Profitant de sa distraction, Lin Yue a rapidement ouvert le carnet d'adresses sur son téléphone, a trouvé He Xu et a envoyé la photo par SMS.Frère Nan est sorti de Starbucks, tenant une tasse de café à la main, probablement son Américain glacé préféré.Liang Ying détourna le regard, Lin Yue lui tendit le téléphone et appuya sur le bouton Supprimer de la photo de groupe devant elle.

Après le déjeuner à la cantine de la crèche, He Xu a emmené Xia Shuyang cueillir des fruits.Début mai, les mûres, les cerises et les nèfles sont mûrs, des activités de cueillette sont également menées à Qingshan et la zone de plantation est ouverte au public.Dans la cerisaie, He Xu a ramassé deux paniers de cueillette à l'entrée et en a remis un à Xia Shuyang.Xia Shuyang l'a pris et a demandé : je peux en choisir autant que je veux, et il y a une limite de poids.He Xu a répondu à la première : tant que vous ne vous sentez pas fatigué, vous pouvez toujours cueillir et manger en même temps.Le professeur Zhang et le professeur Li m'ont laissé beaucoup de travail, j'ai donc dû me dépêcher.Xia Shuyang a levé la main sans hésitation et a cueilli la cerise. Il l'a cueillie de ses propres mains et a honoré ses parents. Ils doivent être très heureux.Vous ne respectez pas votre sœur.Xia Shuyang a choisi ceux qui n'étaient pas encore mûrs, alors He Xu lui a rappelé que plus la couleur est rouge, mieux c'est.Ma sœur n'aime pas les cerises, alors je lui cueillirai des nèfles et des mûres plus tard.Cerise et nèfle. He Xu a compris.C'est encore loin des jardins de nèfles et de mûriers, je vais les cueillir pour toi, mes parents les aiment aussi, alors nous les enverrons ce soir.C'est efficace et permet de gagner du temps.Frère Xu était si prévenant que Xia Shuyang n'y a même pas pensé.He Xu s'est rendu au jardin Loquat.Les nèfles ici sont nains et plantés, il est grand et peut les cueillir avec ses mains.Après avoir ramassé un panier plein, He Xu est retourné à la voiture et s'est préparé à aller au jardin de mûriers.Le téléphone a sonné à ce moment-là et Lin Yue lui a envoyé une photo par SMS.He Xu a cliqué sur la grande image : c'était une photo de Liang Ying posé sur son épaule à l'hôpital samedi.Lin Yue a dit qu'elle l'avait vu sortir de la salle de débridement et avait pris une photo en souvenir pour eux.Image très précieuse.He Xu a levé le coin de ses lèvres, a enregistré une copie sur son téléphone et l'a téléchargée sur le cloud pour la sauvegarde.Quand il aura le temps, il se rendra à l'endroit où les photos sont développées, les transformera en papier, les mettra dans des cadres photo et les posera sur le chevet.He Xu a remercié Lin Yue et Lin Yue a envoyé de nouvelles nouvelles.Lin Yue : Liang Gong m'a demandé de le supprimer, et j'ai risqué ma vie pour vous l'envoyer avant de le supprimer.Lin Yue : Pour que tu sois mon sauveur, ne lui dis pas.Lorsque Liang Ying s'est réveillé sur son épaule, il était paniqué.Comme un petit lapin blanc effrayé, elle n'osait pas le regarder.Il y avait beaucoup de petites expressions, mais He Xu les trouvait mignonnes.Elle ne voulait probablement pas se souvenir de cette scène, alors elle a demandé à Lin Yue de la supprimer.Soyez reconnaissant lorsque vous recevez des faveurs des autres.He Xu a demandé à Lin Yue s'il voulait manger des cerises. Lorsqu'il a obtenu une réponse affirmative, il a appelé Xia Shuyang et lui a demandé de choisir un autre panier.Dans la soirée, He Xu a emmené Xia Shuyang de Qingshan comme d'habitude.Xia Shuyang faisait défiler de courtes vidéos sur le siège passager, et He Xu a dit : Envoyez d'abord le fruit à votre sœur.Les fruits sont cueillis frais et ne sont délicieux que lorsqu'ils sont frais.Un panier de nèfles, un panier de mûres et des cerises pour Lin Yue. He Xu prévoyait de les donner à Liang Ying.Xia Shuyang est passé à WeChat et a envoyé un message à Liang Ying.C'est rare que ma sœur ne fasse pas d'heures supplémentaires et puisse se rendre directement chez elle.He Xu réfléchit un instant : Alors demande-lui si elle veut dîner avec nous.

Liang Ying a tenu une vidéoconférence avec le Parti A de Yuecheng Tiandi dans l'après-midi.Le plan sur lequel elle a travaillé pendant plusieurs jours a été adopté avec succès et elle a décidé de ne pas faire d'heures supplémentaires ce soir pour se récompenser.Il restait encore une demi-heure avant de quitter le travail et Xia Shuyang lui a envoyé un message.Xia Shuyang a déclaré qu'aujourd'hui, lui et He Xu avaient cueilli beaucoup de fruits à Qingshan, y compris ses mûres et nèfles préférés, et les lui avaient apportés.Après que Liang Ying ait fini de lui parler, elle s'est soudainement souvenue de quelque chose.Liang Ying : He Xu vient avec toiXia Shuyang : Oui, frère Xu conduit.Xia Shuyang : Il m'a demandé de vous demander si vous souhaiteriez dîner avec nous.Liang Ying haussa les épaules et refusa par réflexe.Liang Ying : L'entreprise a quelque chose à faire temporairement, donc vous pouvez manger.Liang Ying : Laissez les fruits au poste de messagerie, je les récupérerai à mon retour.Xia Shuyang : Il y a des gens qui vont et viennent à l'auberge, donc vous n'avez pas peur d'être emmené.Liang Ying : Je connais la femme du patron, donc si je lui dis, elle s'en chargera pour moi.Xia Shuyang : Ce n'est pas grave, c'est ce que frère Xu et moi voulons, nous ne pouvons pas le perdre.Liang Ying : Eh bien, calme-toi et parle-moi.Lorsque Liang Ying a quitté son travail, Xia Shuyang a envoyé un message.Les photos prouvent que les fruits ont été livrés sans problème.Xia Shuyang a dit qu'ils étaient partis et lui a demandé de ne pas oublier de le récupérer.Liang Ying a répondu qu'il ne l'oublierait pas. La première chose qu'il a faite en arrivant au jardin Mingdu a été de se rendre à la gare express.Le fruit a été placé sur le bureau à côté de la porte et la patronne l'a soigneusement recouvert de papier bulle.Liang Ying a ouvert le papier bulle. En plus des mûres et des nèfles, il y avait aussi des cerises, remplissant le panier à ras bord.Il ramassait des mûres et des cerises de la main gauche, et des nèfles de la main droite, si lourds qu'il avait mal aux bras juste après être sorti de l'auberge.Elle a commencé à regretter de ne pas avoir laissé Xia Shuyang le mettre directement devant sa porte. Si vous ne pouvez pas le soulever, reposons-nous.Liang Ying se pencha et posa le panier sur le sol. L'instant d'après, il y eut des pas derrière lui et une ombre tomba.Se redressant, elle se retourna inconsciemment, prit une inspiration et ouvrit légèrement les lèvres.He Xu se tenait devant elle, vêtu d'un simple T-shirt blanc.Se regardant en silence, il traversa Liang Ying et ramassa la corbeille de fruits par terre.Soudain, une voix grave tomba dans les oreilles de Liang Ying.Lorsque la voiture est allée à Xinyangfang, j'ai pensé que si vous restez assis longtemps et faites des dessins, vous êtes sujet aux maux de dos et vous ne pouvez pas soulever quoi que ce soit de trop lourd. J'ai pensé que je devrais revenir et faire du bon travail service après-vente Heureusement, j'ai rattrapé mon retard.

Chapitre 15 15Une fois vivant, mûr pour la deuxième fois, combattez le poison par le poisonAprès venteÀ quel cours de formation en art dramatique He Xu a-t-il suivi ?Avec une telle expression et un regard sincère, il n'y a absolument aucune raison de refuser.La gare express se trouve près de l'entrée du jardin Mingdu.Le bâtiment 18, où se trouve la famille de Liang Ying, doit entrer à pied, ce qui prend environ sept ou huit minutes.Liang Ying a ouvert la voie, avec un visage généreux.Au fond, il semble y avoir un seau en bois rempli d'eau.Le canon était suspendu à un fil fin par un crochet et tremblait, avec la possibilité de basculer à tout moment.Après le silence, He Xu parla le premier.Gardez les mûres et les nèfles pour vous et donnez les cerises à Lin Yue au travail demain.Après une pause, il a continué : Lin Yue m'a un peu aidé.Lorsqu'elle a vu la cerise, Liang Ying a été stupéfaite pendant deux secondes.Xia Shuyang savait qu'elle ne l'aimait pas, alors pourquoi l'a-t-il envoyé ?Alors c'est tout.Liang Ying était confuse : Lin Yue a également dit qu'elle voulait vous acheter un cadeau de remerciement, pourquoi est-ce l'inverse maintenant.He Xu a dit avec un sourire : L'aide qu'elle m'a apportée était bien plus grande que celle que je lui ai apportée.Puis-je demander ce que c'est ?Je pensais que vous seriez plus curieux de savoir où est allé Xia Shuyang.Les pensées de Liang Ying ont été détournées par He Xu, et il a demandé : Où est-il allé ?He Xu a répondu : Il a dit qu'il jouait au basket avec ses camarades de classe et qu'il a d'abord pris un taxi pour rentrer.Liang Ying a crié, il avait travaillé toute la journée, mais il avait encore de la force.Après tout, il est jeune et récupère rapidement sa force physique.He Xu a dit que Xia Shuyang était très sensé et lorsqu'il lui a demandé de cueillir des fruits, la première chose qui lui est venue à l'esprit a été de les cueillir pour honorer ses parents.Liang Ying a regardé la corbeille de fruits dans la main de He Xu : il a tout cueilli iciHe Xu : J'ai cueilli les mûres et les nèfles.Liang Ying fit une voix basse.He Xu veut rendre la faveur de Lin Yue, mais il n'a pas cueilli la cerise.Au lieu de cela, les nèfles et les mûres qu'elle aime sont le fruit de son travail.Il y a quelque chose d'étrange dans cette logique.He Xu a ajouté : Mes parents ont aimé ça, alors ils en ont choisi d'autres et je les leur donnerai plus tard.C'est facile. C'est bien.Liang Ying s'est senti soulagé : vous calculez en fonction du prix du marché, je vous transférerai l'argent, et vous pourrez également ajouter des frais de main-d'œuvre.He Xu leva les lèvres et sourit doucement : la production du verger cette année était étonnamment bonne, et je l'ai cueilli gratuitement. Je le leur ai donné comme avantage social et je l'ai rapporté à mes parents et amis pour qu'ils le goûtent. Vous êtes membre de la famille de Xia Shuyang, je n'accepte l'argent de personne d'autre, il n'y a donc aucune raison de l'accepter uniquement de vous.Eh bien, profitons de Xia Shuyang.Liang Ying n'était plus rigide et He Xu continua : Dans deux mois, les raisins et les pêches seront mûrs, si vous voulez les manger, ils pourront vous être livrés.Liang Ying aimait aussi les raisins et les pêches. Xia Shuyang a déclaré que les fruits de Qingshan étaient exempts de pesticides et qu'ils étaient plus sûrs à manger.Mais sa période de stage n'était qu'un mois, et à ce moment-là, elle n'était plus un membre de la famille de l'employé, elle devrait donc certainement échanger de l'argent contre des choses.Après réflexion, nous arrivons au dix-huitième bâtiment. La famille de Liang Ying se trouve dans l'unité A.He Xu est entré avec elle et s'est dirigé vers l'ascenseur. Liang Ying a appuyé sur le bouton bas.J'ai pensé à quelque chose ces deux derniers jours.Liang Ying tourna la tête et regarda He Xu avec confusion. Il continua : " Tu t'es endormi sur mon épaule. Ne serait-il pas mieux que je te réveille à ce moment-là ? "Liang Ying ne s'attendait pas à ce que He Xu en parle devant elle.Le seau d'eau dans son cœur ne cessait de trembler et elle faisait de son mieux pour paraître calme.Tu m'as dit que ça n'avait pas d'importance, mais en fait, ça t'affectait quand même, n'est-ce pas ?Bien sûr que non.He Xu a souligné, vous pensez que je règle les comptes après la chute.Liang Ying le pensait.La porte de l'ascenseur s'est ouverte, mais elle n'est pas entrée. He Xu n'a pas posé la corbeille de fruits dans sa main et l'a rapidement fermée lentement.Je sens que vous êtes préoccupé par cette question et que vous remettez en question mon choix à ce moment-là.He Xu a dit, que diriez-vous d'avoir une conversation franche et d'échanger nos pensées.Suis-je évident ?Liang Ying s'en est rappelé soigneusement, tout allait bien, He Xu pouvait le voir.Cependant, maintenant qu'il le savait, elle ne cacherait rien, mais pensait que sa proposition était très bonne.Avez-vous dîné ?, a demandé Liang Ying.pas encore. Répondit-il Xu.Quelle coïncidence, moi non plus.Mangez et discutez là-basLiang Ying a répondu : Je vais d'abord renvoyer les fruits, s'il vous plaît, attendez-moi.He Xu est mesuré dans ses actions et fiable, mais en dernière analyse, il est membre du sexe opposé.La porte de l'ascenseur s'est rouverte et Liang Ying lui a demandé de poser la corbeille de fruits. Lorsqu'il est arrivé au dixième étage, il l'a ramenée chez lui et l'a rejoint pour manger du poulet haché de l'autre côté de la rue.Il y avait un siège vide dans le magasin. Après s'être assis, Liang Ying a remis le menu à He Xu.He Xu a commandé leur poulet haché signature et a vérifié l'option non épicée.Liang Ying a sélectionné quelques plats bouillis et a demandé au serveur de les préparer. He Xu a pris sa tasse et a versé huit cents de limonade.He Xu posa la tasse et demanda à Liang Ying : « Est-ce votre première fois ici ?Liang Ying l'a remercié et a demandé : Comment pouvez-vous le savoir ?La dernière fois à Little Royal Kitchen, tu m'as emmené chercher une place sans aucune hésitation. Tout à l'heure, quand nous sommes entrés, tu as regardé autour de la rocaille pendant une minute ou deux. Mon intuition m'a dit que ce devrait être le cas.He Xu a expliqué la raison et Liang Ying lui a demandé : est-ce que tous les gens de la crèche sont aussi prudents que vous ?He Xu a bu une gorgée de limonade et lui a répondu avec un sourire : Quand je verrai d'autres collègues, je t'aiderai à demander.Liang Ying s'est amusé de lui et a pris l'initiative d'expliquer : j'ai envie de ce restaurant depuis longtemps, et il y a beaucoup de monde à chaque fois que je passe par là.Elle regarda la table à côté d'elle. La nourriture avait été servie. Vous voyez, la portion était assez grande. Comment pourrais-je la finir toute seule ?He Xu : Alors je peux vous aider à réaliser votre souhait.Liang Ying a levé le verre d'eau : À vous, merci.He Xu a trinqué avec elle : je n'ai pas pu comprendre.Liang Ying a fini de boire l'eau et a posé la tasse.Il croisa les bras sur la table et regarda He Xu sérieusement.Plus près de chez moi, pourquoi ne m'as-tu pas réveillé immédiatement ?He Xu a adopté la même posture : la raison est simple, ce n'est pas le comportement d'un gentleman de perturber le rêve de quelqu'un. Si je dors profondément et que quelqu'un me réveille, je me sens mal. Si vous vous sentez mal à l'aise, si vous y réfléchissez du point de vue d'une autre personne, comment pouvez-vous l'imposer aux autres ?Les raisons sont très bonnes et Liang Ying en est convaincu.Si quelqu'un, homme ou femme, dort sur votre épaule, vous ne le réveillerez pas.Comme on s'y attendait d'un étudiant en sciences, He Xu a été stupéfait pendant deux secondes par une réflexion aussi minutieuse.Le serveur apporta le poulet haché et le plaça au centre de la table.Un pot en fer noir avec des autocollants à l'extérieur et un poulet au milieu.Ça sentait délicieux, Liang Ying en a pris un morceau et a eu le même goût, très satisfait.He Xu a mangé un morceau de sang de canard avant de répondre à sa question.Je n'ai pas eu beaucoup de chance depuis que je suis enfant. Je n'ai jamais gagné de prix à la loterie et je n'ai jamais vu une autre bouteille après avoir ouvert le couvercle. La chance d'être favorisée par la déesse de la chance ne devrait être que celle-là.Sans donner à

Liang Ying une chance de réfléchir profondément, He Xu a poursuivi : Laissez-moi deviner ce que vous pensez.Liang Ying a écouté attentivement.Parce que je suis du sexe opposé, même si c'est un accident, vous vous sentirez mal à l'aise et dépasserez la portée sociale maximale que vous pouvez supporter.Non seulement vous êtes réfléchi, mais vous êtes également intelligent.Liang Ying était d'accord avec sa réponse, et He Xu a demandé à nouveau : Si je n'avais pas été assis ici aujourd'hui, auriez-vous prévu de m'éviter chaque fois que vous me verriez à l'avenir ?Liang Ying fronça les sourcils, son expression soudain sérieuse : He Xu, tu ne peux pas être trop intelligent.Une fois vivant, deux fois familier.He Xu a ramassé les autocollants du pot et a dit en plaisantant : « Si vous vous en souciez vraiment, je vous laisserai vous appuyer sur moi encore quelques fois.

  Liang Ying a levé les yeux au ciel, combattant le feu par le feu, n'est-ce pas ?He Xu ramassa les baguettes de service et mit le gros pilon de poulet dans le bol de Liang Ying.Puisque vous ne pouvez pas le contrôler, détendez-vous et ne pensez pas que c'est votre responsabilité. Si vous devez m'éviter à partir de maintenant, je ne suis pas vraiment perdu.Qu'est-ce que tu perds ? Liang Ying était perplexe.J'ai peur que personne ne me présente des affaires.Liang Ying a ri de son inquiétude, a ramassé les champignons enoki, les a versés dans la marmite et les a fait cuire.Lorsque vous

vous entendez avec le sexe opposé, vous gardez toujours une distance et si vous franchissez soudainement la ligne, vous serez plus susceptible de paniquer.Après t'avoir parlé, je me sens vraiment détendu. Je ne serai plus aussi tolérant à l'avenir. Dormir dans les lieux publics est assez dangereux. Heureusement, tu es à côté de moi.He Xu sourit légèrement : Tu es tellement soulagé de moi.Après avoir pris contact avec vous, je sens que vous êtes une personne très gentille et je me sens très détendue lorsque je m'entends avec vous.Liang Ying a dit, si vous voulez vraiment me faire quelque chose, il existe de nombreuses opportunités. En termes de valeur de force, je ne suis pas du tout votre adversaire.He Xu a remué les coins de ses lèvres et a demandé : « Avez-vous distribué d'innombrables cartes de bonne personne comme celle-ci ?Je suis designer, pas vendeur.Liang Ying a souligné que les compliments sont sincères et qu'il ne faut pas penser à des choses étranges.He Xu se sentait à l'aise : d'accord, j'accepte.Liang Ying a souri : C'est vrai.Après le dîner, He Xu a renvoyé Liang Ying chez lui.En entrant dans le jardin Mingdu, He Xu a déclaré que le poulet haché était très bon. En pensant à ses bonnes compétences culinaires, Liang Ying a profité de la situation et a demandé : Est-il facile pour vous d'en faire une réplique ?Marchant côte à côte sous les faibles réverbères, He Xu marchait à l'extérieur de Liang Ying et y réfléchissait attentivement.Pour la partie poulet, il suffit d'ajouter les assaisonnements et de contrôler la chaleur, et il n'y a pas de problème. Je n'ai jamais fait de stickers en pot et étaler les nouilles est assez compliqué. Cependant, il semble y avoir des produits semi-finis en ligne. Si vous Je suis un peu paresseux, ce n'est vraiment pas difficile à reproduire.Liang Ying : Savez-vous cuisiner simplement parce que vous l'aimez et souhaitez l'apprendre, ou pour une autre raison ?La nourriture que mes parents préparaient était trop désagréable, alors pour survivre, j'ai dû me débrouiller toute seule.He Xu répondit sans réfléchir, sa voix était assez impuissante.Liang Ying se tourna pour le regarder : Vrai ou faux, comme c'est désagréable.Pensez simplement au niveau le plus sombre de la cuisine noire.très effrayant.Liang Ying secoua la tête, je n'ose pas y penser.Alors je ne veux pas.He Xu a rassuré, en bref, mes compétences culinaires ont été expulsées.Il s'avère que je ne suis pas doué en cuisine parce que personne ne m'a forcé.Liang Ying s'est soudain rendu compte que sa mère et son oncle Xia pouvaient y arriver, tout comme Yangyang. J'attends de manger le tout prêt.Il y a une forte odeur de fumée de cuisson dans la cuisine, les filles n'ont donc pas besoin d'y aller car cela leur ferait mal à la peau.C'était la première fois que Liang Ying entendait une telle théorie et fut un peu surpris lorsqu'elle venait d'un homme.Je n'y suis pas beaucoup allé non plus.Liang Ying a répondu, commandant des plats à emporter plus souvent.Vous en aurez marre de trop manger à emporter ? On dirait qu'il y a toujours les mêmes restaurants ici et là.Oui, j'en suis déjà à ce stade : quand je reste à la maison le week-end, je me demande toujours quoi manger.Sentant le souffle chaud de la personne à côté de lui, He Xu pensa aux paroles de Xia Shuyang.Bien que ma sœur paraisse douce et polie avec tout le monde, son monde est extrêmement fermé.Si vous ne voulez pas sortir, les autres ne peuvent pas entrer.Après avoir réfléchi un instant, He Xu a demandé : N'envisagez-vous vraiment pas de tomber amoureux ?Le sujet a sauté si vite que Liang Ying était un peu confus.He Xu a fait semblant d'être détendu : si vous trouvez un petit ami qui sait cuisiner, vous n'avez pas à vous inquiéter, il cuisinera ce que vous voulez.Sur le porche en bois devant, les fleurs de glycine sont en pleine floraison.Liang Ying a sorti son téléphone portable pour prendre des photos. La brise soufflait et ses longs cheveux volaient légèrement.Si nous sommes séparés un jour, je reviendrai quand même à la vie de commander des plats à emporter. Plutôt que cela, j'aurais préféré ne pas l'avoir vécu.He Xu regarda son profil et parla doucement.Liang Ying, toutes les relations ne se termineront pas par une séparation, il ne faut pas être pessimiste.

Chapitre 16 16Donnez à Tieshuhua un peu plus d'amourQuand Liang Ying avait cinq ans, ses parents ont divorcé et sont allés au tribunal.Avant cela, ils se disputaient sans fin, et il y avait des bols brisés, des morceaux de bouillotte et des casseroles et poêles partout dans la maison.Quant à elle, son petit corps était blotti derrière la porte, isolé et impuissant, se bouchant les oreilles, la peur et le malaise se répandant dans tous les recoins autour d'elle.Bien qu'il soit très jeune à cette époque, l'image a duré plusieurs années et est devenue profondément ancrée dans l'esprit de Liang Ying.J'ai repensé plusieurs fois qu'ils étaient tellement amoureux, qu'ils avaient une énorme pile de lettres longue distance, qu'ils prenaient des photos ensemble et se regardaient, pleins de tendresse.Cependant, ils ont réussi à rester ensemble malgré tous les obstacles, mais ont fini par ne plus pouvoir communiquer entre eux.He Xu avait raison, elle était pessimiste.Outre l'influence de mes parents, j'ai également vu ma colocataire être contrainte de mettre fin à une relation de huit ans, se saouler et pleurer tard le soir, et mon amie a été froidement maltraitée par son ex, qui n'arrêtait pas de lui envoyer des messages se demandant si elle n'était pas assez bien.Toutes les relations ne se termineront pas par une séparation.On voit qu'elle a vécu trop de rebondissements, et qu'elle n'a plus le courage de parier sur des possibilités illusoires.Plutôt que d'être meurtri et meurtri par la chute, il vaudrait peut-être mieux rester seul et se contenter du statu quo.

  Le lendemain, au travail, Liang Ying a apporté les

cerises à Lin Yue.Lin Yue buvait du lait de soja lorsqu'une corbeille de fruits est soudainement apparue sur son bureau.Elle le ramassa et le pesa : il faisait au moins quatre ou cinq kilos.Se tournant vers Liang Ying : Merci pour votre travail acharné, Liang Gong, pour rouler avec.Liang Ying s'est assise sur la chaise, a accroché son sac au dossier de la chaise, a tendu la main et a ramassé une cerise, l'a pincée doucement et l'a observée.C'est frais, juteux et gros. He Xu m'a confié cette tâche importante. Si quelqu'un tombe, ce sera du gaspillage.Je ne peux pas manger autant tout seul, il fait chaud et ce ne sera pas bon si je le garde longtemps.Lin Yue a suggéré que nous donnions quelques points à tout le monde à midi. Qu'en pensez-vous ?bien sûr.Liang Ying a répondu : « J'apporterai aussi des nèfles et des mûres demain. Je ne peux vraiment pas les obtenir aujourd'hui.Il a également été donné par He Xu.Lin Yue a ouvert le tiroir et a sorti les sacs de conservation, prévoyant de les emballer et de les mettre d'abord dans le réfrigérateur de l'entreprise.Liang Ying a appuyé sur l'interrupteur de l'ordinateur : je n'aime pas les cerises.Lin Yue a rempli une portion et l'a scellée : Le patron a personnellement livré les fruits chez vous. Êtes-vous très touché ?C'est assez touchant.Liang Ying a dit franchement, alors je lui ai offert du poulet haché en pot.Lin Yue : Êtes-vous curieux de savoir pourquoi He Xu, une si bonne personne, n'a pas de petite amie ?Liang Ying : Il m'a dit que s'il veut trouver quelqu'un, il n'a probablement rencontré personne qui lui convienne.Lin Yue s'est intéressé : que vous a-t-il dit ?La fête d'anniversaire de l'oncle Xia, ne sommes-nous pas assis ensemble ?Attends une minute, tu ne m'as pas dit ça. L'interrompit Lin Yue.J'ai eu un rendez-vous dans l'après-midi, et depuis j'ai changé les photos, donc je n'ai pas le temps d'en parler.Pas étonnant que tu ne m'aies pas demandé de te secourir. Il s'avère que quelqu'un était avec toi.Je ne sais pas quand la commande arrivera.Liang Ying a expliqué que s'il ne connaissait pas l'endroit, il ne connaissait que moi, donc je m'asseyais certainement avec lui.Continue.Interrompu par Lin Yueda, les pensées de Liang Ying sont restées bloquées pendant quelques secondes avant de répéter : He Xu a dit qu'il pensait qu'une personne était très bonne, bohème et libre, mais maintenant il pense que c'est bien d'avoir une fille. De son coté.Je n'ai pas saisi un sous-texte aussi évident.La voix de Lin Yue était aussi fine qu'un moustique, et elle parlait si vite que Liang Ying ne l'entendit pas clairement et demanda : « Qu'as-tu dit ?Laissez-moi vous recommander quelques romans d'amour.Liang Ying secoua la tête et dit non.Lin Yue s'est levé et a mis les cerises au réfrigérateur du salon de thé.À son retour, Liang Ying a demandé : Quelle aide avez-vous apportée à He Xu ?Il ne vous l'a pas dit, Lin Yue a répondu.Cela dit, je vous le demande toujours.Bouche très stricte.Lin Yue était très satisfait :

cet homme est vraiment fiable.Liang Ying était méfiant : ce n'est pas le premier jour que vous le rencontrez.Lin Yue a regardé le Phalaenopsis en pleine croissance sur le bureau de Liang Ying.Si une plante à fleurs veut avoir des formes de fleurs standard et de belles couleurs, a-t-elle besoin de beaucoup d'eau, de beaucoup d'engrais et d'un arrosage soigneux ?Il doit également y avoir un éclairage et une ventilation adéquats.C'est une condition naturelle, n'en parlons pas pour l'instant.He Xu connaît ces choses mieux que nous, et nous avons toujours besoin de vous pour les enseigner.Lin Yue lui tenait le menton d'une main : je ne lui ai pas appris, j'ai juste vu qu'il souffrait de malnutrition, alors je lui ai donné de l'eau et de l'engrais.Liang Ying n'en revenait pas : voulez-vous que He Xu fleurisse ?Il est déjà là, mais il est mince et petit, ce qui angoisse les gens.Lin Yue a souri et a dit que mes efforts ne sont qu'une goutte d'eau dans le seau. Si Liang Gong est prêt à aider, les fleurs seront certainement belles et magnifiques.Liang Ying :Frère Nan lui a envoyé un message lui demandant d'aller au bureau. Liang Ying a apporté les dessins et les cahiers et n'avait pas l'énergie de s'y plonger pour le moment.Lorsqu'il est rentré chez lui après avoir fait des heures supplémentaires la nuit, He Xu lui a envoyé un message l'informant que le bain de pieds était arrivé et qu'il était sur le point de l'utiliser, et lui a demandé si elle avait quelque chose à quoi faire attention.Liang

Ying a expliqué quelques mots et a sorti les siens pour les utiliser.Le processus peut être assez ennuyeux, c'est pourquoi elle règle généralement une minuterie et ferme les yeux pour se reposer.Je ne l'ai pas fait aujourd'hui, parce que He Xu discutait avec elle et regardait l'écran du téléphone.He Xu : C'est vraiment confortable de prendre un bain de pieds après l'exercice.He Xu : Le sac de bain de pieds ne sent tout simplement pas très bon. Le salon est rempli de l'odeur de la médecine chinoise, ce qui me fait sentir mauvais au nez.C'est vrai que tout le monde ne peut pas le supporter. Liang Ying a appuyé sur l'écran de son téléphone.Liang Ying : Ne le lâchez pas la prochaine fois, vous pouvez simplement le tremper dans l'eau.He Xu : Je te donnerai le reste quand tu auras le temps, ce serait du gaspillage de me le laisser.Liang Ying : D'accord, je pense que le médicament sent plutôt bon.Après avoir parlé de ce sujet, He Xu a parlé de l'introduction d'un lot de nouvelles espèces d'arbres à Qingshan et lui a envoyé quelques photos.He Xu a déclaré que l'introduction d'arbres nécessite une période d'adaptation de plusieurs années et que s'ils parviennent à s'adapter aux conditions climatiques de Qingzhou, ils ne nuiront pas au système local de croissance des semis et seront promus en temps voulu.Liang Ying a appuyé sur le clavier de son téléphone.Liang Ying : Le gouvernement et les sociétés immobilières réduisent leurs coûts.Liang Ying : Si vous voulez en faire la promotion, le prix est trop élevé et ils ne pourront pas l'accepter.He Xu : J'ai réfléchi à cette question lorsque je l'ai présentée.He Xu : Si nous voulons le promouvoir, je dois être sûr que nous pouvons le propager à grande échelle.He Xu : Il est impossible de vendre un arbre tous les dix ans comme le pin noir du Japon.Oui, He Xu est un professionnel. Liang Ying a estimé qu'elle était peut-être trop inquiète.Liang Ying : Si cela réussit, je verrai si cela peut être utilisé dans des projets paysagers.He Xu : Tu veux encore m'aider.Liang Ying : À cette époque, j'étais nettement plus capable qu'aujourd'hui et j'avais plus de projets en cours.Liang Ying : Je suis vraiment désolé, alors je vais vous donner une commission.He Xu : Et si je vous donnais les actions de Qingshan.Liang Ying s'affala paresseusement sur le canapé, se sentant un peu somnolente. En voyant les paroles de He Xu, il s'est soudainement réveillé.Liang Ying : Trois générations de biens familiaux peuvent être cédées avec désinvolture.He Xu : N'ai-je pas le dernier mot quant à savoir si vous pouvez me le donner ?M. He, si vous osez le donner, je n'ose pas le demander.Dans le moment de silence, Liang Ying se souvint de la conversation avec Lin YueVoulez-vous que He Xu fleurisse ?Il est déjà là, mais il est mince et petit, ce qui angoisse les gens.Mes efforts ne sont qu'une goutte d'eau dans le seau. Si Liang Gong est prêt à aider, les fleurs seront certainement belles et magnifiques.Liang Ying a réfléchi pendant un moment, cela devrait être une description. Cependant, je ne l'ai pas compris pendant longtemps.Alors, entrez du texte dans la boîte de discussion et envoyez-le à He Xu.

Hefu Xiyuan.Le seau de bain de pieds recommandé par Liang Ying est très profond, ajoutez de l'eau jusqu'au niveau d'eau standard et peut couvrir vos mollets.He Xu a chauffé l'eau à la température optimale selon ses instructions et l'a maintenue à une température constante, ce qui était extrêmement confortable.Liang Ying trempait également ses pieds.Ils faisaient la même chose et discutaient ensemble au loin.He Xu sentait qu'il était l'homme le plus heureux du monde.Après avoir trempé mes pieds pendant une heure, je transpirais partout.He Xu versa l'eau du seau et retourna au salon pour s'asseoir.En décrochant le téléphone, il vit un nouveau message de Liang Ying.Liang Ying : He Xu, laisse-moi te poser une question.Liang Ying : Si vous deviez vous comparer à une plante ou à une plante à fleurs, laquelle choisiriez-vous ?Il appuya successivement sur le clavier du téléphone.He Xu : À votre avis, à quoi je ressemble ?Liang Ying n'a pas répondu immédiatement.À en juger par son sérieux dans ses actions, He Xu a deviné qu'elle aurait pu parcourir les informations.Deux minutes se sont écoulées.Liang Ying : Bai Yang, il est relativement grand.Lui dit-il Xu avec un léger sourire sur les lèvres.He Xu : Mes parents pensent que je ressemble plus à un arbre de fer.Liang Ying : Les arbres de fer sont faciles à survivre et ne nécessitent pas trop d'énergie pour être gérés, ce qui signifie que vous leur donnez une tranquillité d'esprit.He Xu : Non, c'est parce que les branches et les feuilles de l'arbre de fer sont très dures, mais j'ai un cœur de roc et je ne comprends pas le style. Je n'ai pas fait attention aux filles quand je les ai vues dans le passé ... Ils se plaignaient.He Xu s'est allongé sur le canapé et a levé son téléphone portable. Liang Ying a envoyé un nouveau message.Liang Ying : Vraiment ? Je me sens bien maintenant.He Xu : Pourquoi demandez-vous cela soudainement ?Liang Ying : Lin Yue m'a dit que tu t'épanouis.He Xu rit.Si Liang Ying prononçait cette phrase devant lui, avec une expression sérieuse, ce serait très mignon.He Xu : Je ne t'ai pas dit quelles fleurs ont fleuriLiang Ying : Je viens de dire qu'il ne fleurit pas bien et qu'il est trop fin. S'il vous plaît, laissez-moi vous aider à l'arroser et à le fertiliser davantage.Liang Ying : Je sais ce qu'elle insinue, mais j'ai mal à la tête si je ne l'analyse pas.Lui a demandé Liang Ying, pas Lin Yue.Pour recevoir cet honneur, il faut répondre à cette question avec sérieux et religion.He Xu a appelé Liang Ying et s'est assis sur le canapé, le dos droit.Liang salua Tong et lui demanda : Savez-vous que les fleurs de peuplier fleurissent chaque printemps ?Liang Ying a répondu et a continué à demander : Où est l'arbre de fer ?Liang Ying : Cela pourrait prendre seulement dix ans, ou autant que je ne sais pas. De toute façon, ce n'est pas facile de voir des fleurs une fois.He Xu a déclaré : De ce point de vue, Tieshu et moi sommes un meilleur couple.Liang Ying réalisa : Lin Yue parlait de Iron Tree Flower.Peut-être qu'elle l'a simplement mentionné avec désinvolture et ne m'a pas donné de classification spécifique. Cependant, puisque vous l'avez demandé, expliquons-le plus en détail de manière professionnelle et rigoureuse.Tes parents pensent que tu as un cœur de pierre et ne comprennent pas le style. Ils se plaignent que tu es un arbre de fer. Maintenant, l'arbre de fer fleurit.Liang Ying y a réfléchi et sa voix s'est progressivement affaiblie.He Xu a dit : Je vous pose aussi la même question, à quel genre de plante pensez-vous ressembler ?Barre de mimosas.Liang Ying a répondu qu'elle était sensible aux perturbations et timide, et qu'elle se fermait facilement lorsqu'elle remarquait des changements.He Xu regarda le Mimosa sur le rebord de la fenêtre et dit doucement : Si l'arbre de fer est prêt à protéger le Mimosa lorsque le vent souffle, cela lui permettra-t-il de se sentir en sécurité ?

Chapitre 17 17À propos de compenser la culpabilitéLiang Ying a toujours pensé que la source de la sécurité ne réside pas dans les autres, mais en soi-même.Pour elle, cela signifie avoir du travail à faire tous les jours, recevoir son salaire à temps et toucher une généreuse commission à la fin de l'année.Remplissez le vide du monde spirituel avec des choses matérielles.Cependant, cet état est trop idéal.Une fois que vous êtes connecté aux autres et à votre environnement, les sautes d'humeur sont inévitables.Le sentiment de sécurité est quelque chose qui va et vient.La voix de He Xu tomba dans mes oreilles, comme une douce brise.L'arbre de fer est en fleur et l'arbre de fer veut protéger le mimosa. Cela signifie-t-il queLiang Ying retint son souffle et se concentra, des possibilités qu'elle n'avait jamais imaginées lui vinrent à l'esprit.Le bain de pieds bipa pour indiquer que l'heure fixée était venue, mais elle s'y figea sans faire aucun mouvement.Le téléphone était sur haut-parleur et posé sur la table basse, et l'heure de l'appel battait toujours.Peut-être qu'elle était restée silencieuse trop longtemps, alors He Xu l'a appelée par son nom : Séchez-vous les pieds avant de porter des chaussures, sinon vous attraperez facilement froid.Liang Ying est revenue à elle, a dit oh, a sorti ses pieds du seau du bain de pieds et a fait ce qu'on lui a dit.He Xu a poursuivi : Lorsque vous poussez le seau jusqu'à la salle de bain, faites attention à vos pieds. S'il y a de l'eau, ne marchez pas dessus, sinon vous risquez de glisser.Des milliers de pensées sont étroitement liées dans mon esprit.Avec une oppression dans la poitrine, Liang Ying ne savait pas comment répondre à l'inquiétude forte et évidente, alors il ne pouvait que dire : He Xu, il est déjà dix heures, tu devrais aller te coucher.J'avais vraiment sommeil après avoir trempé mes pieds.He Xu gloussa, il devait aller travailler demain, donc tu devrais te coucher tôt.Liang Ying a répondu : D'accord, bonne nuit.He Xu : Bonne nuit.La voix raccroche.Liang Ying a pris soin du seau du bain de pieds, est entrée dans la chambre, s'est allongée sur le lit et a poussé un long soupir.Après avoir fermé les yeux, la silhouette de He Xu a émergé, debout à côté d'un arbre de fer, et progressivement les deux se sont superposés et ont parfaitement fusionné.Lorsqu'une personne sensible fait face au sexe opposé, elle peut parfaitement détecter ce que pense l'autre lorsqu'elle la regarde.Mais He Xu s'est si bien comporté et était si à l'aise et naturel avec lui que Liang Ying n'y a pas du tout pensé.Serait-ce son illusion.L'arbre de fer fleurit une fois tous les trente ans, avec des centaines, voire des milliers de fleurs à la fois.Peut-être qu'il a dit la même chose à d'autres mimosas.Cependant, Lin Yue était très douée pour observer les émotions des gens et ne pouvait tolérer aucun sable dans ses yeux.Si tel était le cas, comment pourrait-il aider He Xu et trouver des moyens de la réveiller.L'équilibre dans mon cœur s'est progressivement incliné et la réponse était prête à sortir.À mesure que la nuit s'assombrit, les plants de mimosa referment leurs feuilles et sont étroitement retenus par un immense et fin filet.Il y avait du vent et de la pluie, et les fleurs roses étaient éparpillées sur le sol, qui était humide et boueux.

Le lendemain, crèche Qingshan.Dans la soirée, Xia Shuyang est revenu de la forêt au bureau et He Xu lui a demandé s'il voulait jouer au basket avant de rentrer.Le basket-ball est l'un des passe-temps de Xia Shuyang, et il s'y est immédiatement intéressé.He Xu a appelé d'autres personnes et les a divisées en cinq PK contre cinq. Il y avait aussi un groupe de pom-pom girls qui regardaient la fête.He Xu et Xia Shuyang appartiennent à des camps différents.La situation était passionnante : les deux paires étaient très proches l'une de l'autre et le vainqueur n'était décidé qu'au dernier moment.Xia Shuyang se tenait à l'ombre, appuyé contre le stand de basket, dévissant une bouteille d'eau minérale et regardant He Xu à côté de lui avec une expression déprimée.Frère Xu, tu es mon ennemi destiné, n'est-ce pas ? Quand je joue avec mes camarades de classe, je bloque toujours les tirs des autres. Je n'ai marqué que deux buts aujourd'hui, mais tu étais distrait lorsque tu me gardais.He Xu a également allumé l'eau minérale et était assez curieux : comment pouviez-vous dire que j'étais distrait.Si tu ne perds pas ta concentration, je ne peux même pas toucher le panier avec ces deux ballons. Xia Shuyang a dit d'un ton neutre.He Xu rit, pensant l'avoir observé.Je l'ai laissé échapper exprès, craignant que tu perdes misérablement.Je n'ai pas peur de perdre, mais j'ai peur que mon adversaire n'ait aucun esprit sportif.Xia Shuyang a dit, vous aimez vous montrer et je ne me battrai pas avec vous à l'avenir. Bien que vous soyez le patron, j'ai aussi mon propre caractère.C'est un enfant vraiment bon enfant.Xia Shuyang avait l'air en colère et He Xu a dit : D'accord, j'avoue, j'étais un peu distrait, mais ne vous inquiétez pas, cela n'arrivera pas la prochaine fois. Si vous ne pouvez pas toucher le panier, ne dites pas que j'ai intimidé toi.L'humeur de Xia Shuyang s'est également apaisée et il s'est réconforté : vous avez un avantage en termes de taille, il est donc normal que je sois manipulé.Le conseil de He Xu : Alors buvez plus de lait, vous pourrez peut-être créer un miracle et grandir de quelques centimètres.Xia Shuyang sourit doucement : Frère Xu, ta blague est un peu froide.He Xu a rappelé avec un sourire : D'accord, mets ton sac, rentrons à la maison.Le véhicule tout-terrain noir roulait sur la route asphaltée, He Xu tenait le volant et se concentrait sérieusement.Xia Shuyang s'assit sur le siège passager et lui jeta un coup d'œil de temps en temps, voulant dire quelque chose mais s'arrêtant.La voiture s'est arrêtée au feu de circulation, He Xu s'est retourné et a heurté Xia Shuyang.Voyant le froncement de sourcils de l'enfant, He Xu demanda : Pourquoi me regardes-tu avec une expression difficile à expliquer ?C'est difficile à mettre en mots, c'est évidemment de l'inquiétude.Quel ordre:» se souvient Xia Shuyang.En venant ici le matin, vous êtes presque allé tout droit sur la route qui tourne, heureusement je l'ai remarqué à temps.Lao Zhang vous a demandé un devis et vous lui avez donné un bon de livraison. Lorsqu'il a versé l'eau, elle était pleine et vous ne l'avez pas remarqué jusqu'à ce qu'elle se renverse sur vos mains.Vous avez également été distrait en jouant au basket-ball, ce que vous avez vous-même admis.Après un moment de silence, He Xu se moqua de lui-même.Si tu ne me l'avais pas dit, j'aurais oublié que j'ai fait tant de choses incroyables.C'est la première fois que je te vois comme ça.Xia Shuyang a dit avec inquiétude : Frère Xu, êtes-vous inquiet, s'il vous plaît, parlez-en-moi.He Xu s'est souvenu qu'hier soir, Liang Ying avait analysé très attentivement le puzzle de Lin Yue.Pourquoi fleurissait-il et pourquoi l'avait-il laissé aider à arroser l'engrais ?Si on ne peut pas répondre à la question, ce sera très pénible. Liang Ying est une fille sérieuse.Il hésitait à la laisser souffrir et la guidait étape par étape.Parce que la réponse était liée à ses émotions, il ne pouvait finalement pas la retenir.Je voulais lui dire que je l'aimais, alors j'ai eu la conversation qui a suivi qui l'a fait taire.Il y a toutes sortes d'indices et de directions. Comment cette fille intelligente et sensible pourrait-elle ne pas le savoir ?A deux heures du matin, elle aimait toujours le cercle d'amis de Fang Zhizhi. Il avait quelques minutes d'avance sur elle, rappel d'un ami commun.Le signal lumineux passe du rouge au vert.He Xu a appuyé sur les freins, a dépassé l'intersection et a dit : J'ai fait quelque chose sans bien réfléchir, ce qui a causé des problèmes aux autres.les autres gensMurmura Xia Shuyang, tu t'en soucies tellement, tu dois être un très bon ami.He Xu a expliqué : Ce n'est pas un ami, mais pour moi, c'est en effet important, le genre de personne qui peut donner des actions Qingshan sans condition.Cette relation est très étroite et seuls vos parents peuvent la faire.He Xu ne l'a pas exprimé, mais a dit : Je me sens très coupable maintenant et je veux m'excuser auprès d'elle en personne, mais j'ai peur qu'elle résiste et se cache de moi.C'est facile à gérer.Xia Shuyang a claqué des doigts et a demandé à une troisième personne, un parent ou un ami commun, de le découvrir en premier.Parents et amis communs, murmura-t-il pour lui-même.Il n'y en aura pas, n'est-ce pas ?N'êtes-vous pas prêt à l'emploi ?He Xu a répondu oui, et Xia Shuyang a poursuivi : Peut-être que ce n'est pas grave, et je ne l'ai pas oublié. C'est juste que vous avez trop réfléchi et que vous vous êtes impliqué.He Xufan réalisa soudain : C'est logique, laissez-moi réfléchir à la façon de le faire de manière plus sûre.En voyant le sourire sur son visage, Xia Shuyang a estimé que son travail de mentor avait été accompli de manière tout à fait satisfaisante.Planifiez-le soigneusement et faites-moi savoir si vous avez besoin de conseils.Faisons cela demain pour éviter une longue nuit de rêves.Demain, il ne pouvait pas attendre jusqu'à demain.Pendant qu'He Xu y réfléchissait, Xia Shuyang a sorti son téléphone portable et a joué à un jeu.Après un temps indéterminé, la voiture s'est arrêtée.Xia Shuyang s'éloigna de son immersion et regarda par la fenêtre: ce n'était pas la source de Huaxi, mais de Xinyangfang.He Xu a également débouclé sa ceinture de sécurité, " Yangyang, viens avec moi acheter quelque chose. "Xia Shuyang le regarda avec surprise : Avant ce moment, tu m'appelais toujours par mon nom complet, pourquoi es-tu si intime tout d'un coup ?Parce que tu as dit que tu étais mon frère.Est-ce que je l'ai dit ?Xia Shuyang s'est souvenu que le frère cadet était aussi un frère cadet, donc il n'y avait rien de mal avec lui.He Xu : Si vous ne l'aimez pas, alors je le changerai.Non, frère Xu.Xia Shuyang l'a arrêté : « Nous avons une relation si forte, tu es mon frère, je ne te laisse même pas m'appeler, suis-je trop avare ?Après être descendus de la voiture ensemble et avoir regardé la scène de rue animée et les néons clignotants, Xia Shuyang s'est soudainement rendu compte.C'est ici que travaille ma sœur.He Xudang fredonnait doucement, ses yeux un peu flous.Xia Shuyang a regardé l'heure sur son téléphone et a vu que c'était l'heure du dîner.Frère Xu, après avoir fini de faire les courses, appelle ma sœur pour dîner avec toi, je vais te régaler.J'ai aidé d'autres personnes à jouer à des jeux hier soir et j'ai gagné mille dollars !L'excitation de Xia Shuyang était palpable et He Xu se tourna vers lui sans hésitation.Je t'ai attendu vingt minutes supplémentaires le matin et tu m'as dit que tu allais aux toilettes. En fait, c'était parce que tu t'étais endormi en jouant à des jeux trop tard et que tu ne pouvais pas te lever.

Xia Shuyang serra fermement le lampadaire, se sentant impuissant. Pourquoi devrais-je m'exposer devant le patron ?Il était impossible pour He Xu de raconter que le patron avait été pris sous la pluie et voulait déchirer le parapluie du stagiaire.Quant à appeler Liang Ying pour manger, il devait d'abord déterminer quel genre d'attitude Liang Ying avait envers lui, alors il a demandé à Xia Shuyang d'envoyer d'abord un message pour lui demander si elle ferait des heures supplémentaires ce soir.Après avoir reçu une réponse affirmative, Xia Shuyang a poursuivi : Je lui ai demandé si elle avait déjà mangé, et elle a dit qu'elle avait commandé des plats à emporter avec ses collègues.He Xu : C'est un peu regrettable.Cependant, son plan peut commencer à être mis en œuvre.La soupe au bœuf Zhang Ji familière, à travers la vitre, He Xu pouvait voir où lui et Liang Ying étaient assis côte à côte.Malheureusement, quelqu'un était déjà assis. Cependant, sa destination n'était pas ici et il emmena Xia Shuyang dans le magasin de desserts d'en face.Dans le réfrigérateur à côté de la caissière, il y a divers petits gâteaux.He Xu n'a pas vu le modèle dont il était satisfait et a demandé au vendeur s'il pouvait le rafraîchir.Après avoir reçu une réponse affirmative, He Xu a brièvement expliqué ses pensées.Le petit gâteau de quatre pouces était prêt à l'emploi. He Xu et Xia Shuyang sont allés dîner à côté et sont revenus une demi-heure plus tard. Le gâteau était fraîchement sorti du four et il était très satisfait.Sachant qu'il s'agissait d'un cadeau d'excuses, Xia Shuyang ne pouvait s'empêcher de le féliciter.Frère Xu, vous êtes si attentionné. Si l'autre partie ne veut pas se réconcilier, elle est trop mesquine.He Xu toussa légèrement et demanda à Xia Shuyang de choisir ce qu'il voulait manger, et il le paya ensemble.L'employé a posé le gâteau joliment emballé à la caisse. He Xu y a réfléchi et a demandé à Xia Shuyang : Avez-vous des notes autocollantes dans votre sac ?Tu le veux.He Xu a répondu, et Xia Shuyang a ouvert son sac à dos et lui a tendu le pense-bête et le stylo.He Xu se pencha et écrivit quelques mots sur un post-it carré, puis arracha l'autocollant et le plaça sur le dessus de la boîte d'emballage du gâteau.En sortant du magasin de desserts, il a demandé : Yangyang, comment est-ce que je te traite habituellement.Présentez-moi à des stages, venez me chercher et quittez le travail tous les jours, et pensez à moi si vous avez de la nourriture délicieuse ou des choses amusantes. Il n'est pas exagéré de dire que vous êtes mes parents renaissants, frère Xu.Alors, es-tu prêt à traverser le feu et l'eau pour moi ?L'expression de He Xu était sérieuse et solennelle. Xia Shuyang demanda timidement : " Frère Xu, que veux-tu faire ? Je suis un bon citoyen qui respecte les lois et les règlements. Ne m'égare pas. "He Xu tapota l'épaule de Xia Shuyang et le rassura : ce sont de petites choses, à la portée de vos capacités, ne soyez pas nerveux.Xia Shuyang lui tapota la poitrine et se détendit.He Xu tenait le gâteau dans ses mains et le lui tendit solennellement.Envoie-le à ta sœur pour moi.Xia Shuyang a regardé le gâteau puis He Xu. Il a été stupéfait pendant un moment avant de s'en rendre compte.Le sang circule rapidement dans les cellules du corps.Après avoir longuement parlé, la personne pour laquelle vous êtes désolé est ma sœur.La seconde suivante, l'expression de Xia Shuyang est devenue sérieuse et il a demandé d'un ton interrogateur, que lui as-tu fait.Il a fait quelques insinuations et a dit quelque chose qui lui a fait peur.Quels mots.Paroles de confession.Xia Shuyang a demandé avec incertitude : est-ce le genre de confession à laquelle je pensais ?He Xu hocha la tête et Xia Shuyang était abasourdi : tu aimes ma sœur.He Xu a avoué : Oui.Xia Shuyang a remonté ses manches longues jusqu'à ses épaules, a placé ses mains sur ses hanches et a alterné entre l'expiration et l'inspiration.Il avait l'air particulièrement inquiet et semblait vouloir se battre avec lui.La sœur tutrice de l'enfant avait hâte de le rencontrer pour la première fois et a tenté de l'intimider.Il n'y a pas bien réfléchi la nuit dernière et He Xu a juré qu'il ne riposterait jamais.Après un bref silence, Xia Shuyang prit le gâteau des mains de He Xu.Beau-frère, je t'ai aidé avec ça.Sans parler du feu et de l'eau, même maintenant, si vous me demandez de déplacer le Bureau des Affaires Civiles ici, je n'hésiterai pas.Chapitre 18 18Ce que je crains le plus, c'est que tu sois malheureuxLin Yue et frère Nan étaient en voyage d'affaires, et le siège à côté de Liang Ying était resté vide toute la journée, si calme et désert.Cependant, elle est également très occupée : les projets précédents doivent être révisés et de nouveaux projets doivent être promus. Elle n'a pas d'énergie supplémentaire pour discuter avec ses collègues.Elle était tellement occupée qu'elle a perdu la notion du temps. Ce n'est que lorsque son collègue lui a demandé si elle voulait commander des plats à emporter ensemble et qu'elle a regardé l'heure qu'elle a soudain réalisé qu'il était l'heure du dîner.L'efficacité d'aujourd'hui est assez élevée, il est donc normal de ne pas faire d'heures supplémentaires.Mais il n'y avait rien à faire à son retour, alors Liang Ying a décidé de terminer une partie du travail de demain à l'avance.À l'invitation d'un collègue, j'ai commandé du porridge aux fruits de mer.En attendant, Liang Ying a emmené le Phalaenopsis au salon de thé et a arrosé la sphaigne pour la garder humide.Phalaenopsis a une longue période de floraison et la couleur est aussi brillante que lorsqu'elle l'a reçue pour la première fois. Malheureusement, elle a accidentellement renversé une des fleurs, est tombée au sol, l'a ramassée, l'a tenue dans la paume de sa main et poussa un long soupir.Après être retourné à son bureau et s'être assis, Liang Ying a placé les fleurs sur le dessin devant lui.Elle tenait son menton et regardait fixement, incapable de s'empêcher de se demander si He Xu n'aurait pas dit cela si elle avait utilisé Phalaenopsis pour se décrire au lieu de Mimosa.Après tout, le phalaenopsis pousse dans une serre, ce qui est complètement différent de l'environnement en plein air dont ont besoin les arbres de fer.En y réfléchissant, Xia Shuyang a envoyé un message pour la saluer.Pendant que je faisais des heures supplémentaires, mes collègues et moi avons commandé des plats à emporter. Liang Ying a dit la vérité et a exprimé ses regrets.Xia Shuyang : Alors tu es occupée, sœur, frère Xu et moi allons manger ensemble.Xia Shuyang et He Xu étaient ensemble.Il doit venir tout juste de rentrer en ville depuis Qingshan.Liang Ying a demandé où ils étaient.La réponse qu'elle obtint fut exactement la même que celle qu'elle avait supposée.Elle croyait même inconsciemment que ce n'était pas un hasard.Quand ils viendraient, elle devrait effectivement aller à leur rencontre.Mais en pensant à la conversation avec He Xu hier soir, c'était quelque peu embarrassant.Liang Ying était reconnaissante que ses collègues l'aient appelée pour commander des plats à emporter et lui ont demandé de trouver une excuse raisonnable.Après avoir mis une demi-heure pour finir de manger, Liang Ying a jeté la boîte à lunch dans la poubelle à l'extérieur de l'entreprise.Voyant deux bouteilles de boissons vides au bord du parterre de fleurs, elle les ramassa et les jeta dedans.Juste au moment où j'étais sur le point de partir, j'ai entendu une sœur.Se retournant et regardant, Xia Shuyang lui fit signe non loin de là.Sous le couvert de la nuit, les yeux de Liang Ying se sont figés et sa respiration a légèrement stagné.Je n'ai pas vu He Xu, même si j'étais confus, je me sentais beaucoup plus détendu.Xia Shuyang tenait à la main une boîte délicate et magnifique, nouée avec un nœud rose.Le logo est celui d'un célèbre magasin de desserts de Xinyangfang, et il devrait y avoir des gâteaux et autres à l'intérieur.Xia Shuyang a tenu la boîte à deux mains et l'a remise à Liang Ying.Avant de parler, Liang Ying a demandé : He Xu vous a demandé de me le donner.Xia Shuyang a été choquée : comment pouvez-vous le savoir ?Liang Ying a laissé échapper : Votre esthétique ne choisirait pas une si belle boîte.Xia Shuyang a souligné : Il n'existe qu'un seul style pour les tailles de quatre pouces.Tu ne m'offriras même pas une crêpe aux œufs, alors comment peux-tu m'acheter un gâteau ?Liang Ying a retrouvé sa raison et a ramassé le post-it sur la boîte. Elle connaissait le personnage de He Xu.Xia Shuyang avait réprimé sa curiosité auparavant, mais maintenant il pencha la tête.Parce que je n'ai pas bien réfléchi hier soir et que je vous ai causé des ennuis, je suis extrêmement désolé. Si vous souhaitez discuter avec moi, trouvez-moi sur WeChat et je serai de garde.Un dessin animé a été dessiné dans le coin inférieur droit. Xia Shuyang avait une idée approximative, mais était un peu confus.Pourquoi frère Xu a-t-il dessiné un arbre à l'arrière ?Ce que He Xu a peint était un arbre de fer, si vivant que Liang Ying l'a reconnu d'un coup d'œil.Liang Ying n'est pas retourné à Xia Shuyang, mais a dit : « Maman t'a demandé de faire le ménage, même si elle te frappait avec un plumeau, tu ne bougerais pas. He Xu t'a demandé de faire des courses, ce qui est plutôt positif.Le parterre de fleurs était relié à un siège en bois. Xia Shuyang a fourré le gâteau dans les bras de Liang Ying, s'est assis et a posé ses mains sur le dossier de la chaise.C'est frère Xu, un homme d'élite de grande qualité sélectionné parmi un million, qui prend soin de moi et m'encourage.Liang Ying a tenu le gâteau et s'est assis à côté de lui : je pensais que vous diriez, parce qu'il est le patron et qu'il suit les ordres.C'est désormais l'époque où les employés essaient de rejeter la faute sur leurs patrons.Xia Shuyang a dit d'un ton neutre, je ne veux pas le faire, même dix plumeaux ne peuvent pas le frapper.Oui, parce que vos fesses sont déjà fleuries et que vous ne pouvez plus bouger du tout.Xia Shuyang se serra dans ses bras avec un air de dégoût sur le visage.Juste parce que vous et frère Xu aimez raconter de mauvaises blagues, je pense que vous êtes un couple parfait.Liang Ying a regardé les mots vigoureux et puissants sur le post-it.Xia Shuyang a dit : " Frère Xu vous a déjà avoué ses sentiments. Dites-moi quelle est votre attitude. Il a été distrait toute la journée et c'est un homme tellement triste. "Où est He Xu maintenant ? » a demandé Liang Ying.Allongée sur une certaine chaise, regardant la lune, tenant une fleur à la main, cassant les pétales et disant silencieusement, elle me cherchera, elle ne me cherchera pas, elle me cherchera

Liang Ying n'a pas apporté son téléphone portable sur le bureau, alors elle m'a aidé à dire à He Xu que je l'attendrais ici.Tu ne peux vraiment pas le faire sans moi.» Dit Xia Shuyang en sortant son téléphone portable de sa poche.Après avoir envoyé le message, il s'est levé et frère Xu a dit qu'il viendrait immédiatement.Liang Ying pensait que Xia Shuyang resterait ici pour éviter que l'atmosphère ne devienne trop embarrassante.Mais je l'ai vu se lever et je lui ai dit : Je vais d'abord me retirer pour ne pas trop briller sur toi.Elle n'a même pas réagi, Xia Shuyang a disparu en un éclair, c'était trop.Liang Ying fit la moue et posa le gâteau sur le siège vide. Tenant la chaise à deux mains, il baissa la tête et marcha sur les feuilles mortes au sol.Le bureau de Langbai est situé dans un endroit relativement éloigné de Xinyangfang, il n'y a pas beaucoup de touristes et il est relativement calme.Accompagnés du bruissement des feuilles mortes, des pas arrivèrent du côté gauche. Bientôt, quelqu'un s'assit à côté de lui et le siège en bois fit un léger bruit.Mettant ses mains dans les poches de son coupe-vent, Liang Ying jeta un coup d'œil à la silhouette de He Xu du coin de l'œil et tourna la tête sur le côté.Les yeux de He Xu ne tombèrent pas sur elle, mais regardèrent en diagonale vers l'avant.À côté de la porte vitrée, un logo très design est accroché, émettant des lumières jaune vif.Lambert Design s'avère que votre entreprise est ici.Liang Ying regarda dans la même direction que

He Xu.Frère Nan a consacré beaucoup d'efforts au choix du site. Il a déclaré que la conception nécessitait un environnement détendu. Le bâtiment de bureaux est rigide et déprimant, il a donc parcouru de nombreux endroits avant de s'installer à Xinyangfang.Le lampadaire et la source lumineuse du logo sont du même système de couleurs et éclairent ensemble le coin devant la porte.He Xu hocha la tête et regarda à l'intérieur à travers la porte vitrée : j'aime aussi la décoration de style industriel, elle revient à la nature et se sent plus libre. Mes parents n'apprécient pas ça, leurs aînés préfèrent-ils le style américain ou pastoral ?Non.Liang Ying a répondu : ma mère aime la cuisine nordique et oncle Xia aime la cuisine chinoise.Si oui, qu'est-ce que tu aimes.Liang Ying n'a pas répondu, He Xu l'a regardée et s'est dit, je suppose, style moderne et minimaliste.Je ne semble pas avoir de favori particulier.Liang Ying a dit qu'il y avait des fenêtres du sol au plafond dans la maison, donc je pouvais rester hébété.He Xu l'écrivit, détourna à nouveau le regard et reporta son attention sur la verdure.Les arbustes ici sont soigneusement taillés et on peut voir que beaucoup d'efforts ont été déployés pour les façonner.La zone au-dessus de la place est très étrange, avec des dents et des griffes visibles, et j'ai l'impression que personne ne s'en soucie depuis longtemps. Si quelqu'un passe par là, j'ai peur de lui faire du mal.He Xu est un producteur de semis, il aura donc certainement envie d'observer ce genre de choses.Liang

Ying a répondu : "Frère Nan ne pouvait pas supporter ici parce qu'il pensait que cela affecterait l'image de l'entreprise. Il a apporté un sécateur trois fois, cinq fois et deux fois, et cela s'est passé comme ça. Je vais le signaler à la propriété. société de gestion demain. J'ai déjà été blessé par votre vulgarisation scientifique. À ne pas sous-estimer.He Xu les a prévenus : ils devraient également leur rappeler de tailler les arbres. Si les branches sont trop longues, elles se briseront et tomberont sous l'effet du vent ou de la pluie, ce qui est tout aussi dangereux.Liang Ying lui a répondu bonjour et He Xu a regardé le gâteau de l'autre côté d'elle. Il n'y avait aucun signe d'ouverture.Elle a dû lire le post-it, sinon elle n'aurait pas laissé Xia Shuyang lui envoyer un message.He Xu se leva, prit le gâteau, retourna à sa position d'origine et s'assit, le plaçant sur ses genoux.Liang Ying l'a regardé ouvrir soigneusement le nœud papillon rose sans ouvrir la boîte, et ses yeux lui ont fait signe de passer à l'étape suivante.Il Xu l'aimait bien et Liang Ying savait très bien ce que signifiait accepter son cadeau.Elle n'a pas bougé, donc He Xu n'a eu d'autre choix que d'ouvrir la boîte tout seul, avec un agréable effet sonore de cliquetis et de cliquetis pour créer la surprise.Le gâteau mesure quatre pouces et la couche supérieure est composée de six couleurs de macaron pour former un long arc-en-ciel, lui donnant la sensation des pastels à l'huile.Des petits ours et des bonbons arc-en-ciel sont utilisés comme décorations, et les personnages de dessins animés anglais sont HEUREUX et DÉSOLÉS.Le gâteau était à la vue de Liang Ying.Pour être honnête, beau et sophistiqué.He Xu a admiré les gâteaux et lui a dit : " Je n'ai rien vu d'approprié sur le stand, alors j'ai demandé au magasin de les préparer frais pour moi. Ils étaient plutôt doués pour me montrer exactement ce que j'avais en tête. "Fraîchement réalisé, il l'a conçu avec soin.Pourquoi choisir l'arc-en-ciel ? » a demandé Liang Ying.He Xu a souri, a regardé le gâteau et lui a dit ce qu'il en pensait.Le vent et la pluie se balancent et les feuilles du mimosa sont fermées, s'enveloppant de brume, seul le soleil peut dissiper la brume.Il est probable qu'un arc-en-ciel apparaisse lorsque le ciel s'éclaircit après la pluie. Voir un arc-en-ciel indique une chance particulière. Que la chance soit toujours avec vous. C'est probablement ce que cela signifie.He Xu fronça les sourcils, craignant de ne pas expliquer clairement.Liang Ying hocha la tête : C'est un beau désir.Tu peux dire ça.He Xu a répondu, mais le but principal est de vous présenter ses excuses.Gardez vos jambes tendues et vos pieds croisés.Liang Ying a regardé le lierre sur le bâtiment et a demandé à He Xu : Pourquoi m'aimes-tu.He Xu a souri et a demandé : J'ai dit que c'était le coup de foudre, tu le crois ?Liang Ying avait entendu cette raison à plusieurs reprises.Cependant, ce n'est pas elle qui a demandé, mais quelqu'un d'autre l'a dit de manière proactive lorsqu'ils ont avoué.Elle a inconsciemment demandé à He Xu : Parce que j'ai l'air plutôt bien, regarde mon visage.Il a également un bon tempérament et est très propre.He Xu a terminé le supplément et a déclaré: "Cependant, l'apparence et le tempérament sont les conditions initiales du coup de foudre, pas les conditions nécessaires à sa continuation."He Xu ferma la boîte à gâteaux, attacha à nouveau le nœud et le mit de côté.La première fois que je t'ai rencontré à Qingshan, tu étais poli et généreux dans tes paroles et tes actes, et pratique et sérieux dans ton travail. En raison de l'environnement dans la crèche, peu de filles sont prêtes à se consacrer à rester aussi longtemps , mais tu peux. Toutes ces raisons me donnent envie d'avoir l'opportunité de vous revoir.Après plusieurs contacts, plus je te connais, plus je t'aime, penser à toi te rend très heureux et je suis prêt à continuer à t'aimer.He Xu regarda le visage de Liang Ying, les yeux pleins de tendresse. C'était probablement un tel voyage mental que l'arbre de fer s'épanouit, hein.Liang Ying : Pour être honnête, j'ai été surpris.Pourquoi.» Demanda-t-il Xu, je pensais que c'était évident.Liang Ying a expliqué : « C'est confortable et naturel de s'entendre avec toi. Je ne ressentirai aucune pression, donc je n'y penserai pas de cette façon.He Xu a souri et a demandé : Cela devrait être considéré comme un bonus pour moi.Tu vas bien, He Xu.Liang Ying l'a regardé et a dit sérieusement, mais pour moi, les sentiments ne sont pas une nécessité et je n'ai pas l'intention de tomber amoureux.Je sais.He Xu a répondu : « C'est pourquoi j'ai senti que ce que j'avais dit hier soir était en effet un peu impulsif.Lorsqu'elle rejette les autres, Liang Ying élimine toujours le désordre rapidement.Mais face à He Xu, j'ai tellement discuté avec lui sans le savoir.Mettant ses mains dans ses poches et saisissant l'ourlet de son coupe-vent, Liang Ying a déclaré : Nos conditions familiales et notre cadre de vie sont complètement différents, ne perdez pas votre temps avec moi, ça n'en vaut pas la peine.He Xu dit pensivement : Mais je n'ai pas choisi mes conditions familiales et mon cadre de vie. Tout ce que je peux choisir, c'est si je t'aime ou non.La seconde suivante, He Xu regarda Liang Ying : En plus de penser que je suis très bon, as-tu la moindre affection pour moi, le genre entre un homme et une femme ?Est-ce important ?, a répondu Liang Ying.Je connais le nœud de votre peur des sentiments. Si c'est le cas, je ne serai pas trop résistant quand je me rapprocherai de vous. Je peux vous guérir ouvertement. Sinon,Liang Ying pensait qu'il abandonnerait après avoir dit cela, mais de façon inattendue, il a poursuivi : Il sera difficile de vous voir dans le futur. Je dois d'abord créer des opportunités.L'expression de He Xu était particulièrement sérieuse, donnant à Liang Ying l'illusion qu'il réfléchissait déjà à la manière de créer des opportunités.Elle a dit franchement : Mais si vous faites cela, je serai stressée et je ne serai pas heureuse.Alors, quel est votre appel ?He Xu a demandé et s'est répondu, je ne discuterai plus avec toi, plus on s'éloigne de toi, mieux c'est.Sauf pour le travail, il n'y a pas d'intersection.Si possible, Liang Ying ne voudrait même pas avoir d'intersection de travail.Peut-être pas, elle n'a pas besoin d'aller à Qingshan pour chaque projet.OK, je te le promets.He Xu a fait semblant d'être détendu et est allé réconforter Liang Ying. C'était ma décision unilatérale de t'aimer. Je n'ai aucun fardeau psychologique. Je n'ai pas peur du rejet, j'ai juste peur que tu sois malheureux.

Liang Ying a accepté le gâteau arc-en-ciel.Cette nuit-là, He Xu fit sa dernière demande.J'en ai mangé la moitié comme collation de minuit en rentrant à la maison et l'autre moitié le lendemain matin.Ce n'est ni sucré ni gras et a très bon goût. J'ai descendu la boîte d'emballage et je l'ai mise à la poubelle.Lorsque le couvercle du seau fut fermé, Liang Ying ne savait pas ce qui lui était arrivé et se sentit vide dans son cœur.Lorsqu'elle est arrivée dans l'entreprise, Lin Yue lui a tendu une bouteille de lait : je l'ai chauffée dans l'eau, je la bois le plus tôt possible.Liang Ying l'a remerciée et Lin Yue lui a parlé du voyage d'affaires : le chantier du projet était plein de boue, très humide et mes baskets étaient couvertes de haut en bas. Je voulais les laver en rentrant chez moi hier soir, mais je avait l'air irrité. , l'a simplement jeté.Liang Ying a bu une gorgée de lait et a soudainement réalisé quelque chose : ça ne pouvait pas être la paire que vous venez d'acheter la semaine dernière, n'est-ce pas ?Lin Yue a hoché la tête et Liang Ying a poursuivi : "Cela ne fait que quelques jours."Mon credo de vie est d'abandonner courageusement tout objet qui me rend malheureux, juste pour le remplacer par un nouveau, quelle grosse affaire.Lin Yue a dit que c'était naturel. Liang Ying tenait la bouteille de lait et réfléchissait inconsciemment.Il en va de même pour les gens. » demanda-t-elle doucement.ahLin Yue se demandait ce que cela signifiait.Supposons que vous confessiez vos sentiments à la personne que vous aimez et qu'elle vous rejette. Après un certain temps, vous l'aimerez à nouveau.C'est sûr, un imbécile se pend à un arbre.Lin Yue a déclaré que la population mondiale compte des dizaines de millions et que la prochaine se comportera mieux.Liang Ying réfléchit pensivement et dit : « C'est bien.La semaine suivante, Liang Ying n'a plus jamais entendu le nom de He Xu.Il a tenu sa promesse et ne l'a pas cherchée, et Lin Yue n'en a pas parlé.Même lorsque Xia Shuyang a terminé son stage, Liang Ying l'a su grâce à son cercle d'amis.He Xu semblait n'être jamais apparu dans son monde, ce qui était bien.Cependant, Liang Ying ne s'attendait pas à ce qu'ils se retrouvent bientôt.C'était un mercredi après-midi sombre, avec d'épais nuages dans le ciel et une menace de pluie à tout moment.Liang Ying et ses collègues se sont rendus sur le site de Yuecheng Tiandi pour apporter des modifications détaillées à la conception. À leur arrivée, des plants étaient en train d'être plantés sur le site.Yuecheng Tiandi est un complexe urbain relativement vaste, conçu en trois phases.La première phase est entrée dans la phase de construction, et Liang Ying et les autres travaillent sur la deuxième phase, ils doivent donc passer par ici.La grue a hissé les arbres en hauteur, bloquant le chemin de Liang Ying et de ses collègues.En attendant, Liang Ying a entendu une voix familière.Lao Wang, avancez un peu plus vers la gauche. Lorsque vous le posez, ralentissez et maintenez-le stable.Après que les arbres soient tombés dans l'étang de plantation, Liang Ying a vu He Xu sortir de derrière un autre arbre, portant un casque de la même couleur que le sien, observant attentivement l'état de l'arbre nouvellement planté.Le bras long de la grue a été rétracté et Liang Ying a retiré son regard, prétendant que de rien n'était et s'est dirigé vers ses collègues. He Xu les a vus aussi.Liang Ying est passé par là, et même s'il ne l'a pas regardé, un sourire perdu depuis longtemps est apparu sur les lèvres de He Xu.Les sept longues journées en valaient la peine et il a déposé un petit pourboire dans la boîte du mérite du temple de Nanguang.Liang Ying a salué les gens du Parti A.Après leur départ, He Xu l'a arrêté et lui a demandé, et a appris qu'ils travaillaient sur la deuxième phase de l'aménagement paysager.En chemin, Liang est allé aux toilettes, mais quand il est revenu, de fortes pluies sont tombées sans avertissement.La pluie tombait rapidement et violemment, et l'eau éclaboussait le sol, faisant un gargouillis.Incapable de marcher du tout, elle a couru vers le hangar le plus proche pour se cacher de la pluie.Des gouttes de pluie tombaient des avant-toits. Elle se tenait un peu plus loin et sortit son téléphone portable de la poche de son pull pour envoyer un message à ses collègues.Le hangar de travail a deux étages. Quand He Xu est descendu de l'étage, Liang Ying n'était pas encore parti.Il la vit d'un coup d'œil, penchant la tête et regardant le ciel, mécontent, probablement parce qu'il était piégé.He Xu réfléchissait à l'origine à la manière de créer artificiellement une rencontre fortuite.La prochaine fois que j'irai au temple Nanguang, j'en mettrai plus dans la boîte du mérite.He Xu se tenait dans le coin sans s'avancer, la moitié de sa silhouette recouverte par le mur.Cela faisait trop longtemps qu'il n'avait pas vu Liang Ying, et il voulait arrêter le temps et l'apprécier encore un peu.Mais Liang Ying a semblé remarquer quelque chose, a tourné la tête et a rencontré son regard.Les épaules de He Xu tremblaient, se sentant coupable d'avoir été attrapé, mais il se calma rapidement et se dirigea vers Liang Ying.Il lui montra le papier qu'il tenait à la main et prit l'initiative d'expliquer : Viens ici pour livrer les plants et demande au chef de projet de signer le formulaire de confirmation.Ils se sont croisés après la signature, ce qui était une véritable coïncidence.Liang Ying lui a également dit : Mes collègues et moi travaillons sur la conception de la deuxième phase, et nous sommes venus voir le site.He Xu se souvient de quelque chose : lors de la fête d'anniversaire de l'oncle Xia, on vous a demandé de faire des heures supplémentaires. Est-ce le projet ?Liang Ying ne s'attendait pas à ce qu'il s'en souvienne encore, alors il hocha honnêtement la tête.He Xu a demandé à nouveau : En fin de compte, avez-vous convaincu la partie A de retenir l'idée, ou la partie A vous a-t-elle convaincu de modifier à nouveau le plan.Personne n'a convaincu personne.Liang Ying a répondu, en fin de compte, le Parti A doit me demander de faire ce qu'il demande, alors faites-le, Dieu est celui qui me donne l'argent.He Xu soupira : Cela semble frustrant, mais c'est aussi réaliste.Liang Ying a regardé la pluie à l'extérieur des avant-toits et a dit doucement : Habituez-vous-y.He Xu s'appuya contre le mur et regarda au même endroit qu'elle.Comment peux-tu marcher quand il pleut si fort, le sol est mouillé et tu portes encore des chaussures blanches.Attendez d'être plus jeune avant de partir. Mes collègues aussi se mettent à l'abri de la pluie et sont piégés. Il y a presque de quoi enregistrer, donc rien ne presse.Liang Ying a demandé, et vous ?J'ai un tas de médicaments dans mon sac, mais je n'ai pas l'habitude de porter un parapluie.Liang Ying a regardé le sac à dos qu'He Xu portait sur une épaule et l'a entendu continuer. Il semblait qu'il devrait en préparer un à l'avenir.Immédiatement après, He Xu a ouvert le colis et a mis le bordereau de confirmation dans le dossier.He Xu veut se cacher de la pluie avec elle icilI pleut tellement fort qu'on ne peut pas le laisser marcher sous la pluie.Pas de problème du tout, Liang Ying l'a accepté.Ne pas parler embarrasserait les gens autour de lui, alors He Xu a commencé à chercher des sujets.Ma mère a récemment développé un nouveau passe-temps, savez-vous ce que c'est ?Liang Ying secoua la tête, comme He Xu s'y attendait : c'est assez étrange, et la plupart des gens ne peuvent pas le deviner.Liang Ying était un peu curieux et He Xu avait l'air impuissant.Ma tante l'a emmenée visiter le Dating Corner dans le parc. Elle a apporté une tente avec elle et y est restée et a refusé de partir.Liang Yingang voulait dire, ta mère veut avoir un rendez-vous à l'aveugle.J'ai immédiatement réalisé que les personnes qui se rendaient au coin des rendez-vous à l'aveugle étaient des parents à la recherche de partenaires pour leurs enfants.Pouvez-vous apporter une tente pour passer la nuit dans le parc ?, a demandé Liang Ying.He Xu a répondu : Il y a beaucoup de gens qui passent la nuit.De nos jours, les blind dates se sont développées dans ce sens.Liang Ying hocha la tête et ne dit rien de plus.He Xu a poursuivi : Je lui ai dit de ne pas y aller, mais elle a refusé d'écouter. N'est-ce pas agréable d'avoir ce temps à la maison pour souffler sur le climatiseur et regarder la télévision, mais elle doit être si fatiguée qu'elle a mal au dos.Liang Ying pouvait entendre l'inquiétude de He Xu et dit avec soulagement : " Parfois les aînés sont plus têtus et vous ne pouvez rien faire contre eux. Votre mère a-t-elle dit combien de temps elle prévoyait de rester là ? "He Xu connaît très bien Chen Wanshu : quand je trouverai celle-là, quand s'arrêtera-t-elle.Liang Ying a laissé échapper : Alors allez, ne fais pas travailler trop dur ta mère.

He Xu remua les lèvres, ne voulant pas une telle bénédiction.La pluie a ralenti, elle est fine et dense, et le son s'affaiblit progressivement.Liang Ying a décidé de partir et a regardé He Xu : je vais retrouver mon collègue.He Xu : Je vais récupérer la voiture.He Xu a garé la voiture sur le bord de la route, dans deux directions depuis le site de la deuxième phase.Après l'avoir finalement rencontré, il voulait égoïstement rester avec Liang Ying pendant un moment.Liang Ying ne l'a pas dit, mais elle y réfléchirait.He Xu a marché avec elle exprès, ou parce que la voiture s'est garée juste en chemin.Le ciel devient de plus en plus sombre, et alors que nous entrons dans la première phase du chantier de construction, les contours de plusieurs grands arbres plantés sous la direction de He Xu peuvent être vaguement vus.Les branches ont été endommagées et ont légèrement oscillé sous l'attaque du vent et de la pluie.À qui Liang Ying parlait-il au téléphone ? He Xu ne l'a pas dérangé.En regardant ces arbres, trouvez quelqu'un pour venir les tailler demain, sinon ce sera dangereux.De façon inattendue, He Xu entendit un craquement alors qu'il passait devant l'un des arbres.En levant la tête, les branches tombèrent rapidement. C'était là que se tenait Liang Ying, il lui attrapa instinctivement le bras et l'attira vers lui.Liang Ying tenait le téléphone, son corps instable, et elle s'est exclamée de surprise.En jetant un coup d'œil, elle vit une branche frapper le bras de He Xu, faisant un bruit sourd et atterrissant à ses pieds.Avec son dos pressé contre la poitrine de He Xu, le cœur de Liang Ying s'est serré, puis elle a compris ce qui se passait.He Xu lâcha rapidement sa main et regarda le visage juste, avec le sentiment de joie après le désastre : Heureusement, je ne t'ai pas blessé.

Chapitre 19 19Laisse demain s'inquiéter des choses de demainLe vent souffle et le doux son persiste dans les oreilles, accompagné du bruissement des feuilles.Liang Ying était enveloppée dans l'aura des hormones mâles et son humeur effrayée s'est rapidement transformée en inquiétude.La branche tombée était très longue, une section séparée du tronc principal, avec de nombreuses branches, et la partie la plus épaisse mesurait environ deux ou trois centimètres de diamètre.C'est arrivé soudainement. Si He Xu n'avait pas aidé à temps, c'est elle qui aurait été touchée par la branche.Mais maintenant, He Xu a tout pris pour elle et il a des émotions mitigées au fond de son cœur.L'appel téléphonique de mon colocataire à l'université a été coupé par inadvertance.Tenant le téléphone à la main, Liang Ying n'a pas rappelé, mais s'est tourné vers le bras de He Xu.Il portait un T-shirt à manches longues vert foncé, une couche légère.Vous remontez vos manches. " Liang Ying a dit.Je ne m'attendais pas à ce qu'elle fasse une telle demande.He Xu a dit ah en premier, et Liang Ying a continué doucement : Je veux jeter un œil.Regardez où il a été touché.He Xu reprit ses esprits et dit d'un ton détendu : « Je vais bien, ne vous inquiétez pas. Nous avons vécu trop de choses dans le secteur des semis.Liang Ying l'a ignoré et a continué à regarder son bras : pêchez-le.Un homme bon ne désobéira pas à la demande de sa bien-aimée.He Xu obéit aux instructions, prit le T-shirt sur ses épaules et leva les bras.La lumière était faible, Liang Ying a allumé la lampe de poche et une lumière blanche brillante s'est répandue depuis le téléphone.Les bras sont forts avec des lignes musculaires claires. Elle baissa la tête et il y avait des contusions évidentes sur ses avant-bras, qui lui faisaient mal rien qu'en les regardant.Liang Ying fronça les sourcils, mais He Xu ne laissa pas son regard rester trop longtemps, balançant ses bras d'avant en arrière.Vous voyez, il n'y a rien de mal et vous pouvez vous déplacer librement.Liang Ying a éteint la lampe de poche et a regardé He Xu : " Tout va bien maintenant, mais cela ne veut pas dire que tout ira bien plus tard. Pour être prudent, vous devez quand même aller à l'hôpital pour prendre un X. " -rayon."He Xugang a voulu répondre qu'il n'était pas nécessaire de se donner tant de mal, mais Liang Ying a poursuivi : Je t'accompagnerai.La personne en face de moi avait l'air sérieuse et ferme, ne plaisantant pas du tout.Le bonheur est venu trop soudainement, et He Xu voulait en être plus sûr : tu dois m'accompagner à l'hôpital.Liang Ying hocha la tête : je prendrai également en charge les frais médicaux.La pensée de He Xu a toujours été qu'il ne pouvait pas faire payer les filles quand il était absent.Cependant, puisque Liang Ying l'avait aidé à payer ses frais médicaux, il pouvait lui offrir un autre repas comme excuse.Après des allers-retours, nous avons eu plus d'occasions de nous entendre, donc il n'y avait pas de shirk.Liang Ying a parlé à ses collègues sur WeChat.He Xu n'était pas pressé de partir : « Attendez-moi.He Xu s'est retourné et a disparu, puis est réapparu avec deux panneaux et un paquet de tissu à la main.Lorsqu'il s'est approché, Liang Ying a clairement vu que le panneau indiquait qu'il y avait un danger devant, s'il vous plaît ne vous approchez pas. Le tissu était une ligne de séparation jaune et noire.He Xu posa le panneau et attacha un morceau de tissu entre les deux arbres pour le bloquer.Liang Ying a compris, il avait peur que quelqu'un d'autre soit blessé s'il passait, alors il a utilisé cette méthode pour leur rappeler de faire le tour.Un bout de la route forme une barrière et He Xu va à l'autre bout.Lorsque Liang Ying a vu cela, il a pris le panneau qu'il avait placé au sol et l'a mis en place.Lorsqu'elle a voulu prendre le deuxième, He Xu a fait le premier pas : c'est encore assez lourd, laisse-moi le faire.Liang Ying a vu sa silhouette disparaître et la douleur dans son bras s'aggravait probablement à nouveau.C'était fait. Debout à l'extérieur du cordon, He Xu admira son arrangement soigné et poussa un soupir de soulagement.Liang Ying a ressenti sa tranquillité d'esprit, mais a quand même exhorté : Allons-y.nous.Liang Ying l'a mise ensemble.Ces deux mots simples ont fait onduler le cœur de He Xu.Liang Ying a appelé une voiture spéciale et s'est rendue à l'hôpital pour se rendre aux urgences et prendre des radiographies.En attendant le film, elle et He Xu se sont à nouveau assis sur les chaises de l'aire de repos.Cette fois, Liang Ying s'est bien comporté et une place est devenue vacante entre lui et He Xu.He Xu serra son sac à dos et s'empêcha de bouger sur le côté. Il tourna la tête et demanda : Vos arbres et arbustes ont-ils été taillés ?Liang Ying ne s'attendait pas à ce qu'He Xu se souvienne encore de l'incident et lui en raconte les détails.Je suis allé voir la société de gestion immobilière pour signaler la situation. Au début, ils m'ont dit d'attendre, mais ils ne l'ont pas pris à cœur. J'ai expliqué les risques et les ai aggravés, et ils ont envoyé quelqu'un pour s'occuper du problème. le jour suivant.Qu'est-ce que vous avez dit. He Xu était curieux.Mettez simplement la vie des autres en danger.Il existe en fait de nombreux exemples de ce type.He Xu a dit que les branches frappant la tête et perçant le cœur étaient bien plus graves que de gratter la peau.Cet euphémisme ressemble à de la science populaire.Liang Ying a regardé l'écran du téléphone et a pincé les lèvres.Si He Xu ne se blessait pas au bras comme il l'a dit, les conséquences seraient inimaginables pour elle.Liang Ying tourna la tête et regarda He Xu, son expression tendue.He Xu la regarda également et dit avec inquiétude : Qu'est-ce qui ne va pas ? Je ne suis pas content.Liang Ying parla lentement : He Xu, merci.Les lèvres de He Xu se courbèrent légèrement et il réalisa soudain : Tu t'inquiètes pour moi.Liang Ying ne l'a pas nié : je ne suis pas un animal à sang froid.He Xu tendit son bras : Est-il plus fort que le tien ?Quelle est la différence entre ceux qui font du sport et ceux qui ne le font pas ?Liang Ying a dit sans ambages : Il fait plus sombre que le mien.

He Xu s'est étouffé pendant deux secondes, ce serait étrange d'être plus blanc que toi.Liang Ying réfléchit un instant : C'est vrai.He Xu : J'ai la peau épaisse et la peau épaisse. Ce n'est vraiment pas grave si je suis frappé deux fois. Vous n'avez pas à vous sentir coupable.Liang Ying était inébranlable : que cela soit important ou non dépend de ce que dit le film.Une demi-heure plus tard, les résultats du film sont sortis.Les os vont bien, juste un traumatisme cutané.Après être sorti de la salle de consultation, He Xu a porté le sac contenant les films et a demandé à Liang Ying : Êtes-vous soulagé maintenant ?Liang Ying hocha la tête, puis n'oubliez pas d'appliquer le médicament à temps.Un médicament qui active la circulation sanguine et élimine la stase sanguine, faisant disparaître rapidement les ecchymoses.Je ne me souviens plus quoi faire.En descendant les escaliers, He Xu était un peu troublé. En vieillissant, il est facile d'oublier des choses quand il y a trop de choses.Liang Ying est très expérimentée : définissez un rappel dans le mémo de votre téléphone portable chaque matin au réveil, ou avant de vous coucher le soir.He Xu a soigneusement testé : Pourquoi ne m'envoyez-vous pas un message.Ma mémoire est pire que la vôtre.Liang Ying a dit que parfois, lorsqu'elle sort le matin, elle descend et se demande si la porte est verrouillée, elle doit donc retourner vérifier. Lorsque mes collègues me parlent, je peux oublier ce qu'ils ont dit lorsque je me retourne.La partie A ne doit pas oublier le délai de livraison fixé par la partie A, le moment de tenir des réunions et le moment de rédiger des rapports.J'ai tout noté dans mon mémo, je vous le recommande donc.Même si c'était un peu regrettable, He Xu a quand même répondu : D'accord, j'essaierai plus tard.Quand nous sommes sortis de l'hôpital, il faisait complètement noir.Après avoir franchi le portail et s'être arrêté devant le parterre de fleurs, Liang Ying a demandé à He Xu : « Vous devez toujours récupérer la voiture.He Xu a répondu par l'affirmative, mais j'avais un peu faim et je voulais d'abord manger quelque chose à proximité.Liang Ying a répondu à un message WeChat et l'a entendu demander : Voulez-vous vous réunir ?Liang Ying avait aussi faim : alors laissez-moi vous inviter, et ne cherchez pas d'excuses pour l'inviter à nouveau.Il s'agit de négocier les conditions.He Xu a compris : j'ai mangé ce repas mais je ne l'ai pas fini. Je ne te reverrai plus après ce soir. Est-ce que c'est ce que cela voulait dire ?He Xu est intelligent et vous n'avez pas besoin de tourner en rond lorsque vous lui parlez.Liang Ying hocha la tête : Mais je me souviendrai toujours du fait que tu m'as sauvé.Pourquoi cela ressemble-t-il à une sorte de souvenir.Cependant, cela peut être considéré comme laissant une place dans son cœur.He Xu était très optimiste : il laisserait les affaires de demain se soucier de demain et finirait ce repas en premier.D'accord, tout dépend de vous. Il a répondu avec un sourire.Liang Ying et He Xu sont allés manger du riz aux os.Après avoir commandé le repas et assise face à face, Liang Ying a posé son téléphone sur la table et a fait défiler son cercle d'amis avec la tête baissée.He Xu tenait son menton et la regardait attentivement. Il ne pouvait voir qu'une seule personne dans ses yeux et l'environnement s'est estompé.Liang Ying leva la tête.He Xu détourna rapidement le regard, faisant semblant de regarder la décoration calligraphiée au-dessus de la caisse et lisant les mots dessus.Dieu récompense ceux qui travaillent durD'une voix claire, Liang Ying jeta un coup d'œil à He Xu, puis tourna la tête pour faire face à l'introduction de la soupe aux os sur le mur.Le serveur a apporté le repas, elle a commandé des côtes levées de maïs et He Xu a commandé des côtes levées d'igname.Ils sont tous accompagnés d'une soupe, de riz blanc et d'accompagnements.He Xu a bu une gorgée de soupe aux côtes de porc et a demandé à Liang Ying : insistez-vous toujours pour un bain de pieds récemment ?Liang Ying a saupoudré de la sauce soja secrète sur le riz et a répondu négativement.Il était onze heures quand je suis rentré à la maison ces deux jours-ci, et je me suis endormi en voyant le lit.A quelle heure tu te lèves le matin. Demanda-t-il à nouveau Xu.Il est huit heures passées lorsque j'ouvre les yeux et je suis pressé d'aller travailler.Liang Ying a répondu, vous ne devriez plus avoir de relations sexuelles, n'est-ce pas ?He Xu : Pourquoi dis-tu ça ?Liang Ying : Il est difficile pour les gens ordinaires de persister.Alors je suis fier de vous dire que je ne suis pas une personne ordinaire.He Xu gloussa, "En trempant mes pieds, je peux penser à la vie, non, à la vie, donc j'aime bien ça."Vous n'aurez même pas sommeil.Quand Liang Ying a trempé ses pieds, elle n'a pas du tout voulu réfléchir.En regardant le seau pour bain de pieds, je pense aux personnes qui utilisent le seau pour bain de pieds Amway.Je suis invisiblement attaché et je souhaite que ce léger lien soit permanent plus longtemps. Comment puis-je avoir sommeil ? C'est tout au plus de la mélancolie.Bien sûr, He Xu n'a pas voulu le dire à Liang Ying, il a répondu que tout allait bien et son téléphone portable a sonné à ce moment-là.He Xu a glissé pour déverrouiller l'écran et il y avait un message de Chen Wanshu.Il dit avec un grand soulagement : Ma mère pensait qu'il y avait trop de moustiques dans le parc, alors elle est finalement rentrée chez elle avec sa tente à la main.Liang Ying a pris une bouchée de maïs et était très heureuse.He Xu a regardé l'écran et a poussé un long soupir : Le corps est de retour, mais l'âme est toujours là. Elle a dit qu'il y a moins de moustiques pendant la journée, donc elle choisira cette heure dans le futur.Ensuite, vous devriez également lui demander d'apporter de l'eau anti-moustique, car il ne sera jamais possible de se débarrasser des moustiques partout où il y a des plantes.He Xu a changé de sujet : Yangyang m'a dit que toute votre famille ne lui faisait pas beaucoup confiance, pourquoi ?Parce que c'est un petit menteur.Liang Ying ne pouvait s'empêcher de se plaindre. Dans le passé, l'école devait payer de l'argent. On disait que cent équivalaient à trois cents et que trois cents équivalaient à cinq cents. L'argent supplémentaire était reversé au café Internet. à l'examen et a imité les signatures de ses parents. Lors de la réunion parents-prof, sa mère seulement Vous savez, après l'âge adulte, ces mauvaises habitudes ont été changées, mais nous nous méfions toujours d'être trompé par lui à plusieurs reprises.He Xu pensa pensivement : C'est étrange. Je n'ai rien fait de ce que tu as dit, alors pourquoi mes parents ne me font-ils pas confiance non plus.Où est la performance spécifique ? » a demandé Liang Ying.He Xu a posé ses baguettes et lui a dit très sérieusement : J'ai dit que j'avais une fille que j'aime, et ils ont dit que j'aime les jeux gonflables.

Liang Ying ne savait pas ce qu'étaient les structures gonflables auparavant.Il y a deux jours, je regardais une émission de variétés policières au déjeuner, et les PNJ les ont utilisés. Lin Yueshun lui a parlé d'autres utilisations.Liang Ying toussa légèrement et retint la phrase : « Vos parents sont très avant-gardistes.Être incompris pendant longtemps est en fait assez frustrant, je pense que je devrais trouver un moyen de faire mes preuves.Votre mère est déjà allée au coin des rendez-vous à l'aveugle, vous n'avez donc pas besoin de le prouver.Je n'en ai vu aucun.He Xu la regarda, incapable de cacher la fluctuation dans ses yeux.La main qui tenait la cuillère s'arrêta, Liang Ying eut un mauvais pressentiment et parla devant lui.Quel ordre.EuhEn fait, je pense que les gonflables sont également très bons.

Chapitre 2 2Les rouages du destin commencent à tournerComment faire ses preuves, pensa He Xu.Vous êtes célibataire, et je suis célibataire, que diriez-vous de m'aider à faire semblant d'être ma petite amie et de vous occuper de mes parents.Liang Ying est une fille honnête, donc elle ne sera certainement pas d'accord, donc il peut suivre la tendance et continuer : "Alors toi et moi l'essayons, nous avons une conversation sérieuse, et vous pouvez la revenir à tout moment si vous n'êtes pas satisfait." ".Cependant, sans dire un mot, Liang Ying lui a bloqué le passage.Elle ne voulait vraiment rien avoir à faire avec lui.Samedi, He Xu s'est rendu dans son ancienne maison comme d'habitude.Lorsque Chen Wanshu est revenu, il mettait la nourriture sur la table.C'est si parfumé que vous pouvez le sentir même lorsque vous êtes à l'entrée.Chen Wanshu a remis le sac à He Ping et l'a serré dans ses bras.Après avoir changé ses chaussures, He Ping l'a amenée à s'asseoir à la table à manger.He Xu a apporté les deux derniers plats et He Ping l'a aidé.Après être restée dans le coin des rendez-vous toute la matinée, Chen Wanshu était fatiguée et affamée, ses jambes étaient douloureuses et ses pieds étaient engourdis.He Ping a mis de la soupe de poulet aux os noirs dans un bol et la lui a tendue. Chen Wanshu l'a prise et l'a bu d'un seul coup.C'est délicieux et cela détend tout mon corps.He Ping a aidé Chen Wanshu à ramasser les légumes et a demandé : Comment s'est passée la récolte aujourd'hui ?J'ai rencontré quelques alliés et j'ai eu une très bonne conversation.Chen Wanshu a dit qu'ils m'ont montré des photos de leurs filles, elles sont toutes douces et tendres, et elles correspondent très bien à notre petit He.He Xu était assis en face de Chen Wanshu.En l'entendant parler de manière spéculative, son ton n'était pas très excitant.Peut-être devrait-il y avoir un tournant.Alors leur as-tu montré la photo de Xiao He ?He Ping a demandé, j'ai pris la photo, ça a l'air beau.Chen Wanshu était agacé : mon téléphone m'a rappelé de mettre à jour le système, mais je ne savais pas sur quoi j'avais appuyé et l'album photo a été formaté.Attendez un moment.He Xu l'interrompit, j'ai supprimé les photos dans le SLR, pourquoi sont-elles toujours là ?Lâcha Chen Wanshu avec un ton complètement fier.Vous pouvez le supprimer, mais je ne trouverai personne pour le restaurer. La technologie est tellement avancée maintenant.

He Xu était convaincu.L'album photo mobile a également été restauré. » a-t-il demandé.J'étais pressé à ce moment-là et je n'avais pas le temps de sortir pour le faire. J'y ai réfléchi et j'ai passé un appel vidéo à Xiao He.Chen Wanshu a jeté un coup d'œil à He Xu, ce salaud n'a même pas répondu.He Xu a mangé un morceau de pomme de terre et a expliqué : J'étais dans la cuisine et je ne t'ai pas entendu.Lorsque vous entendez cela, répondez à Chen Wanshu et demandez.He Xu a répondu : Il m'a frappé même s'il savait que je ne répondrais pas.Chen Wanshu a avoué : Je pariais que vos mains seraient glissantes.He Xu a souligné : Il n'y a aucune chance.He Ping était légèrement inquiet : alors vos alliés sont très déçus.Chen Wanshu : Oubliez ça, ils pensaient que j'étais un imposteur. Mon fils m'a tellement félicité que je ne pouvais même pas voir un cheveu sur ma tête.He Ping a dit quelque chose, et He Xu a dit : Ne pas le signaler au centre anti-fraude est déjà un acte de gentillesse.Peux-tu répéter cela. » a demandé Chen Wanshu.He Xu baissa la tête et commença à manger : « Continuez.Chen Wanshu pencha la tête, tenant le côté de son visage dans ses mains, avec un air de colère sur le visage.Au départ, j'étais très enthousiaste et je les ai invités chez moi, mais ils ont fini par se regrouper pour m'isoler, me disant de ne plus venir au coin des rencontres à l'avenir, et me maudissant même de ne jamais pouvoir trouver de fille. -beau-frère. C'était tellement vicieux.Chen Wanshu était rempli d'indignation et He Xu ne pouvait s'empêcher de rire.Chen Wanshu le regarda et éleva la voix : je suis tellement malheureuse et tu ris toujours.Le sourire s'effaça et He Xu releva la tête : « Le lancement de la fusée ne s'effondrera pas aussi vite que votre alliance.À cause de qui.Chen Wanshu a demandé : « Ce n'est pas grave si elle ne comprend pas mes efforts acharnés, elle se réjouit toujours de mon malheur.Je t'ai dit de ne pas y aller, si tu n'y vas pas, tu ne seras pas contrarié.Les paroles de He Xu sont sincères et réfléchies. Quand on vit dans ce monde, il faut savoir écouter les conseils.Si vous écoutez mes conseils, je peux habiller magnifiquement ma petite-fille et lui acheter une jolie petite robe.Chen Wanshu ricana légèrement, ramassa le filet de bœuf et le jeta dans le bol avec colère. Chaque fois que je passais devant un magasin de vêtements pour enfants, je voulais emballer toutes les petites jupes accrochées à la vitrine, mais à quoi ça sert ? les porte. Ils deviendront obsolètes avec le temps.He Xu : Alors économisez de l'argent et achetez-le pour vous-même.Je n'ai pas besoin de l'acheter moi-même, ton père me l'achètera.Chen Wanshu a tourné la tête et a regardé He Ping, n'est-ce pas ?He Ping : J'achèterai ce que tu veux, même si tu veux la lune dans le ciel, je la choisirai pour toi.

Après qu'He Xu ait fini un bol de riz, il est allé chercher un autre bol.Chen Wanshu a été choqué : la nourriture pour chien d'aujourd'hui ne vous a pas suffisamment nourri.Ho séquence : Transformez le chagrin en appétit.Chen Wanshu : À quel point es-tu triste ? C'est évidemment moi qui suis triste.Avez-vous vu quatre mots écrits sur mon visage.

He Xu s'est montré du doigt et a dit mot à mot : Je suis perdu et amoureux.Chen Wanshu a été abasourdie pendant deux secondes, puis a repris ses esprits et a dit facilement : Achetez-en un nouveau, ce n'est pas grave.He Ping : Si un ne suffit pas, papa t'en donnera un autre.Les mots de Liang Ying s'attardèrent dans ses oreilles, He Xu écarta les mains pour montrer qu'il n'en avait pas besoin et éteignit le microphone.Au bout d'un moment, il a demandé à Chen Wanshu : n'irez-vous pas au coin des blind date à l'avenir ?pourquoi tu n'y vas pas.Chen Wanshu Qinghe, ta mère, je suis rebelle depuis que je suis enfant. S'ils m'isolent, je disparaîtrai. Ce serait trop lâche. Je ne veux pas être ma belle-famille avec ces gens vicieux, j'ai le pressentiment que ma future belle-fille apparaîtra bientôt.He Xu n'a pas pu se retenir et a ri à nouveau : il fait jour, à quoi penses-tu.Permettez-moi de faire ici quelques remarques laides.Chen Wanshu a regardé directement He Xu avec des yeux perçants. He Xu, tu ferais mieux d'être plus raisonnable et de reprendre ma vidéo quand tu la verras, sinonTous les noms ont été appelés.La situation la plus grave à laquelle He Xu pensait était : rompre les liens avec moiC'est trop bon marché pour toi.

Chen Wanshu a souri légèrement : je publierai la vidéo de vous portant un pantalon sans entrejambe lorsque vous étiez enfant sur Internet, j'en ferai la promotion massivement et je dirai aux gens de tout le pays que vous êtes un pipi au lit. Je vous ferai mourir dans la société et vous ne le ferez pas. être capable de garder la tête haute pour le reste de votre vie.

Après s'être séparé de He Xu ce jour-là, Liang Ying pensait à lui de temps en temps.J'ai déploré sa capacité à réagir dans les moments critiques et j'étais reconnaissant que Dieu lui ait donné la bénédiction d'être sain et sauf.Liang Ying pense qu'elle peut assez bien tenir sa promesse.Elle a promis à He Xu qu'il se souviendrait toujours du fait qu'il l'avait sauvée et n'oubliait pas le fait qu'ils se sont séparés et ne se reverraient plus jamais. De nos jours, il n'y a pas beaucoup de gens qui apprécient l'amour et la justice comme elle. .Liang Ying pensait que He Xu rencontrerait une autre fille d'ici peu.Peut-être qu'ils se sont rencontrés lors d'un rendez-vous à l'aveugle organisé par sa mère, ou peut-être que le drame du coup de foudre à la crèche de Qingshan s'est répété.He Xu est une bonne personne et quels que soient les moyens, Liang Ying lui souhaite sincèrement du bonheur.La journée de travail s'est déroulée rapidement : samedi, Liang Ying a travaillé une journée supplémentaire dans l'entreprise et a dormi jusqu'à deux heures de l'après-midi le lendemain.Après être sortie chercher de la nourriture, elle était un peu fatiguée après avoir mangé, alors elle a prévu d'aller se promener dans le parc Bailu.Sortez par la porte arrière du jardin Mingdu et descendez une rue.Egret Park est ouvert au public gratuitement, et comme c'est le week-end, il y a naturellement beaucoup de monde.Le parc est entouré d'un lac, avec cinq îles reliées les unes aux autres, nommées d'après chaque île.La zone est très vaste, et il faut une heure et demie pour descendre complètement. Liang Ying ne compte pas rester trop longtemps, et reviendra après avoir flâné dans Yingzhou près de l'entrée.Yingzhou est le plus grand des cinq continents et possède les sites pittoresques les plus abondants.Lorsque Liang Ying était à l'école, il est venu ici pour mener des recherches dans le cours pratique de design, ressentir l'échelle spatiale et dessiner un plan d'étage du paysage régional.Après avoir vécu dans le jardin Mingdu, elle venait également ici pour se promener pendant son temps libre, regardant la configuration des plantes et les conceptions détaillées, ce qui était l'un des rares plaisirs qu'elle avait.Liang Ying a marché sur le pont Sakura avec des écouteurs.En écoutant la musique douce, en regardant le lac étincelant et la brise soufflant sur vos joues, c'est très confortable.Mai est la saison où les roses fleurissent et il y a une roseraie sous le pont.Les roses plantées au sol poussent bien et les fleurs sont énormes et délicates. Les touristes à l'extérieur de la clôture prennent des photos avec leurs téléphones portables.Liang Ying n'aimait pas se joindre à la fête, alors elle est passée à côté d'eux et a essayé d'aller dans un endroit avec moins de monde.En empruntant le chemin pavé, la route est étroite et ne peut être empruntée que par une seule personne.La fin s'est soudainement ouverte, et il y avait une forêt de métaséquoias, qui se dressaient haut et bloquaient le soleil, ainsi qu'un couloir de pierre non loin de là.Il y a beaucoup de monde dans ce quartier et c'est très animé.Des fils rouges sont tendus entre les métaséquoias, et des morceaux de papier plastique rose sont suspendus.Il y en a aussi côté promenade, pas trop de couleurs, mais plus de couleurs, dont du rouge et de l'orange.Liang Ying n'a pas osé avancer, elle a regardé autour d'elle et a vu une pancarte debout dans la foule : Bureau de consultation pour les rencontres.En voyant les mots ci-dessus, Liang Ying a compris ce qui se passait : elle était tombée par erreur dans le coin des rendez-vous à l'aveugle.En effet, ce qui était écrit sur ces papiers n'était que des révélations à l' aveugle.C'est un endroit terrible.Une fois qu'elle y passera, elle sera certainement attrapée par son oncle et sa tante qui lui poseront des questions.Réalisant que quelqu'un la surveillait, Liang Ying se retourna précipitamment.Ce faisant, elle aperçut une silhouette et tourna la tête.Le métasequoia est entouré de chaises carrées en bois.Il y avait une femme d'âge moyen habillée à la mode, portant un haut-de-forme rose, un manteau et une jupe de la même couleur, assise là.Elle dévissa la tasse thermos bleu clair, but lentement une gorgée d'eau, puis referma le couvercle, ses mouvements étaient pleins d'élégance.Liang Ying l'a reconnue comme le professeur de botanique qui lui a enseigné.Parce qu'elle aimait le cours de botanique et le professeur, elle se souvenait de son nom.Chen Wanshu.Tout comme sa personne, son nom est tout aussi élégant.Bien sûr, elle est aussi affable et son style d'enseignement est humoristique et un peu mignon.Probablement parce qu'il a une meilleure mentalité, le temps n'a laissé aucune trace sur le visage du professeur, et c'est exactement la même chose que dans sa mémoire.Non, il a l'air encore plus jeune.L'endroit où était assis Chen Wanshu était encore à une certaine distance de la foule de aveugles rassemblés.En la voyant se retourner pour sortir les feuilles de métasequoia de l'étang et les examiner, Liang Ying devina qu'elle était là pour des recherches.Le parc Bailu est riche en ressources génétiques, je devais être fatigué de marcher, alors j'ai fait une pause ici.Voudriez-vous venir nous dire bonjour ?À l'époque où Chen Wanshu lui enseignait, Liang Ying avait de bonnes notes. Elle était assise au premier rang dans chaque classe et était appelée par son nom pour répondre aux questions.Mais cela fait cinq ou six ans, et le professeur a enseigné à tellement de gens qu'il n'a probablement plus aucune impression d'elle.Liang Ying pensait à l'origine, oubliez ça.Soudain, Chen Wanshu la regarda.Leurs regards se croisèrent, impartialement.Liang Ying cligna rapidement des yeux, se sentant un peu mal à l'aise pour une raison quelconque.Se regardant en silence pendant un moment, le visage inexpressif de Chen Wanshu affichait un sourire.Liang Ying ne savait pas de quel signal il s'agissait, elle savait seulement qu'il serait impoli de se cacher ou de s'enfuir à ce moment-là.Alors, elle a fait semblant d'être calme, a enlevé ses écouteurs et s'est dirigée vers Chen Wanshu avec un sourire.

Chapitre 21 21Ne la laisse pas seule avec ses penséesAprès avoir été isolée par le groupe hier, Chen Wanshu a découvert que sa fortune s'était effondrée.Elle échangeait des informations avec ses pairs, mais personne ne lui prêtait attention. Lorsqu'une jeune fille passait par là, elle prenait l'initiative d'engager la conversation, mais avant qu'elle puisse parler, ils s'enfuirent précipitamment.Elle était évidemment très populaire auparavant, et tous ceux qui la rencontraient discutaient avec elle.Chen Wanshu soupçonnait profondément que quelqu'un avait répandu des rumeurs à si grande échelle qu'elle n'était pas de bonne humeur aujourd'hui.Assis sur le siège devant le métasequoia, regardant les gens aller et venir dans le coin des rendez-vous à l'aveugle, Chen Wanshu tomba dans une profonde réflexion.Quand Lao He la poursuivait, il était très doué pour flirter avec elle : il préparait des gâteaux, des fruits, des roses, écrivait des lettres d'amour et chantait des chansons d'amour.Comment se fait-il que mon fils ait une mutation génétique et qu'il n'ait été attiré par aucune fille depuis trente ans ?À part Xiao He, Chen Wanshu ne pouvait penser à rien d'autre à propos de cette rumeur.Inquiète, elle a pris son téléphone et a pris une photo de profil de He Xu dans le groupe familial.Elle savait qu'elle voulait changer la photo en quelque chose d'amusant, mais Xiao He utilisait toujours les paramètres du système, ce qui était vraiment ennuyeux.Chen Wanshu a appuyé sur l'écran de son téléphone portable.Ah Shu : Viens voir un médecin chinois avec moi un jour.He Ping est apparu à ce moment-là.Lao He : Qu'est-ce qui ne va pas avec Xiao He ?Chen Wanshu a répondu.Ah Shu : Ce médecin chinois est très expérimenté et spécialisé dans le traitement de l'infertilité.He Ping a dit : « Je comprends.He Xu a envoyé une série d'ellipses.Xiao He : J'aime le sport, si quelqu'un ne peut pas le faire, ce n'est pas moi.Xiao He : Mon orientation est normale et je suis en bonne santé, soyez rassuré.Elle avait oublié que Xiao He insistait pour faire de l'exercice et n'avait aucun problème avec sa forme physique.Inquiète que ce soit inutile, Chen Wanshu a posé son téléphone et a poussé un long soupir.La confrontation avec l'arbre de fer vieux de dix mille ans pourrait ne pas conduire au résultat qu'elle imaginait.Épuisé physiquement et mentalement, il ne semble pas nécessaire de persister.Chen Wanshu a décidé de se laisser aller et d'apprendre à mal se comporter.Elle a dévissé la tasse thermos, a bu une gorgée d'eau et a prévu d'aller à l'animalerie pour acheter un petit golden retriever plus tard.À partir de maintenant, l'arbre de fer froid ne recevra même pas la moitié des biens de la famille, les laissant tous au bébé obéissant golden retriever.En se tournant de côté pour remettre la tasse thermos dans son sac, Chen Wanshu a découvert qu'il y avait une épaisse couche de feuilles de métaséquoia dans l'étang de plantation.Elle a ramassé une feuille et l'a regardée. Elle avait envie de mener des recherches approfondies sur les plantes partout où elle allait, mais maintenant elle n'était plus intéressée.Oubliez ça, ne vous inquiétez pas du printemps et de l'automne, le plus urgent est de ramener le bébé golden retriever à la maison.Chen Wanshu a remis les feuilles dans l'étang de plantation et était sur le point de partir lorsqu'elle a soudainement remarqué une fille debout non loin de là.La jeune fille portait une chemise en dentelle blanche avec un nœud fluide sur la poitrine.Les longs cheveux noirs pendent et les quatre yeux se croisent, les yeux sont clairs et propres.Elle était si belle que Chen Wanshu était inconsciemment attirée par elle et ne pouvait pas détourner le regard.Elle m'a regardé, avait-elle l'intention de venir me parler ?Après s'être ennuyé pendant une journée, Chen Wanshu était vraiment ému.Asseyez-vous droit et pliez le plus possible les commissures de vos lèvres.Effectivement, le signal fut donné et la jeune fille se dirigea vers elle.Chen Wanshu s'est écartée avec son sac et a laissé la place à la fille pour s'asseoir.Elle posa sa main sur le côté, l'invitant avec des gestes chaleureux.La jeune fille ne s'est pas assise, mais s'est tenue devant elle poliment et respectueusement.Professeur Chen, quelle coïncidence.Je m'appelle Liang Ying. Quand j'étudiais à l'Université F, vous enseigniez la botanique.Il s'est avéré que c'était un élève à qui elle enseignait.Chen Wanshu enseigne et éduque les gens depuis des décennies. Elle a des étudiants partout dans le monde et compte plus d'étudiants qu'il n'y a d'arbres dans la pépinière de Qingshan.Liang Ying parle doucement, a l'air calme et bien élevé, et a l'air bien mieux que ceux de la famille du groupe.Pourquoi elle n'a aucune impression n'est pas scientifique.Chen Wanshu avait tellement honte qu'elle a fait semblant de le connaître : c'est toi.Liang Ying a été surpris : tu te souviens encore de moi.certainement.Chen Wanshu a dit fermement, vous êtes toujours assis au premier rang de mes cours et écoutez très attentivement.Je l'ai inventé avec désinvolture, mais de manière inattendue, Liang Ying a profité de la situation et a dit : « Votre cours est très populaire. Je dois y aller vingt minutes plus tôt à chaque fois pour obtenir une place au premier rang.Non non Non.Elle m'aime tellement et est ma plus grande fan.Plus Chen Wanshu regardait cette fille, plus elle l'aimait.Elle est ma destinée belle-fille.Je ne veux pas encore acheter le golden retriever, mais Chen Wanshu envisage de faire une dernière tentative.Cependant, il semble que le tempérament de la fille ne corresponde pas à l'angle des rencontres, donc je ne sais pas si je l'ai entré par erreur.Avant d'agir, vous devez d'abord comprendre sa situation fondamentale.Chen Wanshu a pris la main de Liang Ying et lui a demandé de s'asseoir à côté d'elle.Craignant que le cou du professeur lui fasse mal s'il relevait la tête, Liang Ying a fait ce qu'il a fait.Mais je ne me souviens plus très bien de quelle classe tu étais.Liang Ying a rapporté son année d'obtention du diplôme et a également déclaré qu'elle s'était spécialisée en architecture paysagère.Chen Wanshu a estimé à peu près qu'elle avait vingt-sept ou dix-huit ans.Très bien, Xiao He n'est pas une vieille vache mangeant de la jeune herbe.Chen Wanshu a demandé à nouveau : Votre petit ami sera inquiet si vous êtes seul ici. Envoyez-lui rapidement votre position et demandez-lui de venir vous chercher.Le professeur tenait vraiment à elle.Liang Ying s'est sentie chaude dans son cœur et lui a dit franchement : je n'ai pas de petit ami, j'habite juste à proximité. Il fait beau aujourd'hui, alors je suis venu ici pour une promenade.Chen Wanshu veut être plus sûr : vous n'avez pas de petit-ami.Liang Ying hocha la tête : Oui.Le moment, le lieu et les gens sont favorables.Tout était si parfait.Chen Wanshu ne pouvait plus attendre et regarda Liang Ying avec enthousiasme.Mon fils ne fume pas, ne boit pas d'alcool, n'a pas de mauvaises habitudes et sait très bien laver, cuisiner et réparer les appareils électroménagers. Il est émotionnellement stable et raffole de sa femme. Si vous lui demandez d'aller vers l'est mais pas vers l'ouest, êtes-vous intéressé ? Laissez-moi vous le présenter.Liang Ying :Chen Wanshu a sorti précipitamment son téléphone portable de son sac.La quantité d'informations était si importante que Liang Ying pensait avoir mal entendu. En un clin d'œil, Chen Wanshu avait déjà connecté la vidéo.Liang Ying n'a pas regardé l'écran du téléphone, elle a seulement entendu une voix basse et impuissante venant du combiné.Abandonnez, ne faites pas de mal aux autres filles, vous ne pouvez me présenter personne.Après que les mots soient tombés, le professeur a ignoré la réticence de son fils et a déplacé le téléphone devant elle.Faites une course contre la montre et ne laissez pas à Liang Ying le temps de refuser.La séquence vidéo était si proche que Liang Ying n'a pas pu l'éviter.L'arrière-plan était dans une salle de sport et elle a vu des équipements spécifiques au fitness.L'homme qui occupe la partie principale de l'image porte un gilet de sport bleu foncé, tient un téléphone portable dans une main et essuie la sueur de son visage avec son autre main.Le gilet était à moitié relevé et même si l'écran tremblait, Liang Ying pouvait clairement voir ses muscles abdominaux.Plein d'hormones.Après avoir essuyé sa sueur, l'homme a déposé ses vêtements, il aurait dû tenir fermement le téléphone et l'écran ne tremblait plus.Le visage de l'homme tomba lentement dans son champ de vision, et il fut complètement reconstitué. La respiration de Liang Ying était légèrement étouffée.Il séquenceVrai ou faux, comment cela pourrait-il être lui ?Le sang déferla comme d'énormes vagues traversant son corps et Liang Ying fut extrêmement choqué à ce moment.Le visage de He Xu était légèrement incliné et son attention n'était pas tournée vers l'appareil photo du téléphone.Apparemment réalisant quelque chose, il déplaça son regard.Liang Ying :Quel ordre:Alors qu'ils se regardaient, la scène était figée.He Xu ouvrit grand les yeux et ouvrit les lèvres sans rien dire.Liang Ying ne pouvait pas dire qui était le plus choqué pendant un instant.Soudain, la vidéo raccroche.Liang Ying a vu que sur l'interface de discussion WeChat avec He Xu, la note que Chen Wanshu lui a donnée était Xiao He.La seconde suivante, le téléphone portable de Liang Ying a sonné et Chen Wanshu a repris le téléphone portable qu'elle tenait.Lorsque le salaud à côté d'elle se plaignait d'avoir raccroché la vidéo après avoir été enregistrée, Liang Ying a fait glisser l'écran et He Xu lui a envoyé un message.He Xu : Je retire ce que je viens de dire.Jusqu'à présent, lorsque la vidéo était connectée, He Xu n'avait prononcé qu'une seule phrase.Liang Ying a été choqué de réaliser qu'il allait me faire du mal :Je suis désolé de vous déranger.Les pensées chaotiques ont été interrompues par les excuses de Chen Wanshu.Liang Ying l'entendit alors dire : Mon fils est trop têtu et refuse de trouver un partenaire même à trente ans, sinon je n'aurais pas fait une telle démarche.He Xu est le fils de Chen Wanshu.Sa mère était en poste au Dating Corner et tout s'est bien passé.Liang Ying secoua la tête et dit que cela n'avait pas d'importance.En fait, ne vous inquiétez pas, peut-être qu'un jour il aura l'idée et prendra l'initiative de vous amener sa petite amie.Chen Wanshu n'était pas d'accord : il vaut mieux s'attendre à ce que le golden retriever m'appelle « Maman » que de s'attendre à ce que l'arbre de fer soit illuminé.Liang Ying : Il serait plus facile pour Tie Shu d'atteindre l'illumination.Il est doux et prévenant, mais il a aussi pitié de ses aînés.Chen Wanshu regarda sa future belle-fille, toujours peu disposée à abandonner.Je viens de vous présenter ma famille, Xiao He, et il n'y a pas eu de mensonge. De toute façon, vous n'avez pas de partenaire, alors pourquoi ne pas m'ajouter d'abord sur WeChat et avoir une conversation informelle.La première réaction de Liang Ying fut de ne pas connaître He Xu.Votre fils a raccroché la vidéo, comment pouvez-vous être sûr qu'il est prêt à discuter avec moi.Chen Wanshu ne serait probablement pas en mesure de répondre, et alors le sujet pourrait être ridiculisé sans autre explication.Mais maintenant, avant qu'elle ne puisse se remettre de cet embarras épique, He Xu l'a répété sur WeChat.La seule chose à laquelle Liang Ying pouvait penser était de s'enfuir rapidement. Elle effaçait sa mémoire en rentrant chez elle et faisait comme si de rien n'était.Sans hésitation, Liang Ying a décliné la proposition de Chen Wanshu et s'est levée pour lui dire au revoir.Le rythme du retour à la maison était beaucoup plus rapide que d'habitude.Allongée sur le lit de la chambre, Liang Ying s'est couvert la tête avec une couette, réfléchissant beaucoup.Comment cela pouvait-il être une telle coïncidence ? Elle était juste en train de se promener dans le parc. Un événement aussi peu probable pourrait lui arriver.Je pensais que le professeur allait étudier les plantes, et il participait régulièrement au Dating Corner.Présentant son fils, elle a commencé la vidéo avant de pouvoir réagir. Elle connaissait son fils, et c'était He Xu.Fermant les yeux, l'image de He Xu essuyant sa sueur avec ses vêtements apparut dans son esprit.L'odeur des hormones était forte et Liang Ying eut soudain honte. Elle pinça les lèvres et se força à ne plus y penser.Elle se leva du lit et commença à nettoyer la maison.Il m'a fallu deux heures pour nettoyer et balayer le sol et l'essuyer à l'intérieur et à l'extérieur. Lorsque je me suis arrêté d'épuisement, l'image diabolique est réapparue.Liang Ying est allé aux toilettes et s'est lavé le visage à l'eau froide.De retour au salon, j'ai décroché le téléphone sur la table basse et j'ai vu un nouveau message.Lorsqu'il a vu He Xu, ses épaules ont soudainement tremblé et il a été stupéfait pendant quelques secondes avant de révéler les détails du message.He Xufa est venu le localiser, l'emplacement était le jardin Mingdu.He Xu : J'inspecte le verdissement de votre communauté.Liang Ying prit nonchalamment un magazine de paysage sur la table basse et s'assit sur le canapé.Il se tourna nonchalamment vers une page et appuya sur le clavier de son téléphone comme si de rien n'était.Liang Ying : Qu'en pensez-vous, M. He ?He Xu a répondu rapidement.Préface : Les branches de l'arbre sont épaisses et comportent de nombreuses fourches mais ne sont pas salissantes. Les feuilles sont grasses et assez saines.Séquence Ho : Les arbustes ont des couches claires, sont soigneusement taillés et correctement plantés en fonction des saisons, avec d'excellents effets ornementaux.Les personnes qui s'occupent des semis sont très professionnelles dans leur formulation.La configuration végétale conventionnelle comprend des arbres, des arbustes et des graminées, mais He Xu en a mentionné un de plus.Un trouble obsessionnel-compulsif est apparu, a suggéré Liang Ying.Liang Ying : Il existe également des couvre-sols herbeux et fleuris.He Xu : L'herbe et les fleurs ici sont spirituelles.He Xu : Ils m'ont chuchoté.Liang Ying :He Xu : Ne laissez pas Liang Gong seule avec ses pensées, demandez-lui s'il vous plaît de descendre et d'avoir une bonne conversation avec elle.

Chapitre 22 22Terminez à tout moment, revenez à tout momentIl y a un lac artificiel peu profond en bas dans la maison de Liang Ying.Le front de mer épuré est bordé de différents types de plantes aquatiques.Le soir, les lampadaires émettent une douce lumière blanche et les longues branches des saules pleureurs se balancent légèrement au gré de la brise.Lorsque Liang est arrivé, He Xu se tenait sur la route en planches de bois, avec des saules pleureurs couvrant la majeure partie de sa silhouette.Lorsqu'elle marcha sur la planche, elle vit He Xu se pencher en avant et poser ses mains sur les rampes.L'instant d'après, il sembla sentir son approche.He Xu se tenait debout sur le côté et regardait dans sa direction avec un sourire sur le visage.Ce n'était pas la première fois qu'He Xu demandait à lui parler.Ayant de l'expérience, Liang Ying admirait sa façon de gérer les problèmes.Une personne ayant des pensées aléatoires peut facilement tomber dans un cercle vicieux dont elle ne peut pas sortir.Même si la gêne ne s'était pas dissipée, elle hésita un moment avant de descendre le retrouver.Après avoir passé deux virages, Liang est venu vers He Xu.Le développement psychologique était très suffisant, elle s'est beaucoup calmée et avait l'air très calme.He Xu avait changé les vêtements qu'il portait au gymnase et les avait remplacés par un T-shirt blanc propre et rafraîchissant à col rond.Il baissa les yeux et regarda Liang Ying avec un ton soulagé.Je pensais que tu ne viendrais pas, alors j'ai voulu demander à ma mère d'emprunter une tente et de dormir ici pour une nuit.Liang Ying a été légèrement surpris : j'ai répondu à votre message, vous ne l'avez pas vu ?He Xu a sorti son téléphone portable de sa combinaison kaki. L'écran était sombre.Il a dit avec colère : Le courant est coupé, mais à ce moment-là.Liang Ying a compris : Heureusement, vous avez eu la prévoyance et avez pris des photos pour moi.La photo était une vue nocturne de loin sur la route en planches, avec des points de lumière. C'était une scène très familière, alors elle est venue ici.Sinon, la seule option est de s'adresser à la société de gestion immobilière et de faire une émission qui pourrait tuer He Xushe.Quand les gens l'ont vu, He Xu a également exprimé sa gratitude.Je me suis préparé au pire, en attendant que tu sortes du couloir pour aller travailler demain, et j'en profite pour te dire quelques mots.Liang Ying a souri avec autodérision : il semble que je vous ai laissé une impression particulièrement mauvaise.Il aime se cacher quand les choses arrivent et a l'habitude de se rétrécir.Certainement pas.He Xu a nié que si le score d'impression ne pouvait être que de cent, alors je trouverais certainement des moyens de tricher et de l'augmenter à deux cents pour vous. Non, dix mille.Merci M. He.Liang Ying a été amusé par He Xu, allons-y, allons d'abord au dépanneur et louons une alimentation mobile.Le client ne parvenait pas à le trouver lorsqu'il appelait et il ne savait pas combien d'argent il allait perdre.He Xu s'est retourné et Liang Yingcai a vu un sac thermique rose sur le sol.He Xu ramassa le sac thermique et le lui tendit à deux mains.Cao Hua Jie m'a également dit que la première chose qu'il avait faite en voyant Liang Gong avait été de s'excuser.Le logo sur le sac thermique appartient à un magasin de thé au lait à Xinyangfang, le même magasin où elle a invité He Xu à prendre une soupe au bœuf la dernière fois.Il n'y avait pas d'autre succursale, alors He Xu s'est rendu à Xinyangfang pour l'acheter.Liang Ying n'a pas pris le sac isotherme, mais a demandé : He Xu, saviez-vous que je rencontrerais votre mère au coin des rendez-vous à l'aveugle ?He Xu secoua la tête et elle demanda à nouveau : Savez-vous que la personne qui est apparue lorsque la vidéo a été connectée était moi ?He Xu a continué à secouer la tête et Liang Ying était perplexe : alors pour quel crime devez-vous payer.À l'heure actuelle, la puissance mobile est plus importante, c'est pourquoi Liang Ying fait un pas en avant.He Xu le suivit de près, portant un sac thermique.Compensez ma mère.Il a répondu, elle a dû vous remettre le téléphone sans votre consentement.Nous nous connaissons si bien et, à première vue, on dirait que nous sommes biologiques.Liang Ying a dit : Maître Chen fait cela pour vous. Je comprends ses bonnes intentions. Ne vous inquiétez pas, je ne lui en veux pas.Vous savez que le nom de famille de ma mère est Chen et qu'elle était enseignante.Après avoir été surpris, He Xu a soudainement réalisé quelque chose, elle vous l'a appris.Liang Yingqing : Eh bien, c'est juste une question de botanique. Je suis allé lui dire bonjour.Pas étonnant.He Xu réalisa soudain, j'ai dit que même si vous entrez par erreur dans un endroit comme le Blind Date Corner, vous vous enfuirez.Liang Ying a retroussé ses lèvres, impuissante : Avant que je puisse courir, Maître Chen m'a attiré avec un sourire.He Xu soupira : Le professeur Chen est tellement incroyable.J'ai aussi la peau relativement fine.Liang Ying a dit que, dans l'ensemble, qu'il s'agisse de rencontrer le professeur Chen ou de vous voir dans la vidéo, rétrospectivement, cela ressemblait à un rêve, particulièrement irréel.Alors je ne veux pas.He Xu a de nouveau remis le sac thermique à Liang Ying et a bu du thé au lait pour calmer son choc.Après avoir reçu quelque chose deux fois, Liang Ying a estimé qu'il serait impoli de refuser à nouveau.Elle a décidé de payer la location de l'alimentation mobile, a pris le sac thermique et a remercié He Xu.Liang Ying a ouvert le sac thermique et a sorti le thé au lait.He Xu prit le sac isotherme et lui libéra la main pour insérer la paille.Rappelant les excuses de He Xu, Liang Ying a déclaré : " Vous n'êtes pas moins effrayé que moi. Si vous êtes coupable, nous devrions partager le fardeau. "He Xu sourit légèrement : Vous pouvez le voir.Liang Ying a hoché la tête : Votre expression vous a trahi, c'était assez évident, la vidéo a raccroché si vite.Quittez la route en planches et empruntez la route asphaltée.Les lacs des deux côtés se sont transformés en grands arbres de rue.He Xu a expliqué : J'ai posté la vidéo parce que je sentais qu'être couvert de sueur n'était pas une bonne image, alors j'ai pris une douche avant de vous rencontrer.Alors que les mots tombaient, la scène de He Xu enlevant ses vêtements pour essuyer sa sueur est réapparue.Les joues de Liang Ying étaient légèrement chaudes alors qu'elle était enveloppée par l'aura d'hormones mâles à côté d'elle.Pensa-t-elle avec une grande joie, heureusement, il n'en avait attrapé que la moitié et ne montrait que quelques muscles abdominaux.Le thé au lait est encore chaud dans la paume de la main.Liang Ying a bu une gorgée et a rapidement changé de sujet : "Pourquoi n'avez-vous acheté qu'un seul verre ? Vous n'aimez pas le boire."Nous, les sportifs, avons intérêt à être plus disciplinés.He Xu a répondu: "Mais la dernière fois que tu m'as acheté un verre, je l'ai bu avec précaution."He

Xu sourit et son ton était particulièrement fier lorsqu'il dit cela.Cela donne à Liang Ying l'illusion que peu importe ce que vous lui donnez, il le traitera comme un trésor, le tiendra dans la paume de sa main et en prendra soin avec soin.Soudain, je suis arrivé au dépanneur et l'arôme de la nourriture m'a frappé le visage.Liang Ying a scanné le code sur le stand d'entrée et a retiré l'alimentation mobile. He Xu choisissait oden.Liang Ying s'est dirigé vers lui et He Xu a dit : « Vous pouvez en choisir un aussi, ce n'est pas que vous n'avez pas encore dîné.Liang Ying n'aimait pas l'oden, alors elle a regardé l'armoire à nourriture sur le stand : je vais chercher un petit pain au fromage et au bœuf.He Xu dit précipitamment : Achetez-en un pour moi aussi.Les petits pains au fromage et au bœuf devaient être réchauffés. Pendant que Liang Ying attendait, He Xu a fini de choisir l'oden et a payé un yuan.Liang Ying n'a rien dit et lui a remis l'alimentation mobile. He Xu l'a remercié, a sorti son téléphone portable dans sa poche et l'a connecté.Après être sortie du dépanneur, Liang Ying a trouvé un endroit pour se reposer dans la communauté.Il y a des tables carrées blanches et des parasols, et les lampadaires à côté d'eux sont très lumineux, ce qui le rend idéal pour s'asseoir, manger et discuter.Liang Ying et He Xu étaient assis sur des sièges adjacents.Le téléphone portable connecté à l'alimentation mobile a été placé devant lui.Après avoir mangé un tas de varech, He Xu a appuyé sur le bouton d'alimentation.Liang Ying a mangé le petit pain de bœuf et a bu une autre gorgée de thé au lait.En regardant He Xu, il tapait sur l'écran de son téléphone portable.Liang Ying pensait à l'origine qu'il devrait y avoir beaucoup de gens à sa recherche et qu'il devrait leur répondre une par une.En un instant, son téléphone portable sonna.Plus tôt, He Xu lui a envoyé des photos de scènes nocturnes, et c'est ainsi que Liang Ying lui a répondu.Liang Ying : Je descends, s'il vous plaît, attendez-moi un moment.À ce moment, He Xu lui donna une réponse tardive.He Xu : À l'avenir, je reviendrai et te dirai dans le passé que je t'attendais.He Xu : Vous êtes assis à côté de moi et nous vivons heureux dans notre monde.monde à deuxPourquoi se sent-elle si ambiguë ?Avant, Liang Ying n'aurait jamais autant réfléchi.Traitez-le comme des amis mangeant ensemble, vous mangez le vôtre et je mange le mien.Qu'est-ce que ça fait de suivre le cours de ma mère ? La question de He Xu a interrompu les pensées de Liang Ying.Liang Ying a repris ses esprits et a posé son téléphone : Je suis très heureuse. Les conférences du professeur Chen sont très humoristiques et le temps passe vite.He Xu hocha la tête, et la seconde suivante, Liang Ying lui répondit : Elle a dû t'apprendre aussi. Ta mère est debout sur le podium, n'oses-tu pas déserter ?He Xu a mordu le bâton de crabe : Vous ne le croyez peut-être pas, mais le seul cours où j'ai échoué à l'université était le sien.La main d'Ah tenant le rouleau de bœuf s'est arrêtée et Liang Ying a été choquée.J'aurais pu obtenir soixante points, mais elle a pris une loupe, a trouvé une faute de frappe et m'a donné cinquante-neuf points. Lors de l'examen de rattrapage, j'étais le seul dans toute la salle d'examen, ma mère était assise dessus, me regardant et souriant fièrement.Liang Ying a jeté un regard sympathique : vous êtes peut-être le seul à avoir échoué sous ses mains.He Xu était impuissant : ce n'est pas une possibilité, c'est un fait. Elle veut obtenir une carte d'expérience et m'utiliser pour se moquer d'elle.Le thé au lait contient des boules de taro et du riz gluant au sang, les ingrédients préférés de Liang Ying.Elle but une gorgée, mâcha lentement la nourriture et réconforta He Xu.Revenons au shabu-shabu : le professeur Chen ne ménage aucun effort lorsqu'il vous félicite.Quelle vantardise. He Xu était curieux.Liang Ying s'est souvenue du contenu général.Mais certains mots, comme le maniaque amoureux de sa femme, n'étaient pas appropriés pour elle.Vous pouvez lui demander. Suggéra Liang Ying.aussi.He Xu a répondu et lui a dit qu'il n'était pas nécessaire d'aller au coin des rendez-vous à l'aveugle à l'avenir.Liang Ying a dit avec désinvolture : Vous n'avez pas encore trouvé de partenaire, donc elle n'écoutera probablement pas.He Xu ne dit rien et appuya sur le clavier de son téléphone pour répondre au message.Au bout d'un moment, il ramassa une autre chaîne de tofu au poisson : Liang Ying, laisse-moi te poser une question.Liang Ying l'a regardé : Vous l'avez dit.He Xu baissa la tête, détourna le regard de la personne à côté de lui et parla d'un ton très décontracté.Pensez-vous que nous sommes destinés à être ensemble ?Liang Ying a dit par réflexe : Y en a-t-il ?Après avoir raccroché la vidéo, je me suis assis sur l'équipement de fitness et j'ai rappelé tout ce qui s'était passé depuis notre première réunion jusqu'à maintenant.He Xu a dit, peu importe avant ou après que vous m'ayez rejeté, il y a eu de nombreuses coïncidences inattendues.Liang Ying se souvenait également de ces coïncidences.Il n'y a aucun modèle et ne peut être décrit que comme le destin.Elle hocha inconsciemment la tête : il semble que ce soit effectivement le cas.Vous savez, il est difficile pour les arbres de fer de fleurir, n'est-ce pas ?Liang Ying a accepté, et He Xu a continué, mais la période de floraison durera longtemps et elle ne fleurira que pour la personne que j'aime. Pour moi, cette personne, c'est vous.La respiration de Liang Ying était légèrement irrégulière, il baissa la tête et arracha le papier d'emballage du rouleau de bœuf, murmurant doucement.Je t'ai déjà rejeté, mais tu n'aimes toujours pas quelqu'un d'autre.He Xu entendit cela et leva les yeux vers Liang Ying.Si tu me rejettes, je tomberai amoureux de quelqu'un d'autre, mon amour n'est-il pas trop bon marché ?Après une pause, il poursuivit : Cela vous fera aussi penser que je suis très frivole.Liang Ying pensait à cette époque que tout le monde possédait une des fleurs de l'arbre de fer.De façon inattendue, He

Xu a tout livré sur l'arbre à sa porte.Mais avez-vous déjà entendu un mot.Quoi.Ne vous pendez pas au même arbre.Les personnes qui lui ont déjà avoué leur amour trouveront bientôt un nouvel amour.Liang Ying a souri et a estimé que c'était la norme.Quand le mimosa est-il devenu un arbre ?He Xu tomba dans une profonde réflexion. Je dois parler à ma mère et lui demander de faire des recherches. Si j'écris cet article, je ne gagnerai pas le prix Nobel de botanique.C'est déjà cette fois, comment peut-il encore être d'humeur à plaisanter ?Liang Ying était étouffée et sans voix, et elle a marmonné : Personne n'est comme toi.He Xu : Il n'y a personne comme toi.Liang Ying était perplexe : qu'est-ce qui m'est arrivé.Les paroles de l'autre partie étaient si confiantes que Liang Ying pensait qu'il serait critiqué.He Xu a répondu avec un sourire: "Tu me manques tellement et tu me plais tellement."Je n'ai pas été amoureux depuis trente ans, qui me croirait si je vous le disais.Liang Ying a regardé He Xu avec des yeux méfiants. Il a terminé le dernier oden et a ouvert le rouleau de fromage et de bœuf.J'ai trouvé que tout ce que vous avez choisi est assez délicieux.He Xu a fait l'éloge, que diriez-vous de passer du temps avec vous à partir de maintenant, dans le but de goûter à toutes les spécialités majeures de Qingzhou.Ce n'est pas que je l'ai bien choisi, c'est que vous en mangez moins. Si vous mangez des rouleaux de bœuf tous les jours, vous ne les trouverez certainement pas délicieux.Liang Ying a rétorqué, et vous avez déjà dit que vous devez faire preuve d'autodiscipline en matière de forme physique, comment pouvez-vous manger des plats délicieux tous les jours.He Xu s'appuya sur la chaise, se sentant à l'aise et à l'aise.Puisque vous vous souvenez si clairement de mes paroles, aimeriez-vous envisager de m'essayer ?Si vous n'êtes pas satisfait de moi, vous pouvez résilier à tout moment et retourner le produit à tout moment, et je n'aurai aucune réclamation.

Chapitre 23 23Rendre ce qui s'est passé aujourd'hui plus réelEssayez, quoi essayerBien sûr, Liang Ying connaissait les interactions entre hommes et femmes.Terminez à tout moment, revenez à tout momentHe Xu se taquinait comme un produit qu'elle pouvait rapporter à la maison si elle voulait l'utiliser.Si vous ne l'aimez pas, vous pouvez le retourner ou l'échanger sans aucune raison, vous n'avez donc aucune raison de ressentir de pression.Le ton était détendu et décontracté, comme s'il parlait sur un coup de tête.He Xu mangeait des rouleaux de bœuf sans la regarder, et il n'était pas pressé de lui demander une réponse.Après avoir fini le rouleau de bœuf, He Xu a dit : « J'ai un peu soif. Je vais acheter une bouteille d'eau. Tu la veux ?Liang Ying tenait une demi-tasse de thé au lait dans sa main et secouait la tête.He Xu se leva : Alors attends-moi un moment.Il a fait deux pas en avant et Liang Ying a réalisé quelque chose : vous n'avez plus votre téléphone avec vous.He Xu se tourna pour la regarder :

C'est tout.D'ici au dépanneur, il n'y a qu'une centaine de mètres au maximum.Liang Ying : Et si quelqu'un venait vous chercher ?He Xu gloussa : Vous serez mon porte-parole, vous pourrez répondre aux appels et aux messages à votre guise.Sans donner à Liang Ying une chance de refuser, il s'avança.Liang Ying regarda son dos, fronçant légèrement les sourcils.Au bout d'un moment, une voix est venue de devant : je n'ai pas de mot de passe pour l'écran de verrouillage.Cet homme lui faisait vraiment tellement confiance.Liang Ying lui tenait le menton d'une main et regardait le téléphone portable connecté à la banque d'alimentation.Acheter de l'eau ne prend pas beaucoup de temps, cela ne devrait donc pas être une coïncidence.Liang Ying a bu du thé au lait et a réfléchi à ce que He Xu vient de dire.Soudain, des vibrations sont venues du bureau.Elle a suivi le son et a vu un appel inconnu sur le téléphone portable de He Xu.J'avais le dos raide, j'avais vraiment peur de ce qui pourrait arriver.S'il s'agit d'un partenaire, le nom doit être enregistré dans Hexu.La fraude téléphonique a été endémique récemment, et ce n'était pas un numéro local. Liang Ying a levé la main et l'a appuyée.Mais au bout d'un moment, le même numéro a rappelé.Liang Ying n'a eu d'autre choix que de séparer le téléphone portable et la banque d'alimentation et de glisser pour répondre.Quand He Xu est revenu, Liang Ying tenait toujours le téléphone.C'était déjà le troisième appel auquel elle répondait. Lorsqu'elle a vu He Xu, elle a rapidement dit à la personne au téléphone : Directeur Lin, He Xu est là. Je vais lui donner mon téléphone.He Xu retourna à sa position d'origine et s'assit, plaçant le sac sur la table.Elle a pris le téléphone portable de Liang Ying et a jeté un coup d'œil au nom sur l'écran : c'était un chef du gouvernement en charge du verdissement.Le directeur Lin a déclaré qu'il y avait un espace vert routier qui devait être replanté avec des semis. Il a pris rendez-vous avec He Xu et a envoyé quelqu'un à Qingshan pour le sélectionner.He Xu a dit que tout allait bien et a pris rendez-vous avec elle pour mardi. Liang Ying en a également entendu parler. Ensuite, il ne savait pas ce que le directeur Lin avait dit. He Xu avait un sourire sur son visage et la regarda.Pas encore, je cours toujours.S'il y a de bonnes nouvelles, je vous le ferai certainement savoir.Liang Ying s'est rendu au gouvernement pour faire un rapport de projet et a rencontré le directeur Lin.Le téléphone était connecté et après quelques mots, le directeur Lin l'a reconnue.Selon He Xu, ils ont été confondus avec son petit-ami et sa petite-amie.Ciselure.Il était visiblement très réservé auparavant, mais maintenant ses intentions étaient si simples à entendre.Liang Ying a baissé la tête et a bu les deux dernières gorgées de thé au lait. Ce qui est étrange, c'est qu'elle n'a ressenti aucune résistance.Après avoir raccroché, He Xu a sorti l'eau minérale du sac à provisions et l'a ouvert.Le directeur Lin a déclaré que le terrain à replanter sur la route centrale de Pingjiang avait été conçu par vous.Eh bien, c'était mon premier projet à Lambert.Liang Ying a levé la tête et lui a dit : es-tu surpris ?Ce n'est pas un accident, c'est une surprise." He Xu a répondu avec du désir dans les yeux. En plantant des arbres sur le site conçu par sa bien-aimée, les véhicules et les piétons qui passaient ont été témoins des efforts conjoints de moi et d'elle. Il s'avère que nous, les pépiniéristes, pouvons être si romantiques.S'il s'agissait d'une romance, ne l'aurait-il pas déjà ressenti lorsqu'il a envoyé des plants au bureau de vente de Wanheng ?J'avais l'impression qu'il y avait trop peu de véhicules et de piétons là-bas, et que la force de témoignage n'était pas assez forte, donc je n'ai pas ressenti cela.He Xu, tu as deux poids, deux mesures. " Liang Ying a dit.Je ne l'ai pas.Liang Ying s'est levé en prenant le sac d'emballage du rouleau de bœuf de la tasse de thé au lait vide.Quand on regarde les plats underground, on ne peut pas traiter tout le monde de la même manière.

Apercevant le regard vide de He Xu, Liang Ying se retourna et releva les coins de ses lèvres.En jetant les objets dans la poubelle, elle s'est souvenue des deux appels téléphoniques précédents. Après être revenue et s'être assise, elle a dit : Au fait, il y a un homme nommé Yu Liang, qui est le responsable d'un parc industriel à Jingchuan. Il veut prendre rendez-vous avec vous pour aller à Qingshan cueillir des plants. Vous le rappelez.He Xu a ouvert l'historique des appels et a vu un numéro inconnu sans aucune note.Est-ce que c'est ça ?, a-t-il demandé à Liang Ying.Liang Ying a répondu et a montré les noms ci-dessous : « Il y a aussi celui-ci nommé Xiaodou. Il a dit qu'il se mariait et qu'il vous offrirait un banquet de mariage.Mon colocataire à l'université habite en face de moi.Quelle séquence est introduite et à quelle heure.Fête nationale.He Xu fut légèrement surpris, doutant de la vie.Nous ne sommes qu'en mai, j'ai donc hâte de payer et je n'ai pas encore remboursé le premier paiement.Liang Ying a été surprise : Deuxième mariage.Il a obtenu un acte de mariage et son premier mariage a duré trois mois.Après avoir réfléchi quelques secondes, He Xu a tenu son menton et a regardé Liang Ying. J'emmènerai certainement ma famille avec moi le moment venu, sinon ce sera une grosse perte.La brise du soir soufflait, apportant un parfum floral frais.Le lampadaire brillait sur le visage de He Xu, faisant apparaître tout son corps dans un cercle de lumière brillant.Quel ordre.Liang Ying a crié : si je n'avais pas rencontré le professeur Chen aujourd'hui et que nous n'avions pas vécu le propre incident, seriez-vous venu vers moi et vous seriez assis devant moi comme ça ?Si je ne peux pas vous voir, à qui vais-je montrer mes fleurs ?He Xu a souri et a répondu : « Je vais certainement le trouver, mais pas si vite.Pourquoi. » a demandé Liang Ying.Lorsqu'on crée une rencontre fortuite, il faut aussi faire attention au bon moment.He Xu a dit, seriez-vous heureux si je vous bloquais en bas de votre maison tous les jours et que j'allais dans votre entreprise pour vous bloquer ?Liang Ying a hoché la tête : j'appellerai la police.He Xu a levé le pouce, puis a arrêté sa main et a continué : Avant de prendre une décision, j'aurai en tête un préréglage du résultat. J'espère qu'à chaque fois que nous nous rencontrerons, vous serez naturellement détendu.Un état de relaxation naturelle est un état dans lequel les gens se sentent à l'aise pour interagir avec les autres.C'était si précieux que Liang Ying pouvait clairement le sentir.He Xu a aplati la bouteille d'eau minérale finie : « Merci Liang Gong et sœur Shu d'avoir créé l'opportunité, me permettant d'avancer le temps.Sœur ShuPensa Liang Ying, c'est ainsi que vous appelez Maître Chen.Elle pense que je l'appelle "Sœur" quand je l'appelle "Maman". Habituellement, mon père et moi l'appelons "A-Shu" pour lui montrer mon respect.He Xu a expliqué, si vous aimez que je vous appelle sœur Ying, je peux obéir sans condition.Liang Ying a refusé : Vous êtes plus âgé que moi, donc vous ne pouvez pas faire ça.He Xu a souri et a jeté la bouteille d'eau minérale à la poubelle non loin de là.La bouteille a rebondi lorsqu'elle a heurté le bord. Il a regardé Liang Ying et a rapidement cherché des recharges : ses bras étaient un peu endoloris à force de porter un tas de collations.Ne vous inquiétez pas, je n'ai rien vu.He Xu ne s'attendait pas à ce qu'elle soit aussi coopérative, alors il a ramassé la bouteille et l'a jetée dedans, et a dit : « Si vous avez l'occasion de venir me regarder jouer, je frapperai certainement chaque coup.Liang Ying a rappelé doucement : Si vous dites quelque chose de trop absolu, ce sera très douloureux d'être giflé.He Xu a laissé échapper : Je suis toujours le seul à gifler les autres.Liang Ying l'a regardé confus : Mais vous m'avez envoyé un message après avoir raccroché la vidéo.

L'épée douce légendaire.He Xu fit semblant d'être calme et décrocha le téléphone : Il est déjà dix heures, je te ramène.Avant qu'elle ne s'en rende compte, elle discutait avec He Xu depuis trois heures.Liang Ying a également été surpris de savoir pourquoi le temps passait si vite.Après avoir d'abord restitué l'alimentation mobile, He Xu a accompagné Liang Ying jusqu'à la porte du bâtiment et lui a tendu le sac de courses à la main.S'il vous plaît, donnez-moi la rémunération pour être porte-parole, Liang Gong, veuillez l'accepter.Il s'est avéré que ce sac de collations était pour elle.Il y avait un gros sac plein, mais Liang Ying hésitait à le prendre : il y en avait trop, je n'arrivais pas à les finir.Apportez-le à vos collègues et partagez-le avec tout le monde.Quand He Xu s'entraîne, elle devrait manger moins de collations, sinon elle sera gaspillée.Liang l'a salué et a remercié He Xu : Lorsque mes collègues l'ont demandé, j'ai dit que cela m'avait été donné lors de mon rendez-vous à l'aveugle.He Xu : Pourquoi pas un poursuivant ?Liang Ying : Parce que je n'ai jamais eu de rendez-vous à l'aveugle avec quelqu'un d'autre.Il y a beaucoup de prétendants, mais il est le seul à avoir un rendez-vous à l'aveugle !Après avoir compris le sous-texte, le rendez-vous à l'aveugle qui était autrefois extrêmement repoussant s'est avéré mignon.He Xu s'est senti très honoré et a dit joyeusement : « S'il vous plaît, n'oubliez pas de considérer ma proposition, elle sera valable pour toujours.propositionEssayez-le et retournez-le à tout momentLiang Ying leva les lèvres et le regarda : je rentre en premier, s'il te plaît, conduis prudemment.He Xu : Je te le dirai quand je rentrerai à la maison, d'accord ?Liang Ying hocha la tête, se retourna et entra dans le bâtiment.Même s'il était un peu tard, lorsqu'elle rentra chez elle, elle posa son téléphone, ôta son manteau et sortit le seau du bain de pieds.J'ai jeté le sac de bain de pieds et j'ai laissé l'eau chaude couvrir mes mollets.Liang Ying ferma les yeux et s'appuya sur le canapé, se sentant à l'aise et se propageant rapidement.Le corps est détendu et l'esprit aussi.Après s'être trempé les pieds, la nouvelle de He Xu est arrivée lentement.He Xu : Je suis à la maison.Liang Ying faisait la vaisselle dans la salle de bain.Tenant la brosse à dents électrique, il regarda l'heure et appuya de l'autre main sur l'écran de son téléphone portable.Liang Ying : Une heure.Liang Ying : C'est si loin de chez moi chez toi.He Xu lui répondit rapidement.He Xu : Si nous prenons le tunnel, cela ne prend qu'une demi-heure.He Xu : Aujourd'hui, j'ai choisi une route avec moins de monde et j'ai fait un long détour.Liang Ying : Pourquoi ce détour ?Liang Ying : Ralentir sur une route calme et profiter de la brise confortable du soir peut rendre ce qui s'est passé aujourd'hui plus réel.Cela s'est avéré être le but.La photo étant prête, Liang Ying lui a demandé.Liang Ying : Pouvez-vous s'il vous plaît avoir de la musique ?Ce sera plus intéressant.He Xu : Eh bien, l'atmosphère est pleine.He Xu : Je vais vous donner une chance d'en faire l'expérience.La main tenant la brosse à dents s'arrêta et Liang le salua en retour.Liang Ying : Ce n'est pas impossible.He Xu : En parlant de ça, lorsque j'ai ouvert votre boîte de discussion aujourd'hui, j'ai découvert que la dernière fois que nous avions discuté, c'était il y a deux semaines.He Xu : Ce n'est pas long, mais on a l'impression que deux siècles se sont écoulés.Liang Ying a ouvert la boîte de discussion, c'était vraiment vrai.Avant aujourd'hui, le dernier enregistrement était l'appel de confession vocale que He Xu lui avait fait.Liang Ying : Nous nous sommes évidemment déjà rencontrés.Liang Ying : Vous m'avez sauvé, donc vous ne l'oublierez pas si vite.He Xu : Je n'oublierai jamais chaque fois que je te rencontre.He Xu : Mais ne pensez-vous pas que le sentiment de se rencontrer et de discuter est différent.Liang Ying : Aucune différence.He Xu : La conversation est plus informelle, tandis que les réunions sont plus formelles.Liang Ying : Il semble que oui.Liang Ying a fini de se brosser les dents et a placé la brosse à dents électrique sur l'étagère.En sortant de la salle de bain, j'ai reçu un nouveau message de He Xu.He

Xu : Es-tu moins résistant envers moi maintenant ?Liang Ying : Ouais.He Xu : Alors je pourrai discuter souvent avec toi à l'avenirHe Xu : Lorsque vous vous reposez, cela n'affectera pas votre travail.Liang Ying : Oui.He Xu : Je ne trouve personne avec qui dîner, alors je peux vous inviter à sortir.Liang Ying : Vous n'êtes pas si populaire, n'est-ce pas ?He Xu : L'arbre de fer est connu comme un fossile vivant dans le monde végétal. Si d'autres sont tués, il sera laissé tranquille.Je n'ai entendu parler que des hommes et des femmes restants, mais je n'ai jamais entendu parler des restes de Tieshu.Liang Ying a souri, s'est allongé sur le lit et a cliqué sur l'écran du téléphone.Liang Ying : Ensuite, je dois chercher autre chose de délicieux.He Xu : Je te chercherai demain, je ne suis pas pressé.He Xu : Couche-toi d'abord, il est très tard.Liang Ying bâilla.Liang Ying : J'ai un peu sommeil, demain c'est lundi, donc je ne peux pas être en retard au travail.He Xu : Eh bien, moi aussi, je dois aller à la crèche tôt le matin.Liang Ying : Alors va dormir, bonne nuit.He Xu : Eh bien, bonne nuit.Chapitre 24 24S'il vous plaît, regardez le nouveau lever de soleilLe lendemain, Liang Ying a dormi jusqu'à ce qu'il se réveille naturellement.J'ai touché le téléphone portable sur la table de nuit, il était juste huit heures.Il y avait un rappel de message WeChat sur l'écran. Elle a glissé pour le déverrouiller. Il provenait de He Xu.He Xu : Bonjour, Liang Gong.He Xu : S'il vous plaît, regardez le nouveau lever de soleil.Liang Ying a cliqué sur l'image.Le soleil venait de se lever à l'horizon et sa lueur orange pâle illuminait le ciel.La ville est calme et ne s'est pas encore réveillée de son sommeil, les immeubles de grande hauteur sont encore plongés dans la somnolence.La perspective de la photo est une vue à vol d'oiseau.Si He Xu a été photographié chez lui, alors l'étage où il habite est assez élevé.En regardant l'heure à laquelle le message a été envoyé, c'était déjà il y a deux heures.La routine quotidienne de Liang Ying était de se coucher tard et de se lever tard. À moins qu'elle ne reste éveillée toute la nuit pour rattraper son retard sur un projet, elle manquerait le lever du soleil.La photo de He Xu était vraiment magnifique, elle l'a admirée pendant un moment, puis s'est levée et est sortie de la couette.Liang Ying fait attention à l'équilibre. He Xu lui a envoyé le lever du soleil, elle a donc dû prendre quelques photos et les rendre.Liang Ying s'est approché de la baie vitrée du salon, a pris une vue plongeante sur le lac artificiel et a appuyé sur le bouton d'envoi.He Sequence a répondu en quelques secondes.He Xu : Lève-toiLiang Ying a répondu par un "hmm" puis a dit.Liang Ying : Vous vous levez si tôt chaque jour.He Xu : Eh bien, l'horloge biologique des plants.Liang Ying : Ne manquez pas non plus le litHe Xu : De temps en temps, mais après avoir pris des photos pour vous aujourd'hui, je suis descendu courir.Il s'entraîne et court le matin. Ce jeune arbre est trop discipliné.L'homme du paysage eut honte, changea de vêtements et se lava.Après être sortie de la salle de bain, Liang Ying a repris son téléphone et He Xu a répondu aux photos qu'elle a prises.He Xu : Je connais ce lac, il s'avère que la vue panoramique ressemble à ceci.He Xu : Est-il très difficile de construire un littoral rationalisé comme celui-ci ?Nous devons parler de problèmes professionnels tôt le matin.Liang Ying était très heureux et a appuyé sur le clavier pour lui répondre.Liang Ying : Essayez d'utiliser une scie pour découper le contour d'un papillon sur une souche d'arbre.Liang Ying : Probablement à ce niveau.He Xu : Ce n'est effectivement pas facile.He Xu : Vous devez trouver une équipe de construction fiable, patiente et prête à prendre le temps de polir soigneusement les bords et les coins.Liang Ying a pris son sac et est sortie en attendant l'ascenseur.Liang Ying : Afin de présenter les meilleurs résultats, nous devons souvent nous rendre sur place pour garder un œil sur le projet pendant la construction.Liang Ying : Je vous livrerai les plants. Si vous ne les surveillez pas, d'autres les planteront de travers, ce qui affectera l'apparence et nécessitera des retouches.He Xu : Oh, il existe différentes approches mais le même objectif.Lorsque la porte de l'ascenseur s'est ouverte, Liang Ying s'est soudainement rappelé qu'He Xu n'avait pas apporté les collations qu'il avait achetées.Je suis retourné le chercher, puis je suis entré dans l'ascenseur et j'ai envoyé un autre message.Liang Ying : Êtes-vous arrivé à Qingshan ?He Xu : Eh bien, j'attends que quelqu'un sélectionne les plants.He Xu : As-tu pris le petit-déjeuner ?Liang Ying : Je suis sur le point de l'acheter.He Xu : J'ai encore des bons de réduction que je n'ai pas encore utilisés, je vais t'aider à commander à manger.Liang Ying : Non, je veux manger des boulettes de soupe Xiaolong aujourd'hui.» Dit-il Xu après que Liang soit sorti de l'ascenseur.He Xu : Si vous abandonnez les crêpes aux œufs, ces boulettes de soupe Xiaolong seront certainement délicieuses.Liang Ying : Il vient d'ouvrir. J'ai vu beaucoup de gens l'acheter ces deux derniers jours. C'est la première fois que j'en mange. Je vous ferai savoir si cela fonctionne une fois que je l'aurai terminé.He Xu : D'accord, j'ai quelqu'un ici, je te répondrai plus tard.Liang Ying : Allez faire votre travail.He Xu : Ouais.Liang Ying a emballé le xiaolongtangbao et l'a apporté à l'entreprise.J'en ai mangé deux et ils étaient vraiment bons. J'ai pris une photo de He Xu.Liang Ying a offert à ses collègues les collations qu'elle avait apportées à l'entreprise pendant sa pause déjeuner.De retour à sa place, elle plia soigneusement les sacs de courses vides et les mit dans le tiroir. Lin Yue ouvrit les poitrines de porc et demanda : J'ai gagné à la loterie à gratter et j'ai acheté tellement de choses délicieuses.Après avoir fermé le tiroir, Liang lui fit face sans changer d'expression : elle lui était donnée par son rendez-vous à l'aveugle.Lin Yue tenait le sac d'emballage et se tournait lentement pour la regarder : Répétez-le.Liang Ying a fait ce qu'on lui disait, chaque mot, et Lin Yue lui a rapidement pris la main et a remonté les manches de ses vêtements.Liang Ying était perplexe : que fais-tu ?Lin Yue a tourné le bras de Liang Ying et l'a observé attentivement pour voir s'il y avait des marques d'étranglement.

Liang Ying a retiré sa main. Au 21e siècle, les rendez-vous à l'aveugle et le bondage n'étaient plus populaires.Le choc de Lin Yue était au-delà des mots : vous l'avez fait volontairement.Ni l'un ni l'autre.Liang Ying ne voulait pas s'entendre avec elle, elle est allée au parc hier après-midi et a rencontré le professeur de botanique qui m'avait enseigné auparavant.Lin Yue se souvient : C'est le professeur de fée dont vous m'avez parlé.Liang Ying hocha la tête et Lin Yue comprit instantanément : elle vous l'a présenté.Son fils.En raison des sentiments des enseignants et des étudiants, vous n'avez pas esquivé.Liang Ying a ouvert un sac de prunes emballées séparément.Avant qu'il ait pu pousser, le professeur a ouvert la vidéo et la personne était sur la photo, incapable de se cacher.Lin Yue Oh a dit : Vous devriez penser que tout va bien après avoir regardé la vidéo, sinon, selon votre personnalité, vous ne vous rencontrerez pas, et encore moins n'accepterez pas les choses des autres.Le fait est que je connais cette personne.Après une pause, a ajouté Liang Ying, vous le connaissez aussi.OMS. Lin Yue a pris une bouchée de poitrine de porc et a concentré ses yeux.Liang Ying a regardé le Phalaenopsis sur la table et a laissé échapper : arbre de fer.WTF.Liang Ying tourna la tête pour rencontrer le regard de Lin Yue et dit d'une voix légère : He Xu.Les yeux de Lin Yue se sont agrandis et elle a été stupéfaite pendant un moment avant de reprendre ses esprits.Le professeur vous présente son fils et ouvre la vidéo. Qui est la personne qui apparaît à l'écran ?Liang Ying a enveloppé le noyau de prune dans du papier et a répondu par l'affirmative.Ensuite, décrivez en détail l'incroyable expérience d'hier.Lin Yue n'a pas pu s'empêcher de soupirer : si vous n'êtes pas d'accord avec le climat, j'obéirai à votre sort tous les deux.Liang Ying lui tenait le menton et regardait le Phalaenopsis : C'est déjà comme ça, ce serait irrespectueux de ma part de m'enfuir encore.Lin Yue a demandé avec un sourire: "En entendant ce que vous voulez dire, He Xu a quelque chose à faire."Liang Ying pencha la tête : Vous fournissez déjà de l'eau et des engrais aux autres, ne l'espérez-vous pas.Je pense qu'He Xu est fiable et ce serait dommage de le manquer, mais j'ai peur que vous le trahissiez clairement donc je ne peux utiliser que des métaphores.Au début, je ne l'ai vraiment pas compris, mais je ne l'ai pas compris jusqu'à ce que je parle avec He Xu.He Xu a dit qu'il était TieshuEh bien, il faut trente ans pour fleurir.Il y a une photo d'un arbre de fer en fleurs.Lin Yue a dit avec un sourire, ne me dis pas, c'est vraiment similaire, alors quelle est ton attitude envers Tieshu maintenant.Liang Ying réfléchit sérieusement : il y a un sentiment, mais nous devons y réfléchir à deux fois avant de tomber amoureux. Après tout, nous ne nous connaissons que depuis plus d'un mois. Ma compréhension de lui se limite au fait que je pense qu'il est très bien et je me sens à l'aise de m'entendre avec lui.ce n'est pas assezBien sûr, pas assez.Liang Ying est catégorique. Il est si parfait maintenant que cela me semble irréel. Je veux vraiment voir ce qu'il fait quand il est triste et troublé, et comment il résout les émotions négatives. Bien sûr, je suis également curieux de savoir à quoi il ressemblera une fois la nouveauté passée. À ce stade, nous pouvons souvent discuter et dîner ensemble.AUO et au-dessus, mais pas encore satisfait de son amant, il semble que Xiao He continuera à travailler dur.En fait, c'est moi qui devrais travailler dur.Liang Ying a dit : He Xu veut me sortir du monde fermé, et je dois aussi essayer de prendre l'initiative et de prendre soin de lui.Il n'y a aucune raison de ne pas donner lorsque vous recevez des cadeaux des autres.Si vous parvenez à ouvrir votre cœur et à faire le premier pas avec courage, c'est déjà un saut qualitatif.Lin Yue soupira : « Ce n'est pas en vain que je suis allé au temple de Nanguang la dernière fois et que j'ai demandé la signature pour vous.Liang Ying a été choquée : je peux toujours demander de l'aide.Lin Yue était complaisant : l'essentiel est d'être sincère et spirituel. Je ne m'attendais pas à avoir autant de chance, deux personnes.Liang Ying a donné une éducation sérieuse : votre cuir chevelu a été égratigné par une branche. Cela a nécessité des points de suture et un débridement. Il ne peut pas être gratté du tout, d'accord ?C'est beaucoup, sinon je ne t'aurais pas vu dormir sur l'épaule de He Xu." Lin Yue a ri. Avant de supprimer la photo, j'en ai envoyé une copie à He Xu en privé. Je voulais lui demander pour la rappeler, ce qui vous donnerait l'occasion de discuter.Liang Ying s'est soudain rendu compte : He Xu a dit que vous lui rendriez un grand service et vous offririez des cerises, c'est donc ce qu'il voulait dire.Lin Yue a souri et n'a rien dit : « Savez-vous que les arbres de fer ont des fleurs mâles et des fleurs femelles ?Liang Ying a hoché la tête : He Xu m'a donné un peu de vulgarisation scientifique.Lin Yue : He Xu est un arbre de fer qui fleurit en trente ans. Vous n'êtes pas meilleur que lui. Le semblable s'attire et un couple est né.Liang Ying a souligné : Tieshu ne peut s'appeler que Lui, pas moi.Alors qu'est-ce que tu es. » a demandé Lin Yue.Liang Ying voulait à l'origine répondre à Mimosa, mais lorsqu'elle a aperçu le sourire riche et bavard de Lin Yue, elle s'est sentie féroce.Je suis un piranha !Après avoir discuté avec Lin Yue, Liang Ying s'est sentie un peu somnolente et s'est allongée sur la table pendant un moment avant de commencer son travail de l'après-midi.La société de gestion immobilière a envoyé un message au groupe de propriétaires indiquant que l'entretien de l'électricité allait être effectué la nuit dans la région de Langbai et que l'électricité serait coupée pendant un certain temps.Frère Nan a transmis le message au groupe de l'entreprise. Liang Ying avait initialement prévu de faire des heures supplémentaires, mais a décidé de ramener cette tâche à la maison à la dernière minute.À l'entrée du jardin Mingdu, elle a emballé une portion de wontons aux crevettes et à la bourse à berger à emporter chez elle, et Liang Ying a sorti son ordinateur portable.Lorsqu'elle avait besoin de dessiner un plan d'étage, elle copiait spécialement certaines légendes couramment utilisées sur l'ordinateur de l'entreprise et les faisait glisser de la clé USB vers le bureau.Pendant que Liang Ying mangeait des wontons, il a ouvert PS et verrouillé certains calques qui n'avaient pas besoin d'être modifiés.Après avoir fini de manger les wontons, elle a emballé la boîte à lunch et l'a déposée devant la porte. Quand elle est revenue, elle était abasourdie. L'écran de l'ordinateur est devenu noir.Liang Ying a appuyé sur le bouton d'alimentation, mais rien ne s'est passé.Rechercher en ligne des méthodes d'auto-sauvetage pour les ordinateurs portables du même modèle est totalement inutile.Elle a acheté le carnet lorsqu'elle a reçu son premier salaire à son arrivée à Lambeau.Cependant, j'utilise habituellement l'ordinateur de bureau de l'entreprise et je ne le retire qu'en cas d'urgence.C'est d'une grande importance et le prix n'est pas bon marché, cela ne fait que trois ans, donc je ne peux certainement pas le jeter et le remplacer par un nouveau.Liang Ying prévoyait de trouver un endroit pour réparer les ordinateurs demain. À ce moment-là, son téléphone portable a sonné et He Xu lui a envoyé un message.He Xu : Qu'est-ce que tu fais ?Liang Ying a appuyé sur l'écran du téléphone pour dire la vérité.Liang Ying : J'allais faire un dessin, mais l'écran de mon ordinateur portable est soudainement devenu noir et je n'ai plus pu l'allumer.Liang Ying : Connaissez-vous l'endroit où les ordinateurs sont réparés ?He Xu : Je ne connais pas l'endroit, mais je connais une personne.Liang Ying : Alors envoyez-moi son compte WeChat.He Xu : Pas besoin de pousser, vous l'avez.Liang Ying :He Xu : Moi.Liang Ying :Liang Ying s'est souvenu de l'introduction de Chen Wanshu à He Xu : il était très doué pour laver, cuisiner et réparer les appareils électroménagers.Les ordinateurs sont également considérés comme des appareils électroménagers. Il y a beaucoup de fichiers importants, donc je me sens un peu inquiet à l'idée de les donner à des inconnus. Je pourrais peut-être essayer de lui demander.En y réfléchissant, de nouvelles nouvelles concernant He Xu sont arrivées.He Xu : Je vais chez toi maintenant, tu sors ton cahier.He Xu : Je vais m'asseoir à la porte et le réparer pour toi, mais je n'entrerai pas.C'est trop de problèmes maintenant.Liang Ying : Avez-vous le temps demain soir ?He Xu : Oui, tu veux le réparer demain soirLiang Ying : Eh bien, ce n'est pas pressé.He Xu : Alors il n'y aura pas de dessin aujourd'hui.Liang Ying : Parfois, il faut apprendre à mal se comporter.He Xu : C'est bon, ne te serre pas trop.Si He Xu venait demain, ce ne serait pas bien de le laisser s'asseoir à la porte.Elle connaissait les préoccupations de He Xu et a pensé à une solution parfaite.Liang Ying : Yangyang a déjà dit qu'il vous offrirait un dîner. L'avez-vous fait ?He Xu : Non, comment pouvons-nous inviter des enfants ? Il n'a pas encore travaillé.Liang Ying : Je lui demanderai de venir demain faire les courses et de les cuisiner maintenant, le coût sera bien moindre.He Xu : Est-ce qu'il le voudra ?Liang Ying réfléchit un moment.Liang Ying : Laissez-moi vous demander d'abord.Liang Ying a ouvert la boîte de discussion de Xia Shuyang.Au bout d'un moment, je suis retourné à He Xu.Liang Ying : Il a dit que c'était un grand honneur.He Xu : OK, je peux l'aider.Liang Ying : Si vous le souhaitez, je ne vous arrêterai pas.He Xu : Au fait, vérifiez s'il y a des ampoules à remplacer et des appareils de portes et d'armoires à réparer, je les ferai ensemble demain.Liang Ying : C'est une coïncidence si la lumière de ma salle de bain est coupée depuis un mois.He Xu : Un mois, c'est long.He Xu : Alors, ne serait-il pas dangereux pour vous d'aller aux toilettes ? Vous êtes-vous cogné ou trébuché ?Liang Ying : Non, la lumière dans le salon est relativement brillante et vous pouvez voir clairement si vous la faites briller. Plus tard, j'ai eu la flemme de trouver quelqu'un pour la changer.He Xu : Alors prends une photo du style de la lampe pour moi, et j'irai au marché des matériaux de construction pour l'acheter.Liang Ying s'est levé et s'est dirigé vers la salle de bain, a levé la tête, a pris la photo et l'a envoyée.Liang Ying : Excusez-moi, He Xu.

Chapitre 25 25Une occasion rare de montrer ses

compétencesLors de son stage à Qingshan, Xia Shuyang a bien performé.Non seulement cela a ajouté beaucoup de couleur à son CV, mais le professeur Zhang et le professeur Li ont également rédigé conjointement une lettre de recommandation pour qu'il postule à un emploi.Non, il a reçu une invitation à un entretien d'une entreprise publique de protection de l'environnement. Fort de ses solides bases pratiques, il a réussi cinq tests et en a remporté six, ne laissant que l'entretien final.L'aube est proche et, depuis la source, le plus grand contributeur est bien sûr frère Xu.Sans parler de cuisiner un repas, voire dix repas, et il ne se plaindrait jamais.Une seconde, il a répondu à Liang Ying, et la seconde suivante, Xia Shuyang a envoyé un message à He Xu.Xia Shuyang : Frère Xu, vous et ma sœur vous entendez bien.Le lendemain de la livraison du gâteau, He Xu a dit à Xia Shuyang de ne plus le mentionner devant Liang Ying à l'avenir.Lorsque ces mots sont sortis, bien sûr, il a compris ce qu'ils signifiaient, et il a eu le cœur brisé que son beau-frère se soit envolé après l'avoir compris.Ma sœur a pris l'initiative de dire Frère Qixu, qu'est-ce que cela signifie ? Mon futur beau-frère a fait le tour de la terre et est revenu en avion. Je suis très heureux de célébrer.C'est ainsi qu'He Xu a répondu à Xia Shuyang.He Xu : Nous nous entendons bien et avons franchi la première porte de son cœur.Xia Shuyang a fait une expression d'applaudissements et d'encouragements.Xia Shuyang :

Bon signe, il en reste quelques-uns.He Xu : Cela dépend de l'arrangement de votre sœur.He Xu : J'ai laissé la nature suivre son cours et j'ai lentement ouvert les portes une par une.Xia Shuyang : Il y a tellement de gens qui poursuivent ma sœur, personne ne veut passer du temps avec elle aussi lentement.Xia Shuyang : Frère Xu, tu es sérieux, je pleure à mort.He Xu : Comment cela peut-il être considéré comme un gaspillage ? Je le fais du fond du cœur et j'en profite.He Xu : Vous comprendrez lorsque vous rencontrerez quelqu'un que vous aimez.Xia Shuyang : Quoi que vous vouliez manger demain, commandez-le. Frère Xu, je vous traiterai bien.He Xu : Je peux le faire, achète juste ce que ta sœur aime.Xia Shuyang : Ma sœur n'est pas non plus pointilleuse en matière de nourriture, alors choisis simplement ce que j'aime, tu n'as aucune objection.He Xu : D'accord, tu peux l'acheter.He Xu : Votre sœur n'allume généralement pas de feu pour cuisiner, il ne devrait donc pas y avoir d'assaisonnement à la maison.Xia Shuyang : Non seulement ça, il n'y a même pas de pot.He Xu : Vous achetez les assaisonnements au marché, ajoutez les ingrédients et je vous rembourse.He Xu : Je vais passer une commande pour le pot et l'envoyer à leur station communautaire. Remplissez votre nom et récupérez-le à votre arrivée.Xia Shuyang : D'accord.Dans l'après-midi du lendemain, Xia Shuyang est venu à Xinyangfang pour demander à Liang Ying de récupérer les clés de sa maison. Il est allé au marché pour acheter des choses et s'y est préparé à l'avance.Alors que Liang Ying était sur le point de quitter le travail, He Xu lui a dit qu'elle était arrivée au jardin Mingdu.Elle lui donna le numéro de la maison et lui demanda de monter en premier.De façon inattendue, He Xu a garé le vélo partagé à l'entrée de la communauté, et le véhicule tout-terrain noir de He Xu était en diagonale devant, avec ses feux clignotants.Le soleil s'est couché et la nuit devient plus sombre.Les lumières étaient accrocheuses et Liang Ying a regardé vers lui. He Xu est rapidement sorti de la voiture, lui a souri et lui a fait signe.Puis il se dirigea vers l'arrière de la voiture et ouvrit le coffre.Ce devrait être pour obtenir quelque chose.Liang Ying a vu cela et s'est précipité pour voir s'il avait besoin d'aide.Vous tenez l'ampoule.He Xu a remis la boîte en carton plate et Liang l'a saluée très légèrement.Il sortit deux autres grandes boîtes avec des motifs de fruits, une boîte de mangues et une boîte de litchis.Enfin, il y a un sac d'écrevisses fraîches dans un sac en filet vert.Les pinces du homard ont percé le sac en filet pour exposer les épines acérées, comme s'il essayait de se libérer.Je vais prendre ça aussi. Liang Ying a pris l'initiative de demander de l'aide.He Xu : Vous n'avez pas peur du tranchant des pinces.Liang Ying parla d'un ton fier.Quand j'étais enfant, mon grand-père m'emmenait pêcher les homards dans l'étang, je les attrapais toujours avec mes mains.Regardez avec admiration.He

Xu a félicité Liang Ying tout en l'évaluant. Si vous ne portiez pas de jupe blanche aujourd'hui, je vous l'aurais promis.Il empila les homards sur la boîte et les porta doucement dans ses mains. Ceux non transformés étaient un peu louches et tachés de boue, alors oubliez ça.Tant pis.Liang Ying a aidé He Xu à fermer le coffre et ils sont entrés ensemble dans la communauté.Liang Ying a tenu la boîte d'ampoules et a regardé les fruits et le homard du coin de l'œil et a demandé : Je vous demande de l'aide, pourquoi apportez-vous encore autant de choses ?N'est-ce pas la bonne chose à faire lorsque l'on visite la maison de quelqu'un d'autre pour la première fois ?He Xu a répondu avec un sourire : " Ne vous inquiétez pas, cela n'a pas coûté d'argent. Les fruits ont été donnés par les clients et les homards ont été élevés dans l'étang de ma tante. Je ne peux pas manger autant tout seul. Toi et Yangyang peut aider à partager le fardeau.Liang Ying s'est soudain souvenu de quelque chose : Xia Shuyang a peur des homards, vous lui posez un problème.Ne vous inquiétez pas, je n'ai pas l'intention de le laisser y toucher.He Xu a dit, c'est une occasion rare de montrer mes compétences devant vous, donc je vais certainement le faire moi-même.Il s'avère qu'il y avait une arrière-pensée.He Xu est bon en cuisine, même s'il n'en a jamais mangé, il a vu des photos. Lui a demandé Liang Ying.Il semble qu'il y ait beaucoup d'assaisonnements pour les écrevisses, je n'ai peut-être pas ce dont j'ai besoin à la maison, alors je vais au dépanneur pour en acheter.Yangyang me l'a acheté quand je suis allé au marché.Déjà préparé, Liang Ying a dit quelque chose, puis a pensé à quelque chose et s'est arrêté.J'ai oublié que je n'ai pas de pot à la maison.C'était avant, maintenant c'est le cas.Liang Ying l'a regardé avec méfiance, a continué He Xu avec un sourire, je l'ai acheté et je l'ai envoyé à votre station d'origine. Yangyang l'a déjà repris.Comment l'avez-vous prédit ? Liang Ying était curieux.Continuez, répondit He Xu.C'est très simple, vous avez dit que vous commandiez souvent des plats à emporter et que vous n'alliez pas très souvent en cuisine, alors je l'ai analysé.Liang Ying soupira doucement : je n'ai acheté qu'une marmite et j'ai utilisé de l'eau chaude pour cuisiner des boulettes surgelées et des nouilles instantanées pour plus de commodité.Les nouilles instantanées sont plus fortes et ont meilleur goût une fois cuites. Je les cuisinerai pour que vous les essayiez plus tard.Mangeons d'abord les légumes, Yangyang en a acheté beaucoup, et vous avez aussi des écrevisses.Aussi, attendez plus tard.En entrant dans le bâtiment et en se dirigeant vers l'ascenseur, Liang Ying a appuyé sur le bouton haut.La porte de l'ascenseur s'ouvrit, He Xu s'accrocha au cadre de la porte et laissa Liang Ying entrer en premier, suivi de près.Ils étaient les deux seuls dans l'ascenseur.Liang Ying a sélectionné le dixième étage et a appuyé sur le bouton de fermeture de la porte.Voulez-vous m'interviewer sur mon humeur actuelle ? » Demanda-t-il Xu.Il y a des écrevisses à fabriquer, des ampoules à changer et des ordinateurs à réparer.Liang Ying a retroussé ses lèvres et a dit : « Je n'ai pas le cœur de demander. Ce serait bien si j'avais plus de compétences, donc je ne vous dérangerais pas.Je fais des choses pour toi, pas pour les autres, alors quel est le problème ?He Xu a dit facilement, si tu savais comment faire, je devrais boire le vent du nord-ouest.Liang Ying a rappelé avec un sourire : Planter des arbres est votre devoir, ne mettez pas la charrue avant les boeufs, M. He.L'ascenseur atteignit bientôt le dixième étage.Xia Shuyang a pris la clé et Liang Ying a frappé deux fois à la porte mais personne n'a répondu.Je pensais qu'il était occupé dans la cuisine et qu'il ne m'entendait pas, mais j'aurais certainement mon téléphone portable avec moi, alors je l'ai appelé.Il y eut bientôt du mouvement dans la maison et Xia Shuyang ouvrit la porte.Voyant qu'il tenait une supposition dans sa main et que le couteau était taché de sang, Liang Ying a instinctivement reculé d'un pas.En voyant He Xu, Xia Shuyang semblait avoir vu un sauveur : Frère Xu, s'il te plaît, aide-moi à fileter le poisson, mes compétences en matière de couteau sont terribles.Après avoir franchi la porte, He Xu a mis les choses entre ses mains sur le meuble d'entrée.Avez-vous besoin de changer de chaussures ? il a demandé à Liang Ying.Pas besoin. Liang Ying a répondu.Xia Shuyang a ajouté : La maison de ma sœur n'a pas de pantoufles pour hommes.He Xu a répondu, a porté les écrevisses et est allé directement à la cuisine avec Xia Shuyang.Liang Ying a posé son sac. Il y avait déjà deux assiettes des plats de Xia Shuyang sur la table à manger, des aubergines au poisson et des ailes de poulet au cola.Liang Ying a trouvé un gobelet jetable, y a versé du jus d'orange et est allé à la cuisine chercher des bols et des baguettes.Avec deux hommes bloquant la façade, elle ne pouvait pas ouvrir la porte du placard. Debout derrière eux, ses yeux étaient attirés par He Xu.Le bar était placé sur la planche à découper. He Xu était doué pour couper et découper tranche après tranche.L'épaisseur est uniforme, soigneusement disposée et placée sur l'assiette.En voyant les autres montrer leurs talents dans des domaines dans lesquels ils ne sont pas bons, une mentalité de volonté apparaît.Incroyable. Liang Ying soupira au fond de son cœur.Xia Shuyang posa ses mains sur le comptoir et regarda les filets de poisson comme des œuvres d'art, rempli de joie.Frère Xu, va te reposer, je ferai le reste.He Xu : Laissez-moi d'abord traiter les écrevisses.J'ai déjà été pris dans des pinces de homard et j'ai une ombre psychologique.Xia Shuyang avait l'air effrayé, je ne peux pas faire ça, tu dois compter sur toi-même.Eh bien, ta sœur me l'a dit.He Xu a ouvert le sac en filet vert et a versé les écrevisses dans la piscine.Xia Shuyang s'est retournée et a vu Liang Ying : « Sœur, quand es-tu venue ici, tu n'as rien dit.excusez-moi.Liang Ying a fait signe et Xia Shuyang a fait deux pas vers la droite.Ouvrant la porte du placard, elle en sortit trois bols, puis ramassa trois paires de baguettes sur l'égouttoir.J'ai beaucoup de vaisselle et de baguettes à la maison, et comme ils sont achetés en lots, ils n'ont pas été utilisés depuis longtemps et doivent d'abord être nettoyés.Liang Ying se tenait à côté de He Xu, a mis la vaisselle et les baguettes dans l'évier de l'autre côté, a ramassé une éponge pour les essuyer et a versé du liquide vaisselle dessus.He Xu a mis de l'eau dans la piscine pour couvrir les homards et a ajouté du sel et du bicarbonate de soude pour les faire tremper.Il s'est tourné vers Liang Ying et a dit : « Le détergent vous fait mal aux mains, je vais les laver.Dessiner me fait aussi mal aux mains. Pouvez-vous m'aider à dessiner ?Liang Ying baissa la voix, il n'était pas nécessaire d'être aussi prévenant.tu n'aimes pasLiang Ying a ouvert le robinet : Il n'y a que quelques personnes qui savent comment le faire, mais vous voulez toujours extraire la valeur restante de moi.He Xu a plaisanté : Vous pouvez également changer l'ampoule vous-même.Liang Ying a une compréhension très claire d'elle-même : si cela ne fonctionne pas, je vous dérangerai quand même.Xia Shuyang s'appuya contre le mur et se sentit soudain brillante et éblouissante.Il faut du temps pour faire tremper le homard, pourquoi n'allez-vous pas d'abord changer l'ampoule ?He Xu a pensé que cette proposition était bonne et a demandé à Liang Ying : Est-ce que ça va ?Liang Ying a lavé la vaisselle et vidé l'eau :

c'est parti.Après être sorti de la cuisine, He Xu a eu le temps de regarder la disposition de la maison.Deux chambres, joliment décorées, propres et bien rangées.Bien sûr, Liang Ying ne lui a pas dit, alors il a temporairement rangé les choses hier soir.Elle a l'habitude de jeter les choses, elle doit donc sauver la face lorsque des invités arrivent.He Xu montra l'arbre à argent sur la table basse, comme s'il avait découvert un nouveau monde.Il a poussé beaucoup de nouvelles feuilles et est plus fort que lorsque vous l'avez publié sur Moments.He Shu a aimé ce post de Moments.Liang Ying a posé les bols et les baguettes, confiant : cela prouve que je peux bien prendre soin de toi.La boîte à ampoules était également sur la table basse, He Xu la ramassa et sortit le tube lumineux annulaire à l'intérieur.Même si les plantes ne peuvent pas parler, si vous en prenez bien soin, elles vous donneront des informations sur leur croissance et ne vous feront pas sentir que vos efforts sont vains.Liang Ying est allée chercher la boîte à outils dans le placard d'entrée et He Xu l'a suivie.La boîte à outils a été laissée par le propriétaire et contient une grande variété d'articles de différentes tailles.La boîte à outils était relativement lourde, donc Liang Ying n'a pas évité à He Sheng de la prendre.Le Phalaenopsis que tu m'as donné est toujours vivant.OhHe Xu ramassa le fauteuil en bois d'une main et fut un peu surpris, ce qui était de bon augure.Mais quelques fleurs ont été perdues.Ce n'est pas important.Répondit-il Xu, tout comme tu me rejettes, mais j'apparais à nouveau devant toi, les fleurs tomberont et fleuriront naturellement, c'est normal.Liang Ying a été surpris : cela peut également être contacté.En entrant dans la salle de bain, He Xu posa la chaise.Ne trouvez-vous pas que c'est très vivant ?Il s'est tenu sur la chaise et Liang Ying a allumé la lampe de poche de son téléphone portable, laissant la lumière remplir tout l'espace.Je pense que c'est un peu raide.He Xu sourit : La prochaine fois que je le changerai, aidez-moi s'il vous plaît à vérifier si l'alimentation est coupée en premier.Liang Ying a confirmé que le courant était coupé, a tenu le dossier de la chaise, a levé la tête et a regardé attentivement.He Xu a retiré l'abat-jour et a remplacé le tube de lampe noirci d'origine par un tournevis. Liang l'a salué et lui en a tendu un nouveau.Une fois la lampe installée et l'abat-jour mis, He Xu descendit de la chaise, se pencha et mit le tournevis dans la boîte à outils sur le sol.Liang Ying a appuyé sur l'interrupteur et la salle de bain est soudainement devenue lumineuse.Soudain, ma vision est devenue claire.Liang Ying a regardé autour d'elle, son humeur est devenue plus confortable, même les cheveux au sol étaient évidents.Quand il n'y avait pas de lumière, je pouvais encore faire semblant de ne pas la voir, mais maintenantHe Xu était à haute altitude, donc il ne pourrait probablement pas le voir. Liang Ying a utilisé ses pieds pour glisser ses cheveux vers le coin, faisant semblant d'être nonchalant, et l'a remercié.Vous êtes les bienvenus.He Xu a répondu, je me sens soulagé maintenant qu'il a été remplacé.Ah, Liang Ying le regarda avec confusion.Est-ce un chiffon ? He Xu montra la serviette bleu foncé sur l'évier.Après avoir reçu une réponse positive de Liang Ying, il l'a ramassé et lui a dit tout en essuyant les empreintes de pas sur la chaise.Vous m'avez dit que l'ampoule de la salle de bain était cassée depuis un mois. J'étais très inquiet à ce moment-là, je me demandais quoi faire si quelque chose tombait par terre et que vous marchiez dessus accidentellement, ou s'il y avait des taches d'eau. laissé sur toi et tu as glissé. Sans les désagréments de la nuit, je serais venu directement le changer pour toi.He Xu a ouvert le robinet et lavé le chiffon. Liang Ying a dit : Je vis ici depuis trois ans et rien de ce que vous avez dit ne s'est produit.He Xu ferma le robinet et plia les chiffons dans leur position d'origine.Si vous vivez seul, vous devez quand même être prudent et ne pas prendre cela à la légère.Il est trop tard une fois que cela arrive. He Xu ne l'a pas dit clairement, mais Liang Ying a compris le sens.C'est logique, j'essaie de ne pas tergiverser.Vous pouvez me dire tout ce que vous devrez réparer ou remplacer à l'avenir, ou si la livraison express est trop lourde à transporter.He Xu a ramassé la chaise, mais ne s'est pas précipité dehors. Il a frotté les semelles de ses chaussures contre le carrelage, puis a regardé la zone de douche. Achetez un tapis antidérapant pour minimiser le risque.D'après ce qu'a dit He Xu, il fallait effectivement en poser un au sol.En sortant de la salle de bain avec la boîte à outils, Liang Ying a dit : " En avez-vous une à la maison ? Si c'est le cas, donnez-moi simplement le lien et je ne la choisirai pas. "Je cherche.He Xu a posé sa chaise, a sorti son téléphone portable de sa poche, a ouvert l'application de shopping et a partagé le lien avec Liang Ying. Après l'avoir utilisé pendant deux ou trois ans, l'effet antidérapant était effectivement bon.J'aime le sentiment de ne pas avoir à choisir.Liang Ying a rapidement terminé l'opération et passé la commande.He Xu sourit : Vous devriez maintenant pouvoir comprendre à quel point il est rafraîchissant pour moi d'acheter des stylos détachants et des seaux de trempage des pieds.Liang Ying a hoché la tête et il a demandé à nouveau : je vais réparer l'ordinateur pour vous après le dîner, est-ce trop tard ?D'accord, j'ai terminé le dessin dans l'entreprise aujourd'hui.Liang Ying a répondu sans hésitation : « Au fait, je vais vous dire combien coûte l'ampoule.Pas besoin, c'est très bon marché.Quel ordre.Liang Ying leva la tête et le regarda sérieusement. Si vous agissez ainsi, je n'oserai plus venir vers vous à l'avenir. Réfléchissez bien si vous souhaitez conclure un accord ponctuel ou à long terme.Toute hésitation ne serait-ce qu'une seconde est irrespectueuse envers cette relation.Liang Ying a ramassé le verre sur la table à manger, a versé un verre d'eau tiède et le lui a tendu. He Xu l'a pris et a dit : « Regardez-le.Liang Ying a initié le transfert sur WeChat.Un appel est arrivé de la partie A. Elle a parlé à He Xu et s'est dirigée vers la fenêtre du sol au plafond pour répondre à l'appel.He Xu regarda l'écran de son téléphone portable : deux cent quatre-vingt-huit, c'était dix fois plus.Le post-scriptum de Liang Ying incluait également les frais de main-d'œuvre, alors He Xu a ramassé le balai et la pelle à poussière et a nettoyé les cheveux dans la salle de bain.Bien sûr, même sans argent, il était prêt à le faire.He Xu sortit de nouveau de la salle de bain et posa les ustensiles de nettoyage dans ses mains. Liang Ying n'avait pas encore fini d'appeler.De l'autre côté du canapé, ses yeux furent inconsciemment attirés par elle et il s'arrêta de marcher.À l'extérieur des baies vitrées, la nuit est sombre et bleu foncé.Les bâtiments sont empilés les uns sur les autres et les lumières de milliers de maisons ressemblent à des étoiles.Ses silhouettes et celles de Liang Ying se reflétaient sur le verre.Quand je l'ai vue dimanche, une sensation extrêmement irréelle s'est répandue dans chaque cellule de mon corps.Donc, à ce moment-là, être chez elle et ressentir les traces de sa vie a finalement permis à He Xu de se sentir ancré, et leur relation était vraiment plus étroite.Liang Ying a également vu He Xu sur la vitre.Lorsque l'appel a été raccroché, elle ne l'a pas raccroché.Elle savait qu'He Xu la regardait, mais elle ne voulait pas rompre le silence.Même sa respiration était légère et ses yeux étaient flous.Soudain, Xia Shuyang a couru hors de la cuisine en panique, a attrapé le bras de He Xu et a haleté.He Xu le regarda de côté et demanda avec inquiétude : Qu'est-ce qui ne va pas.Liang Ying a également entendu le son et est venu : Que s'est-il passé.Un homard a sauté hors de la piscine et j'ai risqué ma vie pour l'attraper et le jeter dedans. Au bout d'un moment, deux homards se sont échappés, et au bout d'un moment, trois.Xia Shuyang a fait un geste avec ses mains, son expression anxieuse, Frère Xu, s'il vous plaît, tuez-les rapidement, sinon mon âme sera anéantie !

Chapitre 26 26Je veux cuisiner pour elle tous les joursHe Xu a préparé le homard et l'a fait cuire jusqu'à ce qu'il soit délicieux. Il était déjà huit heures du soir lorsqu'il était prêt.Liang Ying a posé un tapis calorifuge sur la table, et He Xu a posé le bassin plein de homards, et le parfum s'est répandu dans tout l'espace.Liang Ying n'aime pas la nourriture épicée, alors He Xu la prépare à cinq saveurs.Après s'être assis, Xia Shuyang en a d'abord décollé un et n'a pas pu s'empêcher de féliciter : Frère Xu, si vous ouvrez un restaurant, les autres restaurants n'auront certainement rien à faire.À la table à manger carrée, He Xu était assis en face de Xia Shuyang et Liang Ying était assis d'un côté entre eux.He

Xu a mangé un morceau de poisson mariné préparé par Xia Shuyang et l'a également regardé avec approbation : si vous l'ouvrez, l'entreprise sera certainement meilleure que la mienne.Liang Ying a ouvert un paquet de mouchoirs, l'a posé sur la table et a suggéré avec un sourire.Que diriez-vous de deux chefs travaillant ensemble ? Je viendrai certainement ici tous les jours et n'oubliez pas de me réserver une place.Xia Shuyang a épluché une autre chair de homard et l'a mise dans sa bouche : frère Xu et moi ouvrons un restaurant, vous ne pouvez pas le faire simplement en mangeant, vous devez venir aider.Liang Ying secoua la tête : Ce n'est pas comme si vous ne connaissiez pas les compétences culinaires de votre sœur. Si vous pouvez aider, ce ne sera certainement pas un service.He Xu regarda Liang Ying : Vous pouvez vous occuper des comptes.Xia Shuyang a répondu : Directement dans les airs pour devenir la femme du patron.Liang Ying a levé le verre bien haut et a dit sérieusement : Merci à vous deux pour votre soutien, je vous respecte.Trois verres tintèrent.Liang Ying et He Xu se regardèrent et sourirent.Pour la première fois, j'ai eu l'impression qu'il y avait un feu d'artifice chez moi.Xia Shuyang a bu une gorgée de jus d'orange et He Xu lui a demandé.A ce stade de votre vie, en dehors des entretiens d'embauche, y a-t-il d'autres activités à l'école ?Xia Shuyang a pris la cuillère et a répondu en ramassant de la soupe aux tomates.Il y a des dîners de classe, des dîners de département, des dîners universitaires, du chant, des jeux de société et du script kill, toutes sortes de repas, de boissons et de divertissement.Une ou deux fois, c'est rafraîchissant, mais le plus souvent, je me sens fatigué, et tout le monde ne le connaît pas.He Xu a mis la chair de homard pelée dans le bol de Liang Ying.Liang Ying a déplacé le bol sur le côté, comme pour tracer une ligne claire : mangez le vôtre, je le ferai moi-même.Peur de ne pas finir son repas, He Xu hocha la tête.Liang Ying a demandé à Xia Shuyang : Si vous ne voulez pas y aller, vous pouvez refuser. Pourquoi vous forcer ?La seconde suivante, elle réalisa soudain quelque chose : Oh, j'ai presque oublié, tu es un Sheniu.Quelles sont les caractéristiques. » Demanda-t-il Xu.Liang Ying : J'ai dit que j'étais fatigué, mais face à un groupe d'étrangers, j'étais plus excité que quiconque.He Xu a jeté un coup d'œil à Xia Shuyang, mais il a parlé à Liang Ying.C'est un peu comme lorsque Yang Yang est allé à Qingshan le premier jour, 90 % de ses oncles et tantes le connaissaient.Xia Shuyang a expliqué : Je viens d'aider oncle Atang à porter une perche et j'ai aidé tante Lan Gui à lier sa carte bancaire sur WeChat, et ils m'ont fait connaître à tout le monde.Liang Ying a dit à He Xu : "Il a la bouche douce depuis qu'il est enfant et il récitera des poèmes lorsqu'on lui demandera. Il ne refusera pas du tout de chanter ou de danser. Aucun aîné ne l'aimera.Ma sœur est différente.Xia Shuyang a pris une bouchée de l'œuf cuit et a dit à He Xu qu'il lui était plus difficile de bouger que n'importe qui d'autre.Notre entreprise a peur que je l'admette. Liang Ying a dit franchement.Frère Xu, vous et moi sommes le même genre de personnes. » a demandé Xia Shuyang.Sheniu ?Après avoir reçu une réponse affirmative, He Xu l'a nié. Ce n'est pas vrai. À moins que je ne travaille, je n'aime pas rester avec des étrangers et passer plus de temps seul. Pour donner un exemple précis, après avoir obtenu mon diplôme universitaire, sauf pour ceux dans mon dortoir, d'autres personnes dans la classe Je ne connais pas grand monde.Xia Shuyang : Quand vous étiez à l'école, vos camarades de classe pensaient-ils que vous étiez très froid et difficile à approcher ?peut être.He Xu a répondu, je me fiche de ce que les autres pensent de moi.Liang Ying a soudainement découvert que He Xu lui ressemblait beaucoup sous cet aspect.Parce que ce n'est pas important, donc je ne veux pas vous jeter un coup d'œil, n'est-ce pas ?He Xu fronça les sourcils et réalisa que Liang Ying le comprenait.Il a répondu avec un sourire et a poursuivi : "Mais quiconque touchera ma fleur, je le combattrai jusqu'à la mort."Liang Ying : Ah.Le dîner s'est terminé dans une ambiance détendue et agréable.Tous les trois ont débarrassé la table ensemble et Xia Shuyang a pris l'initiative de faire la vaisselle.Liang Ying a sorti l'ordinateur de la chambre et l'a posé sur la table à manger.Je vous laisse le soin, je vais aider Yangyang.He

Xu : OK, laissez-moi d'abord vérifier le problème.Une demi-heure plus tard, Liang Ying est sortie de la cuisine et a sorti la serviette en papier sur la table à manger pour essuyer les taches d'eau.He Xu a déclaré : Il n'y a aucun problème avec le matériel, réinstallez simplement le système.Liang Ying se tenait à côté de He Xu et regardait l'écran de l'ordinateur, qui montrait l'interface de la barre de progression de la réinstallation du système.J'ai sauvegardé tous les fichiers importants. Vous pourrez me dire plus tard quel logiciel installer. Je ne connais que PS et CAD pour le dessin. Après une pause, a-t-il ajouté, il y a aussi un SU.Sachez juste que trois, c'est déjà beaucoup, d'accord ?Liang Ying s'assit de l'autre côté de la table carrée. Le système n'a pas encore été installé et elle prévoit de discuter avec He Xu.Mais de quoi parler ? Elle se tenait le menton, confuse.He Xu a demandé à ce moment-là : Où est Yangyang ?Après avoir mangé, je suis dans la salle de bain. Liang Ying a répondu.He Xu a compris et a demandé à nouveau : Comment vous sentez-vous ce soir ? Ressentez-vous un sentiment de bonheur perdu depuis longtemps ?Pensez-vous pouvoir manger des plats cuisinés sans utiliser vos mains ?Liang Ying s'est penché en arrière sur sa chaise et s'est posé des questions, pour une personne qui mange des plats à emporter tous les jours, bien sûr. Après avoir emménagé ici, c'était la première fois que c'était aussi animé.He Xu : Si tu restes avec moi, je cuisinerai pour toi tous les jours.Liang Ying gloussa : Tentez-moi.C'est un engagement.He Xu a répondu, je ne dirai rien facilement si je ne peux pas le faire.Liang Ying tourna la tête et jeta un coup d'œil à l'écran de l'ordinateur pour rappel.Très bien.Une fois l'installation du système terminée, He Sheng appuie sur le pavé tactile pour effectuer d'abord les paramètres de base, puis installer les logiciels couramment utilisés.Xia Shuyang est sorti de la salle de bain en tenant son téléphone portable et s'est tenu derrière He Xu.Frère Xu, vous pouvez réparer l'ordinateur, mais pouvez-vous réparer la climatisation ?Liang Ying a vu cela et a demandé : est-ce que celui de votre dortoir est cassé ou celui de la maison ?Si le dortoir est en panne, je peux contacter le responsable du dortoir.Xia Shuyang a répondu : Maman vient de m'envoyer un message. Lorsque j'ai appuyé sur la télécommande, le climatiseur n'a pas répondu. Elle m'a demandé de trouver quelqu'un pour le réparer demain.Liang Ying s'est rappelé que le climatiseur était très vieux et que la période de garantie devait avoir expiré.Pourquoi ne pas en acheter un nouveau.Si vous lui demandez de le changer, elle vous diraXia Shuyang a fait une pause et a imité le ton de Liang Cuiping. Si vous le changez, vous le saurez. Vous pensez que notre argent vient du vent fort.Liang Ying : Vous ne lui avez pas dit que parfois le coût de la réparation est plus élevé que celui du remplacement.Xia Shuyang : Je te l'ai dit, que peux-tu faire si tu n'écoutes pas ? Papa est aussi à ses côtés, ce qui me fait paraître bizarre.He Xu a demandé à Liang Ying le mot de passe sans fil et a appuyé sur le clavier pour rechercher les logiciels couramment utilisés.Les aînés sont nostalgiques : ma mère a toujours la montre de poche que mon père lui a offerte en mariage et elle doit la réparer tous les quelques mois.Cette montre doit être plus vieille que toi.Liang Ying a regardé Xia Shuyang : Ce que vous avez demandé semble être un non-sens.Xia Shuyang a changé d'avis : ce que je veux exprimer, c'est qu'il y a probablement très peu de gens qui comprennent le savoir-faire du passé, et ceux qui peuvent le pratiquer ont tous plus de soixante-dix ans.He Xu a double-cliqué sur le package d'installation du logiciel sans lever la tête : j'ai appris un jour d'un maître, il devrait avoir plus de quatre-vingts ans maintenant.Xia Shuyang a été choquée : vous êtes allé l'apprendre vous-même en signe d'amour de vos parents.Pas pour eux non plus.He Xu a répondu : Je suis très intéressé par ces métiers. J'ai aussi appris la menuiserie auparavant et il se trouve qu'il y avait beaucoup de matériaux dans la pépinière.Xia Shuyang : Vous pouvez aussi faire de la menuiserie.He Xu : J'ai construit la maison pour chats devant le bureau de Qingshan.Je pensais que personne ne m'avait parlé du produit fini que j'avais acheté pendant mon stage.Xia Shuyang a ouvert l'album photo sur son téléphone portable, a ouvert une vidéo et l'a tendue à Liang Ying. Sœur, regarde, mon frère Xu est vraiment bien.La vidéo montre une maison pour chat en bois à deux étages avec un toit en pente.L'étage supérieur est une zone d'alimentation semi-ouverte et l'étage inférieur est une aire de repos entièrement fermée.Plusieurs petites portes ont également été ouvertes pour que les chats puissent entrer librement.Liang Ying en a compté environ huit ou neuf.Sont-ils tous des chats errants ?, a-t-il demandé à He Xu.He Xu a fredonné : Je les ai kidnappés un par un pour les stériliser, puis ils ont refusé de partir.Xia Shuyang a repris le téléphone et He Xu a poursuivi : Avec le temps, la maison du chat est devenue un peu vieille à cause de l'exposition au soleil et à la pluie, je trouverai le temps de peindre du vernis et de la rénover.Liang Ying a regardé le profil de He Xu.A cet instant, l'homme devant elle lui donna l'illusion de la toute-puissance.Xia Shuyang a mentionné avoir à nouveau réparé le climatiseur.Les unités extérieures des climatiseurs sont suspendues devant la fenêtre. Si votre maison est située en étage élevé, vous devez quand même faire appel à un professionnel.He Xu a dit, je connais un ami et je t'aiderai à lui demander demain.

  La nuit suivante, Liang Ying a fait des heures supplémentaires dans l'entreprise.Je suis sorti manger un bol de nouilles de porc émincées avec mes collègues et j'ai reçu un appel de Xia Shuyang à mon retour.Liang Ying a pris la tasse thermos, l'a fait glisser pour répondre à la question et s'est dirigée vers le salon de thé.La voix de Xia Shuyang était excitée et joyeuse :

Sœur, laissez-moi vous dire que la personne que frère Xu a trouvée est très fiable et efficace. Le climatiseur a été réparé. Il nous a également aidé à déplacer la vieille armoire de la maison vers la station de collecte des déchets. Il y a de l'eau dans le réfrigérateur. C'est aussi lui qui a résolu le problème. Il a travaillé dur sans se plaindre et a appelé les oncles et les tantes les uns après les autres. C'était un frère très gentil.On dirait qu'il devrait avoir de bonnes relations avec He Xu.Liang Ying a mis la tasse thermos sur le distributeur d'eau, a appuyé sur l'interrupteur et a inconsciemment demandé : combien a été payé.Nous voulons le donner, mais il refuse de l'accepter.Xia Shuyang a expliqué que le frère cadet avait dit que sa mère travaillait à Qingshan, mais que plus tard son cœur avait besoin d'un pontage. Frère Xu a payé les frais médicaux. Il a dit que frère Xu était très bon envers leur famille et que les amis de frère Xu étaient ses amis. Comment puis-je collecter de l'argent et partir heureux ?Les éloges d'un tiers sont hautement crédibles.He Xu est vraiment un bon patron, sincère et gentil.Est-ce que maman a dit quelque chose ?Liang Ying a ramassé la tasse thermos, est sortie du salon de thé et a demandé avec désinvolture.Après le départ de mon frère, je me suis allongé sur le lit et j'ai joué à des jeux. C'est ce que ma mère a dit.Xia Shuyang a encore imité le ton de Liang Cuiping, regarde Xiao He, puis regarde-toi, tu es si paresseux toute la journée, pourquoi ai-je donné naissance à un fils comme toi. Je l'ai ignorée et elle s'est tenue à côté de mon lit et a commencé à se demander pourquoi Xiao He était si gentil avec nous, en vous présentant des stages et en aidant à trouver quelqu'un pour réparer le climatiseur.Parce que le père de He Xu et l'oncle Xia sont de bons amis.Liang Ying s'est assis au bureau, l'avez-vous dit.Xia Shuyang a répondu : J'ai dit, Xiao He veut être ton gendre.

Liang Ying s'est pincé les sourcils et s'est rendue chez un tailleur pour lui recoudre la bouche.Xia Shuyang s'est défendu : je voulais savoir ce que ma mère disait. Je l'ai regretté après l'avoir dit, maisXia Shuyang a fait une pause, puis Liang a salué : Maman, je n'y crois pas.Elle a dit très calmement : « Nous ne pouvons pas nous le permettre. »Liang Cuiping attache une grande importance à être bien assortie, et elle a probablement déjà subi des pertes à cet égard.Les hommes avec lesquels elle souhaitait entrer en contact étaient issus de milieux familiaux similaires au leur.Liang Ying n'a pas été surpris après avoir entendu le rapport de Xia Shuyang.Au fait, maman a aussi donné une explication.Liang Ying a dressé les oreilles.Je t'ai demandé d'acheter quelque chose et de l'envoyer chez frère Xu. S'il ne l'accepte pas, laisse-le à sa porte. Nous devons rembourser cette amitié.Même si c'est ce qu'il devrait être, je n'utilise pas votre climatiseur, alors pourquoi devrais-je l'acheter et vous le livrer ?C'était à l'origine ma tâche, mais je pense que vous êtes plus approprié.

Chapitre 27 27Le manque de ma chérie augmente de façon exponentielleDans la soirée, He Xu rentrait du gymnase.Après avoir changé ses chaussures à l'entrée, Xiao Zheng a envoyé un message lui disant que le climatiseur avait été réparé.J'ai également pris des photos de lui en fonctionnement normal.Les compétences de Xiao Zheng en réparation d'appareils électroménagers sont très bonnes et de nombreuses personnes viennent le voir chaque jour.Je travaille souvent au lever du soleil et jusqu'à huit ou neuf heures du soir.Lorsqu'il s'est rendu chez Xia aujourd'hui, il a spécifiquement refusé d'autres travaux.He Xu posa son manteau sur le canapé et envoya une enveloppe rouge de remerciement à Xiao Zheng.Après s'être dirigé vers la table à manger et avoir versé un verre d'eau, Xiao Zheng a répondu et a déclaré qu'il n'accepterait pas l'enveloppe rouge même si cela signifiait le rencontrer.Bon, ça se termine comme ça à chaque fois.Lorsque la mère de Xiao Zheng, tante Zhou, a subi un pontage cardiaque, ce fut la période la plus difficile pour la famille.He Xu ne le savait pas au début, mais il a entendu d'une autre tante Sun qui avait de bonnes relations avec tante Zhou qu'il était allé à l'hôpital sans dire un mot. Xiao Zheng s'est effondré et a pleuré à cause des frais médicaux. Xu a payé l'argent sans rien dire. , Si vous ne dites pas à Xiao Zheng que ce n'est pas suffisant, demandez-lui à nouveau.Pour He Xu, c'est du gâteau.Pour Xiao Zheng, c'est sans aucun doute une aide opportune.Après qu'He Xu ait fini de boire de l'eau, il a posé des questions sur la condition physique de tante Zhou.Après avoir changé les vêtements sales et les avoir mis dans la machine à laver avec ceux des deux jours précédents, la nouvelle de Xiao Zheng est revenue.He Xu a appuyé sur l'interrupteur de la machine à laver, est retourné dans le salon et a appuyé sur le bouton de lecture vocale.Je suis allé passer un examen de contrôle le mois dernier et le médecin m'a dit que ma récupération après l'opération était très bonne.Ma mère va maintenant au parc tous les jours pour apprendre le Tai Chi auprès des autres. Elle se sent mieux et tout son corps est plein d'énergie.Frère Xu, je collecterai les frais médicaux le plus tôt possible pour vous rembourser. Je vis plus ces derniers mois et les revenus sont très bons. Ma mère fera des boulettes demain et me demandera de vous en donner. Ensuite, je vous permettra de garder la communauté.Il est difficile de refuser la gentillesse, après tout, c'est aussi ce que veulent les autres.He Xu le remercia, posa son téléphone et se rendit à la cuisine, avec l'intention de préparer un bol de nouilles à soupe claires.Faites d'abord bouillir l'eau, battez deux œufs, sortez-les une fois cuits et mettez-les dans le bol à soupe où vous avez préparé les ingrédients, puis jetez-y les nouilles.Enfin, saupoudrez d'huile de sésame et d'oignon vert haché, et les nouilles parfumées sont prêtes.Assis à la table à manger, He Xu a allumé l'appareil photo de son téléphone portable et a pris quelques photos de nouilles à soupe claires.Sélectionnez les bons à conserver, supprimez le reste et envoyez-les à Liang Ying.Liang Ying a répondu rapidement.Liang Ying : Le dîner que vous avez préparéHe Xu a répondu par un "hmm" et a ramassé les baguettes.Liang Ying : Ça a l'air bien.Liang Ying : Mais je ne m'attendais pas à ce que tu manges si facilement.He Xu tenait son téléphone portable dans sa main gauche et ses baguettes dans sa main droite.He Xu : Vous ne pensez pas que je peux me permettre de manger et de boire tout seul, n'est-ce pas ?Liang Ying : Au moins, il doit y avoir de la viande, ça a l'air trop végétarien et j'ai l'impression de ne pas être rassasié.Liang Ying : Oh, j'oubliais, la forme physique nécessite de l'autodiscipline, donc c'est bien aussi.He Xu : Je veux juste passer le temps seul sans trop réfléchir.He Xu : S'il y avait du jambon dans le réfrigérateur, je l'ajouterais, mais malheureusement, il n'y a que des œufs.Liang Ying a également envoyé son dîner à He Xu.Liang Ying : Les nouilles au porc émincées que j'ai mangées ce soir n'étaient pas à emporter, je suis sortie manger avec mes collègues.Liang Ying : Je ne l'ai pas donné par hasard, j'ai mangé très sérieusement et j'ai gardé l'assiette vide.Liang Ying a envoyé une autre photo.He Xu a souri et elle a même pris des photos des plats vides.Eh bien, c'est réel et propre.He

Xu a aimé ça et a bu deux gorgées de la délicieuse soupe de nouilles. Liang Ying a envoyé deux nouveaux messages.Liang Ying : Grâce à vous, le climatiseur a été réparé, ma mère m'a spécialement demandé de vous exprimer ma gratitude.Liang Ying : Si vous avez quelque chose que vous voulez, ou s'il vous manque quelque chose, dites-le-moi et je l'achèterai et le livrerai à votre porte.Les coins des lèvres de He Xu se soulevèrent légèrement.He Xu : Tu veux venir chez moi.Liang Ying : Ce n'est pas le sujet, le but est d'offrir des cadeaux.Liang Ying : Laissez-le à votre porte, je n'entrerai pas.He Xu : Pourquoi n'irais-je pas chez vous pour le chercher ? C'est plus pratique puisque j'ai une voiture.Liang Ying : Alors réfléchissez à ce que vous voulez.Je ne veux rien d'autre que toi.Mais il ne peut pas dire ça maintenant. He Xu se sentait un peu mélancolique.Liang Ying : Si votre maison a une cour ou un jardin sur le toit et que vous avez besoin de quelqu'un pour la concevoir, je peux vous aider gratuitement.He Xu : Ma maison est un grand appartement. Et si j'allais au cercle de Qingshan pour le faire pour vous demain ?Liang Ying : Alors oubliez ça.He Xu ne voulait pas que Liang Ying s'emmêle.He Xu : Tables, chaises, bancs, casseroles et poêles, vous pouvez les acheter ici.Liang Ying : Laissez-moi vous offrir un ensemble de vaisselle. Je l'ai choisi avec mes collègues il y a deux jours. Il y en a beaucoup de belles et exquises.He Xu : Choisissez le style que vous aimez. Quoi qu'il en soit, j'ai pris des photos juste pour vous montrer.Liang Ying : D'accord.He Xu a fini de manger les nouilles et a lavé les bols.Les vêtements sont également séchés et accrochés dans le placard.Il s'assit sur le canapé, prit sa tablette et parcourut les récents cours des stocks de puériculture.Le dentiste lui a envoyé un message lui demandant de s'y rendre demain matin pour se faire extraire les dents de sagesse.He Xu a souffert il y a quelque temps d'une inflammation de ses dents de sagesse, ce qui a fait gonfler la moitié de son visage et l'a empêché de dormir la nuit.Après avoir finalement attendu que l'inflammation disparaisse et puisse l'enlever, il a recommencé à être occupé. Hier, il a entendu Xia Shuyang mentionner qu'il s'était fait arracher quatre dents de sagesse, puis il s'est rappelé qu'il devait prendre rendez-vous. rapidement.Le lendemain matin, He Xu est arrivé à l'heure à l'hôpital dentaire.J'ai appelé un médecin que je connaissais bien et ce fut bientôt son tour.He Xu avait pris des radiographies dentaires, et celle qu'il voulait extraire était une impaction transversalement longue.Le dentiste l'a brisé avec un marteau et l'a piqué avec un couteau. Il a travaillé dessus pendant une demi-heure et après les points de suture, il lui a administré de l'eau anti-inflammatoire.He Xu n'avait pas peur du processus d'extraction dentaire.Cependant, lorsqu'il est rentré chez lui avec la moitié du visage engourdi, il s'est seulement senti étourdi et épuisé.Il a pris un analgésique et s'est allongé sur le lit. Lorsque l'effet du médicament s'est dissipé, il s'est réveillé de la douleur. Il était déjà quatre heures de l'après-midi.Les nerfs de sa tête étaient étroitement déchirés et étroitement liés.Il n'a rien mangé à midi et il n'avait pas du tout faim, encore moins se lever du lit pour chercher de la nourriture.Ne prenez pas d'analgésiques trop souvent.He Xu a tendu la main de la couette et a touché le téléphone portable sur la table de chevet. Il y avait beaucoup de nouvelles.Tout d'abord, Xiao Zheng a déclaré que les boulettes avaient été livrées et mises dans le réfrigérateur de l'oncle gardien, afin qu'il se souvienne de les récupérer à son retour de Qingshan.Puis il y a eu Ah Shu, qui a pris une vidéo de lui jouant avec un petit golden retriever, criant les uns après les autres pour exprimer sa détermination à rompre avec lui.Finalement, c'est Liang Ying qui lui a envoyé des photos de vaisselle.Liang Ying : Le cadeau est arrivé, n'est-il pas sympa ?He Xu a cliqué sur l'image plus grande.He Xu : J'aime beaucoup la vision du designer.Liang Ying : Quand viendrez-vous le récupérer ?Lorsque les gens se sentent seuls et vulnérables, leur désir de retrouver leurs proches augmente de façon exponentielle.En regardant ces mots, He Xu imaginait Liang Ying les disant d'une voix douce, encore plus.Il s'appuya contre le vertige dans sa tête et appuya sur le clavier de son téléphone portable.He Xu : Dans deux jours.He Xu : On m'a extrait mes dents de sagesse le matin, et maintenant je suis allongé à la maison.Liang Ying : J'ai dit que je devais prendre rendez-vous avant-hier, mais j'ai agi si vite.He Xu : La douleur à long terme est pire que la douleur à court terme. Je ne veux plus ressentir la douleur de l'inflammation.Liang Ying : Si c'était moi, quand ça ne faisait pas mal, je ne voudrais certainement pas le retirer.Liang Ying : Vous sentez-vous très mal à l'aise maintenant ?He Xu était en train de modifier le texte et Liang Ying a ajouté une autre phrase.Liang Ying : Vous ne pouvez rien manger, la blessure sera très douloureuse et il y aura de nombreuses réactions indésirables, c'est sûr.He Xu : Je me sens bien rien que de discuter avec toi.Liang Ying : Êtes-vous seul à la maison ?He Xu : Eh bien, je dors depuis mon retour de l'hôpital.Liang Ying : Vous vivez à Hefu Xiyuan, n'est-ce pas ?He Xu était un peu surpris.He Xu : Comment le sais-tu ? Je ne pense pas t'en avoir parlé.Liang Ying : Vous m'avez renvoyé de Qingshan, et c'est là que je vais. Je suppose que ça devrait être là.He Xu : Les capacités d'observation méticuleuse des étudiants en sciences.Liang Ying : Après avoir quitté le travail, je vous préparerai un porridge.Liang Ying : J'ai bien peur qu'il soit difficile pour vous de descendre acheter des plats à emporter.He Xu : Pas besoin de s'embêter, comment puis-je te laisser t'enfuir.Liang Ying : Mais si vous faites cela, ce sera très inquiétant.He Xu se frotta les yeux, pensant qu'il avait mal vu.He Xu : Es-tu inquiet pour moi ?Liang Ying : Un peu.Liang Ying : Ne vous inquiétez pas, je partirai dès que je l'aurai donné et je ne perturberai pas votre repos.He Xu lui a envoyé l'adresse précise.He Xu : Pouvez-vous me rendre un autre service ?Liang Ying : Vous dites.He Xu : Les dumplings donnés par mes amis ont été mis dans le réfrigérateur du portier, je peux juste les récupérer en passant.Liang Ying : D'accord, je vais me dépêcher et faire quelques dessins.Liang Ying : Si vous avez autre chose à manger, dites-le-moi.He Xu : Ouais.He Xu posa son téléphone sur l'oreiller, ferma les yeux et sourit confortablement.S'il y a jamais eu un moment où son affection a suscité une forte réaction, c'est bien maintenant.Soudain, j'ai senti que l'extraction des dents de sagesse en valait vraiment la peine.

Après avoir quitté le travail, Liang Ying s'est rendue au magasin de bouillie de Xinyangfang et a emballé une portion d'œufs en conserve et de bouillie de viande maigre.J'ai spécifiquement dit au vendeur de casser l'œuf en conserve et la viande maigre en petits morceaux pour la rendre plus facile à avaler.He Xu ne lui a pas dit qu'il voulait manger autre chose.Liang Ying a estimé qu'emballer une seule portion de porridge était un peu petit, alors elle a acheté du tofu nao et des rouleaux de riz.A l'origine, elle voulait emporter la vaisselle avec elle.C'était un peu lourd et j'avais peur de le casser, alors j'ai décidé d'attendre qu'He Xu le récupère lui-même.Liang Ying a appelé une voiture spéciale.He Xu lui a dit d'écrire le numéro de plaque d'immatriculation et de le lui envoyer avant de partir.Liang Ying a fait ce qu'on lui avait dit et est arrivé avec succès à Hefu Xiyuan une demi-heure plus tard.La rivière Lanjiang traverse la ville de Qingzhou et Hefu Xiyuan se trouve au bord de la rivière Lanjiang.Le soir, la brise fluviale souffle et le sifflement du bateau de croisière peut être entendu venant de la rivière.C'est un grand appartement avec vue sur la rivière et le prix de l'immobilier n'est pas bas à première vue.Cependant, Liang Ying n'était pas d'humeur à étudier cela pour le moment. Il a pris les boulettes du garde et s'est précipité vers le bâtiment 18.La maison de He Xu est au douzième étage, qui est le dernier étage, avec un escalier et un appartement, elle est donc très privée.Lorsque Liang Ying est arrivée, la porte était ouverte, elle est entrée tranquillement et s'est tenue à l'entrée pour regarder autour d'elle.Il y a une paire de pantoufles roses moelleuses avec des oreilles de lapin sur le sol.Dans l'environnement décoratif aux tons noir, blanc et gris, il est incohérent et accrocheur.Est-ce qu'He Xu l'a préparé pour elle ?Liang Ying n'avait pas prévu de rester ici trop longtemps, il a déposé sa nourriture, est allé voir He Xu, lui a dit quelques mots puis est parti.Mais quand He Xu dormait, il posa la nourriture et partit, se faisant passer pour la fille aux escargots.Liang Ying a enfilé ses pantoufles et est entrée. L'espace était large.Derrière le salon se trouve la salle à manger, qui est divisée par des cloisons. Liang Ying a placé le dîner sur la table à manger.Les boulettes ont dû être placées sur l'étagère du réfrigérateur, il lui a fallu un certain temps pour comprendre où se trouvait la cuisine.Le réfrigérateur était ouvert, et il était effectivement vide, sans aucun ingrédient stocké. Il semblait que He Xu n'avait aucune habitude de cuisiner comme il le disait lorsqu'il était seul.Cependant, il possède de nombreuses plantes en pot chez lui.Il y a une porte vitrée à l'extérieur de la cuisine menant au balcon et de nombreuses plantes poussent de manière luxuriante.Sur le support de fleurs en bois, Liang Ying a vu d'un coup d'œil le mimosa, planté dans un magnifique pot de fleurs blanc.À côté se trouve un arbre de fer miniature en pot, plus grand qu'un mimosa. Les pots sont rapprochés, donnant un sentiment de protection.Liang Ying l'a regardé pendant un moment, puis son téléphone a sonné et He Xu lui a envoyé un message.He Xu : Mon sentiment d'existence est-il si faible ?He Xu : Vous regardant silencieusement entrer, du salon à la salle à manger puis à la cuisine.He Xu : J'ai finalement attendu que tu sortes de la cuisine, je préfère admirer les arbres de fer dehors plutôt que de me jeter un coup d'œil.Suivi d'un emoji soupirant.Liang Ying fut légèrement surpris et se retourna inconsciemment.He Xu pencha la tête et s'allongea à plat sur le canapé, la regardant avec des yeux impuissants.

Printed in Great Britain
by Amazon